【十年读书规划】

《朝花夕拾》
集注集评本

鲁迅 ◎ 著　　张兴东 ◎ 评注

Publishing House of Electronics Industry

北京·BEIJING

未经许可，不得以任何方式复制或抄袭本书之部分或全部内容。
版权所有，侵权必究。

图书在版编目（CIP）数据

《朝花夕拾》集注集评本/鲁迅著；张兴东评注．
— 北京：电子工业出版社，2022.7（2025.8重印）
（十年读书规划）
ISBN 978-7-121-43680-2

Ⅰ.①朝… Ⅱ.①鲁… ②张… Ⅲ.①鲁迅散文—文学欣赏 Ⅳ.①I210.97

中国版本图书馆 CIP 数据核字（2022）第 095454 号

责任编辑：蔡　葵　　特约编辑：王黎黎
印　　刷：北京天宇星印刷厂
装　　订：北京天宇星印刷厂
出版发行：电子工业出版社
　　　　　北京市海淀区万寿路 173 信箱　邮编 100036
开　　本：787×1 092　1/16　印张：15.75　字数：403.2 千字
版　　次：2022 年 7 月第 1 版
印　　次：2025 年 8 月第 9 次印刷
定　　价：79.90 元

凡所购买电子工业出版社图书有缺损问题，请向购买书店调换。若书店售缺，请与本社发行部联系。联系及邮购电话：(010) 88254888，88258888。
质量投诉请发邮件至 zlts@phei.com.cn，盗版侵权举报请发邮件至 dbqq@phei.com.cn。
本书咨询联系方式：(010) 88254595，sunnycai@phei.com.cn。

写在前面

癫狂的尼采写过一本生前并未发表的书——《教育何为》，里面有很多癫狂的呓语，比如：

最大可能的普及教育使教育大为贬值，……最广泛的普及教育恰恰就是野蛮。

一个崇尚"超人哲学"的疯子说出这样的话，是可以理解的。但如此难听的话，里面却藏着一份尖锐的思考。普及教育由普鲁士孕育（就是我们目前的模式，标准化、科目分类清晰、大班制），这种模式让全世界的文盲率不断降低，的确是廉价而高效的模式。但这种模式对文科教育来说，可能有一个难以化解的矛盾。

在普及教育中，可以轻松地总结《水浒传》中鲁智深的考点：

（1）事件：拳打镇关西、大闹五台山、倒拔垂杨柳、大闹野猪林

（2）性格：嫉恶如仇、鲁莽、粗中有细

（3）官职：提辖

（4）热门考点：与李逵的性格比较

这份清单当然没什么问题，也的确够得上标准答案。学生掌握了这些信息，就有了对名著初步的分析能力。但是我们同时也知道，这只是"初步的分析"，还有更多深度的解读，更多个性化的探究（比如金圣叹的点评）。而一个难以解决的矛盾就呈现在这里：

考试必然要围绕"初步的分析"，而不是深度的探究，更不可能根据金圣叹的观点去设置考题；但我们同时也知道，只记住标准答案的初步分析，并非我们教育的目的，教育的成功，必然要走向更深的探究。

所以矛盾的核心是：因标准化而平庸。这特别像餐饮：最好吃的餐饮一定是匠人餐馆，但规模最大的是连锁店。

在我的中学时期，课外书是不允许带到学校里的，但教辅却可以随便携带，这是一种绝望的局面；现在，《朝花夕拾》是初一学生必读之书，但它随即成了考试标准答案的集中营。很多学生狂记标准答案，不敢越雷池一步。前者受的是"无知障"，现在受的是"知识障"。

回顾以往，那时的文科教育，恰恰是学徒制的。

孔子聚集了三千门徒，因材施教；柏拉图学园（Plato academy）中，则以公开讨论为主要教育方式。中国绵延千年的私塾，也是以"手工作坊"的方式，将《论语》《孟子》等经典一本书、一本书地代代传递。这些知识传授方式效率如此低下，但它有普及教育永远无法具备的优点：体系性和深度。

举一个钱穆先生的故事，当时先生13岁（与我们初一年龄相当）：

老师华紫翔，可教授英文和国文。华紫翔开设暑期讲习班，讲授中国各体古文，上起《尚书》，下迄晚清曾国藩，经史子集无所不包。一暑假教授30篇左右。内容有王粲《登楼赋》、鲍照《芜城赋》、江淹《别赋》、丘迟《与陈伯之书》、韩愈《伯夷颂》、曾国藩《原才》等。钱穆作文读《孟子荀卿列传》之感想，得老师赞许，并悬挂于紫翔师墙壁上。另外，华紫翔选授朱熹的《大学章句·序》和明代王阳明的《拔本塞源论》，钱穆学了这两篇文章后，极少存文学和理学的门户之见，后来由治文学转向理学也受此影响。这一年暑假，华紫翔染上眼疾，目不能视，"所讲课文殆半出记诵"。

我还看过梁实秋的一篇介绍辜鸿铭的文章，其中说：

或叩以养成之道，（辜鸿铭）曰：先背熟一部名家著作作根基。又言今人读英文十年，开目仅能阅报，伸纸仅能修函，皆幼年读一猫一狗之教科书，是以终其身只有小成。先生极赞成中国私塾教授法，以开蒙未久，即读四书五经，尤须背诵如流水也。

概括起来说，传统私塾教育的特征是精研少数经典，以此为根基，仿佛先教人登泰山，而后让他具有一览众山小的本领。尽管这是一条无比艰险之路，但的确能构建真正体系性的读书教育。

读书已经成为语文教育的共识，这是这些年观念的最大进步；但一本本名著被初级的"标准答案"所包围，丧失个性和深度，确实需要我们更多的探索，去解决、去平衡、去尝试新的路径。

我因此有一种野心：希望在标准化教育中，捍卫一块精英式读书的领地。我希望，把所有推荐的书目分为两类：一类泛读，一类精读。泛读只需要学生懂得其中故事，做简单的分析即可；而精读，要逐字钻研，深入骨髓。前者开阔眼界，后者强健筋骨。

以上内容仿佛与这本《〈朝花夕拾〉集注集评本》无关，但其实恰恰构成了这本书的背景。

这套书，叫"十年读书规划"，丛书名就透露出一种野心，我将精选国内外十余种经典，逐字逐句诠释，以构建一个人最核心的读书根基。等他们读完十余种经典，然后纵览天下图书，"一览众山小"。

当然，这本书还不是最核心的经典。（在我心中，中国图书中，只有"老庄"、"论孟"、《红楼梦》之类，才是最核心的经典。）在我的规划中，它的地位应该略等于登泰山过程中的小小休息站，是阅读沉重文本过程中的"小甜点"。

但这份"小甜点"，应该足以体会深度阅读的乐趣，更可以培养一种"突破教条"的眼界。

张兴东

2022年3月5日于北京寓所

目 录

一、从百草园到三味书屋 …………………………………………（1）
  （一）百草园 ……………………………………………………（1）
  （二）美女蛇 ……………………………………………………（4）
  （三）冬日捕鸟 …………………………………………………（6）
  （四）三味书屋 …………………………………………………（7）
  （五）上课 ………………………………………………………（9）
附 录 …………………………………………………………………（14）
  【寿镜吾所吟诵内容】…………………………………………（14）
  【鲁迅"基础教育阶段"的读书体系】………………………（15）
总 评 …………………………………………………………………（22）

二、阿长与《山海经》………………………………………………（24）
  （一）阿长的名字 ………………………………………………（24）
  （二）阿长缺点 …………………………………………………（26）
  （三）《山海经》…………………………………………………（32）
  （四）尾声 ………………………………………………………（35）
总 评 …………………………………………………………………（38）

三、五猖会 …………………………………………………………（40）
  （一）迎神赛会 …………………………………………………（40）
  （二）观五猖会 …………………………………………………（43）
  （三）背《鉴略》………………………………………………（45）

I

附　录 ··· （49）
　　【五通神小考】 ··· （49）
总　评 ··· （51）

四、无常 ··· （53）
　　（一）迎神赛会 ··· （53）
　　（二）活无常和死有分 ·· （54）
　　（三）鬼格 ··· （57）
　　（四）目连戏 ·· （60）
　　（五）无常嫂、阿领、送无常 ······························· （63）
总　评 ··· （66）

五、《二十四孝图》 ··· （69）
　　（一）捍卫白话文 ·· （69）
　　（二）救救孩子 ··· （73）
　　（三）论德育 ·· （75）
总　评 ··· （82）

六、父亲的病 ··· （84）
　　（一）一对神人 ··· （84）
　　（二）姚芝仙 ·· （87）
　　（三）陈莲河 ·· （90）
　　（四）父亲病逝 ··· （94）
附　录 ··· （98）
　　【为何廉臣正名】 ·· （98）
　　【晚年鲁迅与中医】 ··· （99）
总　评 ··· (101)

七、琐记 ……（104）
    （一）妙人衍太太 ……（104）
    （二）走异路 ……（107）
    （三）南京水师学堂 ……（110）
    （四）矿路学堂 ……（117）
    （五）学堂倒闭 ……（123）
    （六）日本留学 ……（125）

附　录 ……（127）
    【衍太太其人】 ……（127）

总　评 ……（130）

八、藤野先生 ……（132）
    （一）结缘仙台 ……（133）
    （二）初见藤野 ……（139）
    （三）修订讲义 ……（142）
    （四）解剖 ……（145）
    （五）试题泄露事件 ……（147）
    （六）幻灯事件 ……（149）
    （七）惜别 ……（152）

附　录 ……（156）
    【"幻灯事件"学术争论要点】 ……（156）
    【藤野修订笔记分析】 ……（159）
    【鲁迅寻找藤野先生】 ……（167）

总　评 ……（173）

九、范爱农 ……（176）
    （一）徐锡麟：安庆起义 ……（176）

（二）电报事件 …………………………………… (178)
　　（三）一笑泯恩仇 ………………………………… (181)
　　（四）绍兴光复，换了人间 ……………………… (185)
　　（五）报馆案 ……………………………………… (188)
　　（六）"我"赶往南京 …………………………… (190)
　　（七）范爱农之死 ………………………………… (192)
附　录 ……………………………………………… (195)
　　【徐锡麟供单】 …………………………………… (195)
　　【绍兴光复与鲁迅】 ……………………………… (196)
　　【范爱农被辞退】 ………………………………… (198)
　　【范爱农之死】 …………………………………… (200)
　　【哀范君三章】 …………………………………… (202)
总　评 ……………………………………………… (203)

十、狗·猫·鼠 ……………………………………… (205)
　　（一）鲁迅＝狗？ ………………………………… (205)
　　（二）先生仇猫 …………………………………… (208)
　　（三）温暖回忆：鼠 ……………………………… (215)
附　录 ……………………………………………… (221)
　　【一"匹"老鼠？】 ……………………………… (221)
　　【引申·论狗之妙文】 …………………………… (221)
　　【女师大事件始末】 ……………………………… (224)
总　评 ……………………………………………… (239)

一、从百草园到三味书屋

  此文 1926 年 9 月 18 日，写于厦门；当时的寿镜吾，77 岁高龄矣。1956 年选入中学课本，自此而后，这篇文章遂成《朝花夕拾》中第一名篇。一般"教条式"的解读思路有二：一者，百草园是一个乐园；二者，三味书屋是个地狱，是封建教育的实施地。观念一旦变成教条，其惊心动魄的细节自然隐退，如同晒干的标本，不再有生机。试想当年，牛顿顿悟万有引力，以解释复杂的物理现象，那一天，牛顿恐怕兴奋异常，难以成眠。那种惊心动魄，胜过一切人间欢乐；而牛顿一旦成为教科书内容，则让无数的学生在课桌上昏昏欲睡，其惊心动魄的发现转瞬即成催眠良药。同样的定律，其对心灵的作用，不啻云泥之别。故善读书者，首先就要对教条有免疫力。教条非不正确，问题在于千篇一律、缺乏生机。本书的写作，誓与教条划清界限，以寻觅读书本应该有的惊心动魄的欢乐。

（一）百草园

  （齐文莉、刘进："对于熟悉百草园的成人而言，百草园之于他也许并没有什么新奇和趣味，然而对于好奇心很强的孩童鲁迅而言，却另当别论。菜畦、石井栏、从草间窜向云霄的叫天子，这些景物被作家安排得井然有序，从低到高，为我们营造了一个立体多彩和充满生机的空间，同时也为我们展示了鲁迅童年的无限乐趣。"① 故百草园不仅仅在鲁迅故居，更在童心之中。）

  我家的后面有一个很大的园，相传（点出此园之普通，连名字都是"相传"。）叫作百草园。现在是早已并屋子一起卖给朱文公（朱熹，鲁迅尊称为

---

① 齐文莉、刘进《通向"花园"深处的精神探析——以"后花园""百草园""地坛"为例》，载《大庆师范学院学报》，2012 年 7 月

"朱文公"，显然是不怀好意的讽刺。）的子孙了，（事在民国八年，1919年。◎写无限趣味的百草园，却先写此园早已出售。读之，有无限温馨；而善读之人，则于此温馨之外，读出无限心酸。这种温馨与心酸的交错，童年单纯与中年悲哀的交织，乃此文最大特色，也是《朝花夕拾》的整体基调。）连那最末次的相见也已经隔了七八年，其中似乎确凿只有一些野草；（极写其寻常。）但那时却是我的乐园。（周作人："对于任何名园，都以为不及百草园式的更为有趣。"①）

不必说碧绿（视觉）的菜畦，光滑（触觉）的石井栏，高大（视觉）的皂荚树②，紫红（视觉）的桑葚；（周作人："（桑葚）百草园里却是没有，这出于大园之北小园之东的鬼园里，那里种的全是桑树，树叶都露出在泥墙上面。传说在那地方埋葬着好些死于太平军的尸首，所以称为鬼园，大家都觉得有点害怕。"③）也不必说鸣蝉（听觉。◎周作人云，鲁迅的祖父介孚公曾盛称某人试帖的起句"知了知花了"，以为很有情趣，即取自此景。又按：北方所见，为大知了，黑色；南方尚有一种绿色的小知了，不在大树干上，而伏于草叶之上，名曰"山知了"。④）在树叶里长吟，肥胖的黄蜂伏在菜花上，轻捷的叫天子（云雀）（静中有动）忽然从草间直窜向云霄里去了。单是周围的短短的泥墙根一带，（特写）就有无限趣味。油蛉在这里低唱，蟋蟀们在这里弹琴。翻开断砖来，有时会遇见蜈蚣；还有斑蝥，倘若用手指按住它的脊梁，便会拍的一声，从后窍喷出一阵烟雾。（斑蝥有毒，不宜玩耍。查资料得知，古希腊人以此为"春药"，甚可怕。）何首乌藤和木莲藤缠络着，木莲有莲房一般的果实，（木莲，即薜荔，与无花果同属，果实也类似于无花果，可做成"木莲豆腐"食用。周作人说："容易拉肚子，不太敢吃。"⑤ 2019年，我两次到鲁迅故居，各食一碗木莲豆腐，观之晶莹别透，清澈如水，竟有几分美感。然所装容器乃塑料碗，大煞风景。

---

① 周作人《知堂回想录》，北京十月文艺出版社2013年8月，P22
② 1919年百草园出售，皂荚树因此被砍。20世纪70年代，政府修缮鲁迅故居，特意在百草园补种了"皂荚树"，标牌写着："高大的皂荚树，绍兴俗称肥皂树，鲁迅先生称之为皂荚树，学名无患子。"但实际上，无患子和皂荚树为两种树，果实截然不同，学术界引起争论，甚至认为鲁迅误将无患子当成了皂荚树。后来，鲁博在百里外，寻访到一棵真正的皂荚树，植于百草园内。
③ 周作人《鲁迅的故家》，北京十月文艺出版社2013年8月，P15
④ 周作人《鲁迅的故家》，北京十月文艺出版社2013年8月，P17
⑤ 周作人《鲁迅的故家》，北京十月文艺出版社2013年8月，P15

吃完活蹦乱跳，并未拉肚子。◎《离骚》云："揽木根以结茝兮，贯薜荔之落蕊。"即写此木莲。古人怀才不遇，常借薜荔抒情，如柳宗元诗："惊风乱飐芙蓉水，密雨斜侵薜荔墙。"）何首乌有拥肿的根。有人说，何首乌根是有像人形的，吃了便可以成仙，（据说张果老就是吃何首乌成仙的）我于是常常拔它起来，牵连不断地拔起来，也曾因此弄坏了泥墙，却从来没有见过有一块根像人样。（百草园又有了神秘色彩，真童年乐园）如果不怕刺，还可以摘到覆盆子，像小珊瑚珠攒成的小球，又酸又甜，色味都比桑椹要好得远。（有两种植物名为覆盆子，一为灌木，高可超过一人；一为草本植物，高度过膝盖。我怀疑鲁迅所谓的覆盆子为后者，我自小食之，乃童年所食最多的水果。当地人呼之为"各公"，但周作人说叫"各公各婆"①。查阅资料，说是药材，主要功能是治疗"遗精滑精，遗尿尿频，阳痿早泄，目暗昏花"。——查后崩溃，我自小食此药长大！◎百草园不过一个菜园，却被鲁迅写成了"国民梦想"之地。为何？因为这个园子的动物植物玩物，可听可触可吃可玩，以网络流行语形容，是沉浸式娱乐。但今日的公园，草坪上写着"依依芳草，踩之何忍"，花木则有围栏，可远观不可亵玩。实在如"望梅止渴"。初中有一本必读书，是法布尔的《昆虫记》，老师推荐此书，大概是为了迎合学生对大自然的好奇。但在我教学中，学生喜欢此书的少之又少。可见压力巨大的环境下，所有的好奇心都成为了奢侈品。而且，学生久在城市，困于校园，要他们对自然有兴趣，难上加难。我同事之子，年方六岁，听人讲解《昆虫记》，乃四处捉昆虫，童趣盎然。这也是一种沉浸式的快乐。我则比较幸运，自小在农村上小学，四年级前老师带领着在操场周围种花，五年级开始，我则帮助数学老师种植蔬菜，老师则采集时蔬邀我吃饭。最神奇的经历，是每月抬粪一次！数百学生，两人一组，抬粪上山，漫山遍野皆有浓郁气息，终身不忘！故时至今日，从未摆脱田园之乐对我的诱惑。我总认为，毕业于这样的农村小学，非大不幸，是大幸运。学生成长需要的，并不是高级的玩具，或只能观赏的名园，而是一个可以玩乐、可以亲近、可以破坏、可以胡闹的园子，而不管这个园子是否仅仅是个荒园。◎我曾于2014年见北京海淀某学校组织学生植树。学生分四个小组，A小组挖坑，B小组种树，C小组填土，D小组把树拔出……如此循环往复，经济实惠，妙不可言。）

---

①周作人《鲁迅的故家》，北京十月文艺出版社2013年8月，P16

（二）美女蛇

（2000多字的文章，鲁迅先生居然插入一个美女蛇的故事，费500余字篇幅。但这个荒诞不经的故事，却如神来之笔，有趣的百草园，又有了一股神秘感和紧张感。）

长的草里是不去的，因为相传这园里有一条很大的赤练蛇。（此蛇无毒，但极臭，有同学捕捉一条让我抓了一下，用肥皂洗了数次，手臭如故。还有，此蛇被惊吓后喜欢乱咬人，而且死咬不放如甲鱼。请问我何以知之？呵呵。）

长妈妈曾经讲给我一个故事听：先前，有一个读书人住在古庙里用功，晚间，在院子里纳凉的时候，突然听到有人在叫他。（有《聊斋》的感觉。）答应着，四面看时，却见一个美女的脸露在墙头上，向他一笑，隐去了。他很高兴；但竟给那走来夜谈的老和尚识破了机关。说他脸上有些妖气，一定遇见"美女蛇"了；（鲁迅做过的，我一般也做过；鲁迅听过的故事，我一般也听过。唯此"美女蛇"，我从未听闻。）这是人首蛇身的怪物，能唤人名，倘一答应，夜间便要来吃这人的肉。他自然吓得要死，而那老和尚却道无妨，给他一个小盒子，说只要放在枕边，便可高枕而卧。他虽然照样办，却总是睡不着，——当然睡不着的。到半夜，果然来了，沙沙沙！门外像是风雨声。他正抖作一团时，却听得豁的一声，（长妈妈真神人，讲故事还绘声绘色。）一道金光从枕边飞出，外面便什么声音也没有了，那金光也就飞回来，敛在盒子里。后来呢？后来，老和尚说，这是飞蜈蚣，它能吸蛇的脑髓，美女蛇就被它治死了。（"吸人脑髓""美色诱人""妖气""和尚的道行"，此儿童故事乎？如果让现代的家长看到，这本书一定被举报，被各种批判，然后消灭之而后快。但鲁迅从这种毫无"正确导向"的故事中，从这种鬼里鬼气的故事中，发展出了个性：鲁迅的文章就充满"鬼气"，他对《山海经》的独特癖好，对"无常"的喜爱，皆与此一脉相承。这是个奇怪的成长样本。◎王兵："这些荒诞不经且无教育寓意的传说，从一个没有文化的女佣口中讲述出来，远比课堂上老师传授的名篇佳作精彩，它深深地打动了孩子的心灵，留下了难以磨灭的记忆。……长妈妈是中国民间最普通的劳动妇女，她没有过人的品格和智慧，在文化人眼里，尤其是正统的教育家看来，她口中的民间故事、神话传说，若施之于教育，实在是很低劣、愚昧，但她却给后来成为文学家的鲁迅提供了非常重要的影响，鲁迅多次撰文回忆她，笔触所及充满温情，她是鲁迅成长过程中少有的相处自然、随意的长者。"① ◎我本人经历农村的教育，又在城市受过很好的正统教育，现又在北京教书，在强烈的对比中，我总感觉城市孩子的教育正统深入，就是缺了点趣味性和独特性，鲁迅所听到见到的，虽荒诞不经，却有其不可替代的独特性。唯有此独特性方可酝酿独特的人格，城市教育不管如何发达，学生总有批量生产的雷同感。故北京本土作家不多，老舍等数人而已，但那些出身各地农村，迁居北京的作家很多，比如沈从文、鲁迅、莫言等。后者的优势，就在于独特性，而独特性又往往与创造性息息相关。◎借先生妙文，发一感慨。中国的儿童书，不管是"小古文"或简单的绘本，都有浓浓的说教气息。"孔融让梨""木兰从军""苏武牧羊"，还有类似于"食不言，寝不语"的律令，充斥其中。但我读国外优秀绘本，则往往充满童趣和想象力，说教气息不浓。读先生美女蛇的故事，道德家们可稍歇矣!）

结末的教训（一个故事，一定要包含"正能量"的主题，此一般观念。）是：所以倘有陌生的声音叫你的名字，你万不可答应他。（此结论令人笑喷。长妈妈真乃神人。不像现在的故事，总要悟出"高大上"的结论，令人生厌。）

这故事很使我觉得做人之险，（先生感慨）夏夜乘凉，往往有些担心，不敢去看墙上，而且极想得到一盒老和尚那样的飞蜈蚣。（我儿子年四岁，突然对"变形金刚"感兴趣，当了解了赛博坦、能量柱、霸天虎、震荡波后，更是日渐痴迷。有一天清晨，忽然从噩梦中惊醒，大哭不止，问之，则曰："有霸天虎飞来，袭击胸口。"听了一边大笑，一边安慰。鲁迅听到美女蛇故事后，不是悟出了深刻的道理，而是害怕夏夜的墙头，也是同样道理，真童趣也。）走到百草园的草丛旁边时，也常常这样想。但直到现在，总还没有得到，但也没有遇见过赤练蛇和美女蛇。叫我名字的陌生声音自然是常有的，然而都不是美女蛇。（可见这个故事也没有很深刻的"教育意义"，但正因为没有教育意义，故事的趣味性才能被解放出来。春晚的相声小品因为总有"高大上"的教育意义，故相声

---

① 王兵《教育的两个世界：百草园与三味书屋》，载《陕西学前师范学院学报》，2017年2月

变成说教,小品变成尬演,不看难受,看了更难受。中国重视"教化",故对儿童作品都要求有教育意义,《熊出没》是熊大熊二保护森林,对抗伐木工光头强,《喜羊羊与灰太狼》则羊群作为弱者,以智力和团结反抗强大的大灰狼。我看日本的《蜡笔小新》,则没有这样的设定,看《Tom and Jerry》也没有这样的感觉。而所有书中,我最讨厌的,也最失望的,是纪晓岚的《阅微草堂笔记》,其迂腐与教条满口道德,全是腐臭之味。如果道德是盐,应该溶解于水中润物无声,但《草堂笔记》是直接拿盐强喂读者。此书名声如此之大,却又如此之无趣,真世上罕见。◎杨义:"为什么要写美女蛇的故事?写美女蛇,就将百草园与长妈妈的世俗世界、怪异神秘的超现实世界加以综合,从而使百草园附加了叙述的复调和多元的意蕴。许多散文写得缺乏深度,就是由于少了这种复调和张力。百草园既有菜畦、石井栏、皂荚树、桑葚、鸣蝉、黄蜂、叫天子的明朗格调,又有泥墙根一带油蛉、蟋蟀、蜈蚣、斑蝥、何首乌、木莲、覆盆子的丰富生命和无穷趣味,再加上美女蛇的充满迷惑和恐怖的神秘莫测,这样的精神乐园,就不是单调、肤浅的游乐园,而是具有深度的生命投入的意义生成之园。"①)

(三)冬日捕鸟

冬天的百草园比较的无味;(无味的百草园,都有无穷乐趣。)雪一下,可就两样了。拍雪人(将自己的全形印在雪上)和塑雪罗汉需要人们鉴赏,这是荒园,人迹罕至,所以不相宜,只好来捕鸟。薄薄的雪,是不行的;总须积雪盖了地面一两天,鸟雀们久已无处觅食的时候才好。扫开一块雪,露出地面,用一支短棒支起一面大的竹筛来,下面撒些秕谷,棒上系一条长绳,人远远地牵着,看鸟雀下来啄食,走到竹筛底下的时候,将绳子一拉,便罩住了。但所得的是麻雀居多,也有白颊的"张飞鸟",性子很躁,养不过夜的。

这是闰土的父亲所传授的方法,我却不大能用。(闰土原名章运水,后改名章闰水,至鲁迅家16岁。据周建人口述,那是1893年初的冬天,他给鲁迅讲

---

①《鲁迅作品精华》,杨义选评,三联书店2014年8月,P216

西瓜田里的动物、贝壳等,又说到捕鸟。乃于次日捕鸟。章福庆,即闰土的父亲,将锡酒壶中放一些水,把麻雀的脑袋塞在壶口里,麻雀就死了。然后大家吃了一顿炸麻雀。①鲁迅先生未写"吃麻雀"的味道,甚为遗憾,或鲁迅亦觉得残忍,故隐藏不写。又:闰土贫困交加,死于疥疮,死时57岁,后闰土的孙子在绍兴鲁迅纪念馆工作。)明明见它们进去了,拉了绳,跑去一看,却什么都没有,费了半天力,捉住的不过三四只。闰土的父亲是小半天便能捕获几十只,装在叉袋里叫着撞着的。我曾经问他得失的缘由,他只静静地笑道:你太性急,来不及等它走到中间去。(一个活泼儿童的形象跃然纸上。◎王兵:"百草园并非通常所认为的化外之地,而是一个培养儿童全面发展的寓教于乐的学堂。"又云:"与三味书屋的正规教育相比,百草园可谓化外之地,是一个缺乏人为的教育意识、也无明确的教育内容、更谈不上教育目标的天然游乐场。通常,人们不会认为孩子在这种环境中能得到良好教育,相反,它往往被当作教育的干扰因素而予以禁戒,因此,文中的家长老师都尽可能阻止孩子们在园中过多玩耍,把强迫他们进入学堂当作应尽的义务。"② ◎杨义:"那里可以听到自然的声音,看到自然的蠕动,尝到自然的滋味,不是因为肚子饿,而是为了精神的饥饿。……这简直就是庄子所说的'独与天地精神往来'了。"③)

(四)三味书屋

(1892年,鲁迅12岁,阴历正月十八入学三味书屋。三味书屋学费略贵,每节银洋二元,清明、端午、中秋、年节预先缴纳。后因祖父科场舞弊案避难1年,根据周作人《知堂回想录》,复学时间在1894年端午节前后,时年14岁。到鲁迅16岁,读完了四书五经外,还自愿阅读了《尔雅》、《周礼》和《仪礼》,进度很快。《公羊传》有没有读,周作人则不能肯定。鲁迅在三味书屋表现极好,他的座位本在后园门口,可以溜出去玩,但鲁迅推脱有风,主动换到了北边的墙下。仅此小事,即可见鲁迅学习的态度。④)

---

① 周建人口述,周晔整理《鲁迅故家的败落》,福建教育出版社2017年,P66
② 王兵《教育的两个世界:百草园与三味书屋》,载《陕西学前师范学院学报》,2017年2月
③ 《鲁迅作品精华》,杨义选评,三联书店2014年8月,P215
④ 周作人《鲁迅的青年时代》,北京十月文艺出版社2013年8月,P25

我不知道为什么家里的人要将我送进书塾里去了，（以儿童的口吻说"不知道为什么"，正凸显对无忧无虑的百草园的生活的无限留恋。），而且还是全城中称为最严厉的书塾。（杨义："评论者看见'最严厉'三个字，往往神经过敏，就采取二元对立的思维，说百草园中的童年鲁迅是如何'幸福'，进了封建教育的学塾后，每日面对晦涩的'之乎者也'，是如何'痛苦'。……只有百草园、没有三味书屋的鲁迅，是难以想象的，根本无法铸造成思想和文学巨匠的鲁迅。从百草园走进三味书屋，迅哥儿长大了，从他的童年迈出了走向成人的第一步。"①）也许是因为（"也许是因为"一）拔何首乌毁了泥墙罢，也许是因为（"也许是因为"二）将砖头抛到间壁的梁家去了罢，也许是因为（"也许是因为"三。◎从儿童视角写出对入私塾的不解，实际写的是对过去的不舍。）站在石井栏上跳下来罢，……都无从知道。总而言之：我将不能常到百草园了。Ade，我的蟋蟀们！Ade，我的覆盆子们和木莲们！……（Ade是德文，插入其中，显然不是一个儿童的口吻。但加入成年人视角，仿佛看到年届四旬的鲁迅写作时情绪的投入，句子不合情理而感觉极妙。钱理群称之为"慌不择言"②，虽有破绽却反增其妙。◎曹禧修："两个德文词'Ade'的巧妙嵌入，把'我'的不舍之情泼俏地凸显出来。"③ ◎张占杰："《从百草园到三味书屋》是由成人和儿童的双视角构成的。……文章由成人视角引领，以成人的阅历、眼光咀嚼所叙之事，叙述具体内容时，又以儿童的眼光、视野体味，这便构成了成人与儿童心灵上的交响，既使读者沉醉于儿童生活的快乐与单纯，又使读者从成人视角中感受到作者叙述时的那种沧桑、激越、无奈与欣慰等种种复杂的心绪，文章在一种繁复的感受中完成了主题的表达。"④）

　　出门向东，不上半里，走过一道石桥，便是我的先生的家了。（距离极近，但恍如隔世。）从一扇黑油的竹门进去，第三间是书房。中间挂着一块扁道：三味书屋；扁下面是一幅画，画着一只很肥大（儿童鉴赏能力如此，用词精准。）的梅花鹿伏在古树下。（此图即"松鹿图"，挂在鲁迅故居，但系临

---

①《鲁迅作品精华》，杨义选评，三联书店2014年8月，P216
②钱理群《如何读与教〈从百草园到三味书屋〉》，载《语文学习》2008年11月
③曹禧修《论〈从百草园到三味书屋〉复合型视角叙事》，载《鲁迅研究月刊》2015年7月
④张占杰《创作与解读的冲突——重读〈从百草园到三味书屋〉》，见《石家庄学院学报》2008年1月

摹的副本，真迹藏于绍兴鲁迅纪念馆。◎鹿，谐音为"禄"，禄者福也。另外，科举考试录取名单发榜往往用姓名写成梅花形状，称为"梅花榜"。或曰，古树即"古书"的谐音，此图寓意是"学，禄在其中矣"。①又有人说，"伏于古树下"的"伏"，亦谐音为"福"，吴伯箫名作《早》却说是"站着一只梅花鹿"，是明显的错误。②）没有孔子牌位，（就这一点，就与一般私塾不同。），我们便对着那匾和鹿行礼。第一次算是拜孔子，第二次算是拜先生。（四跪四拜③）

第二次行礼时，先生便和蔼（第一印象）地在一旁答礼。（周作人云："凡是品行恶劣的人，必定要装出一副道学面孔，而公正规矩，真正可以称得道学家的，却反是平易近人，一点都不摆什么架子。"④）他是一个高而瘦的老人，须发都花白了，还戴着大眼镜。我对他很恭敬，因为我早听到，他是本城中极方正，质朴，博学的人。（六字写尽寿老先生风骨。◎仅讲一小事：寿镜吾一生没有用过一点外国货，他认为这是外国人到中国来骗钱的手段，因此连照片也不肯拍一张。现在留下来的照片，还是他从阮港扫墓回来的时候，他的孙子寿积明趁寿镜吾不备偷拍的。⑤）

（五）上课

（三味书屋的同学，有十二人：甘乙、周梅卿、章翔耀、王福林、李孝谐、周寿生、胡昌训、高幼文、周兰星、莫守诚、莫守忠、吴书绅，这些人的出路，可参考《琐记》批注内容。鲁迅的表现，据寿洙邻说，是这样的："鲁迅在塾，自恃甚高，风度矜贵，从不违反学规，对于同学，从无嬉戏谑浪的事，同学皆敬而畏之。镜吾公执教虽严，对于鲁迅，从未加以呵责，每称其聪颖过人，品格高贵，自是读书世家子弟。"⑥）

不知从那里听来的，（小鲁迅的知识很驳杂，有长妈妈这样的人在，荒诞不

---

① 盛文庭《三味书屋中的"松鹿图"辨解》，载《教与学》，1980年8月
② 余云腾《"伏"乎"站"乎"卧"乎》，载《中学语文教学》，1998年5月
③ 周作人《鲁迅的故家》，北京十月文艺出版社 2013年8月，P83
④ 周作人《鲁迅的故家》，北京十月文艺出版社 2013年8月，P221
⑤ 张能耿《鲁迅早期事迹别录》，湖北人民出版社 1981年，P32
⑥ 寿洙邻《我也谈谈鲁迅的故事》，载《鲁迅研究资料》第3辑，文物出版社 1979年

经的东西学得很多。）东方朔也很渊博，他认识一种虫，名曰"怪哉"，冤气所化，用酒一浇，就消释了。我很想详细地知道这故事，但阿长是不知道的，因为她毕竟不渊博。现在得到机会了，可以问先生。（寿老先生不是长妈妈，奈何奈何！）

"先生，'怪哉'这虫，是怎么一回事？……"我上了生书，（读熟今日所学，叫"上生书"。）将要退下来的时候，赶忙问。

"不知道！"他似乎（此二字，与"仿佛"二字，鲁迅常常用之，颇有趣。以本书论，《狗猫鼠》有"对于有些人似乎总是搔着痒处的时候少，碰着痛处的时候多"一句，而《范爱农》则有一句曰："写信去要经费，又取了二百元。但仿佛有些怒意。"这些"似乎"和"仿佛"不仅不表示猜测，却表示"别人已经很明显"，但"自己却懵懂无知未能领会"，非常有趣。）很不高兴，脸上还有怒色了。（读之喷饭。）

我才知道做学生是不应该问这些事的，只要读书，因为他是渊博的宿儒，决不至于不知道，所谓不知道者，乃是不愿意说。年纪比我大的人，往往如此，我遇见过好几回了。（鲁迅先生嘴损，见事不挖苦讽刺即无快乐，此其行文风格，非讽刺寿老先生也。）

我就只读书，正午习字，晚上对课。先生最初这几天对我很严厉，（寿老先生拒绝"怪哉虫"的问题，非不知道而以为托词，因《太平广记》就有记录。他之所以不答，乃是为了端正纪律，以利于后来的教学。），后来却好起来了，不过给我读的书渐渐加多，对课也渐渐地加上字去，从三言到五言，终于到七言。（有一故事云，寿老先生出上联"独角兽"，或对以"九头鸟"，或对以"三脚蟾"，或对以"百足蟹"等，鲁迅则对"比目鱼"，典出《尔雅》，最为工整。）

三味书屋后面也有一个园，虽然小，但在那里也可以爬上花坛去折腊梅花，在地上或桂花树上寻蝉蜕。最好的工作是捉了苍蝇喂蚂蚁，静悄悄地没有声音。（王兵："进入三味书屋之后，在老师严厉管束的空隙跑到后园爬树摘花，捉苍蝇喂蚂蚁，或在老师念书入神时偷偷地画画儿、用纸糊的盔甲在指甲上做游戏，这类活动都是百草园生活的延续。这些看似越轨的行为，缓解了严厉的教育手段造成的紧张心理，调节了枯燥的课堂教育带来的乏味情绪，使百草园时期养成的生活热情得到了有效维护。"①）然而同窗们到园里的太多，（后园有厕所，然不可能一群人一起上厕所。），太久，（上厕所不用这么多时间。），可就不行了，先生在书房里便大叫起来：

"人都到那里去了？"（好老师不怒自威，笨蛋老师才动辄以戒尺威胁。）

人们便一个一个陆续走回去；一同回去，也不行的。（假装上厕所。）他有一条戒尺，但是不常用，（寿老先生慈祥。◎周作人：戒尺偶尔用之，若有学生用腊梅梗去撩知了壳，则在左右手各轻打五下，目的不在打痛，而是示辱。又云，有私塾老师用竹枝抽打学生，后用擦牙齿的盐来擦上，用做"腊鸭"的方法来整治学生；还有一个塾师，将学生的耳朵夹在门缝里，用"轧胡桃"的方法使劲夹。这些学校的风格与"三味书屋"完全不同。②），也有罚跪的规矩，但也不常用，（宽容。◎周作人："他的书房可以说是在同类私塾中顶开通明朗的一个。"③）普通总不过瞪几眼，（亦不失威严。◎周作人：书房里没有打过架。又云："他的书房是有规矩而不严厉。"④），大声道：

"读书！"

于是大家放开喉咙读一阵书，真是人声鼎沸。有念"仁远乎哉我欲仁斯仁至矣"（念的是《论语》。）的，有念"笑人齿缺曰狗窦大开"（念的是《幼学琼林》。）的，有念"上九潜龙勿用"（念的是《周易》。）的，有念"厥土下上上错厥贡苞茅橘柚"（念《尚书·禹贡》，但念错了行。此句神来之笔。）的……（寿洙邻："鲁迅受课而后，从不读书，绝不闻其书声，若偶一发声，字字清朗，抑扬顿挫，表现书味，动人倾听。"⑤ ◎曹禧修："这讽刺并不辛辣，相反很绵软，很温柔，这讽刺很接近幽默。"⑥）先生自己也念书。（此一点，便与普通老师不同。）后来，我们的声音便低下去，静下去了，（学生调皮）只有他还大声朗读着：

---

① 王兵《教育的两个世界：百草园与三味书屋》，载《陕西学前师范学院学报》2017年2月
② 周作人《知堂回想录》，北京十月文艺出版社2013年8月，P31
③ 周作人《鲁迅的故家》，北京十月文艺出版社2013年8月，P82
④ 周作人《鲁迅的故家》，北京十月文艺出版社2013年8月，P219
⑤ 寿洙邻《我也谈谈鲁迅的故事》，载《鲁迅研究资料》第3辑，文物出版社1979年
⑥ 曹禧修《论〈从百草园到三味书屋〉复合型视角叙事》，载《鲁迅研究月刊》2015年7月

"铁如意,(应该是"玉如意"。)指挥倜傥,一座皆惊呢～～；金叵罗,颠倒淋漓(应该是"倾倒淋漓"。)噫,千杯未醉嚄～～……"(以"呢""噫""嚄"作为拖声,妙不可言,想来令人陶醉。原文有错误,有人认为是先生念错了字；其实是鲁迅记忆错误。但小小年龄的经历,能数十年后依然大体记得,可见印象之深刻。◎周作人:"经书早已读了,应当'开笔'学八股文,准备去应考了,这也由先生担任,却不要增加学费,因为'寿家'规矩是束脩两元包教一切的。先生自己常在高吟律赋,并不哼八股,可是做是能做的,用的教本却也有点特别,乃是当时新刊行的《曲园课孙草》,系俞曲园做给他的孙子俞陛云去看的,浅显清新,比较的没有滥调恶套。"①)

我疑心("疑心"二字,写出童心,作者并不知道赋的内容,但从其表情,完全可以看出物我两忘的状态。杨义认为是对寿先生"文学趣味平平的调侃",非是。②)这是极好的文章,因为读到这里,他总是微笑起来,而且将头仰起,摇着,向后面拗过去,拗过去。(连用两个"拗过去",有趣的姿势,真是神态宛然,声情毕肖。试问,今日之老师,沉浸如此,能有几人乎!)

先生读书入神的时候,于我们是很相宜的。有几个便用纸糊的盔甲套在指甲上做戏。(周建人云,鲁迅用几种颜色的纸做成盔甲和各式兵器,盔刚可套在大拇指上,甲则包住拳头。除了大拇指,四个手指弯曲握拳,在食指和中指之间夹住刀枪等兵器,长矛、画戟、斧钺都有。兵器的柄以竹枝为之。有同学嫉妒其精美,于是将蟑螂放在锁孔处钻入,把盔甲咬坏了。鲁迅乃向母亲要了一个盒子,装起来。③)我是画画儿,用一种叫作"荆川纸"的,(光滑、薄、透明,可以覆盖在画上描摹。),蒙在小说的绣像上一个个描下来,像习字时候的影写一样。读的书多起来,画的画也多起来；书没有读成,画的成绩却不少了,最成片断的是《荡寇志》(因祖父入狱,避难皇甫庄大舅父家,得见此书,是道光木刻原版。)和《西游记》的绣像,都有一大本。后来,因为要钱用,卖给一个有钱的同窗了。(业余游戏所绘,居然可以"变现",遥想鲁迅当年,该有

---

①周作人《鲁迅的青年时代》,北京十月文艺出版社2013年8月,P25
②《鲁迅作品精华》,杨义选评,三联书店2014年8月,P219
③周建人口述,周晔整理《鲁迅故家的败落》,福建教育出版社2017版,P60

多少得意与自豪！◎买主是章翔耀，此人是学生头，曾和鲁迅冲进"矮癞胡"的私塾打砸；又曾为小学生报仇，组织一批人要打武秀才，鲁迅还带了一把未开刃的腰刀，最后武秀才没露脸。又沈家养了一只辟邪的山羊，章翔耀等人要骑，被看羊的独眼老太婆所骂。① **他的父亲是开锡箔店的；**（锡箔店在浙江上海非常普遍，形成不小的产业。绍兴地区锡箔产业庞大，一度成为全国唯一产地。从业人员数万。所谓锡箔，用于祭祀者多，纸上有锡，可做元宝等；锡箔纸还可以包装茶叶，防止发潮。锡箔制作简单，主要的工具是榔头：把锡敲打成薄片，再由女工研在黄纸上即可。② **听说现在自己已经做了店主，而且快要升到绅士的地位了。**（鲁迅嘴毒，真有绍兴师爷之风。此处"升到绅士"是明显的没有恶意的讽刺。一句话形容　　习惯了。）**这东西早已没有了罢。**（一个严格的老师，应该不怒自威。以鲁迅的叛逆性格，却从未反抗寿镜吾先生，足见其威望和学养。但一个严格的老师，却不应该有强迫症一般的时时监视的习惯。严格之中，允许学生有三分悠闲和顽皮，使紧绷的神经得以松弛，也使其小小的个性得以发展。所以，有两种老师是最讨厌的：一种没有内在的学问和人格，因此没有由内而外自然流露的威严，不得不以语言恐吓、规矩束缚、动手惩罚来控制学生；一种以负责任为名，用上课、作业，甚至对作业也提出各种极其琐碎而平庸的要求，从而占据课上课下所有时间。我读《百草园与三味书屋》，想象寿老风采，美慕非常。◎百草园是乐园，但三味书屋绝不是"失乐园"。鲁迅与寿老，关系极为融洽。鲁迅去南京、东京等地求学后，告假回绍兴，必看望寿先生。周作人 1900 年 1 月的日记云："同大哥至老屋拜岁，又至镜吾太夫人处贺年，及归，已傍午矣。"1906 年，鲁迅从日本回绍兴呆了四天，依然看望年逾花甲的寿老先生。1915 年 12 月，在北京工作的鲁迅，听到寿镜吾的夫人病逝，就送了"呢幛子"。时隔一天，鲁迅得知寿洙邻在北京三圣庵设奠，就专程前往吊唁。从日本回来，鲁迅在杭州、北京等地工作，就和寿老先生保持着书信的来往。现在的绍兴鲁迅纪念馆里，还摆放着一封寿镜吾写给鲁迅的信。）

九月十八日

---

①周作人《鲁迅的故家》，北京十月文艺出版社 2013 年 8 月，P84-89
②张能耿《鲁迅早期事迹别录》，湖北人民出版社 1981 年，P63

附　　录

【寿镜吾所吟诵内容】

"铁如意，指挥倜傥，一座皆惊呢～～；金叵罗，颠倒淋漓噫，千杯未醉嗬～～……"

寿镜吾吟诵的内容，一直没有人知道出处。

周作人认为作者是吴毂人，唐弢后来据此读了一堆吴毂人的书，结果一无所获。此典故至20世纪70年代，各鲁迅注本都说出处不明。至1981年的《鲁迅全集》才注明出处。

原来，这是"古代优秀作文选"里的文章，作者是清代刘翰，题目是《李克用置酒三垂冈赋》，收入清王先谦《清嘉集初编》中，这是王先谦在南菁书院（江苏江阴）讲学时，学员的习作选编。

"李克用置酒三垂冈"是什么事件呢？

李克用是唐末的节度使，是个沙陀族人（西突厥的分支），号"李鸦儿"以及"独眼龙"，曾战败黄巢，使黄巢自杀。公元894年，李克用平定内乱后，在三垂冈（山西长治）摆酒庆祝。伶人在席间奏《百年歌》，唱到晚年部分，声甚悲戚。

当时的李克用的儿子李存勖陪侍于左右，李克用捋着胡须笑曰："吾行老矣，此奇儿也，后二十年，其能代我战于此乎？"

公元908年，李克用死，临终嘱托三事：解潞州（即上党）之围；灭梁（朱温）报仇；恢复唐室宗社。

李存勖戴孝出征，行军路过三垂冈，叹曰："此先王置酒处也。"

后来他们大破梁军于三垂冈，李存勖建立后唐，即皇帝位，称为庄宗。三垂冈于是载入史册，真是"父亲英雄儿好汉"！

王先谦以此历史事件出了一个题目，要求把这个历史事件写成一篇赋，而且要押韵。押什么韵呢？就是李存勖的那句话"此先王置酒处也"，意思是文章要分七段，每段的韵分别是"此""先""王""置""酒""处""也"。

赋的第四段，有寿镜吾的那段话：

座上酒龙，膝前人骥；磊块勘浇，箕裘可寄。目空十国群雄，心念廿年后事。玉如意，指挥偶傥，一坐皆惊；金巨罗，倾倒淋漓，千杯未醉……

翻译：座位上的将领如同饮酒的蛟龙，连膝下小儿（李存勖）都是人中骐骥。磊结郁闷借酒洗涤，祖先之业后继有人。唐末十国混战，淡然视之；心中所思者，二十年后我儿功业有成。以手中的玉如意指挥大家喝酒，一座皆惊；黄金打造的巨罗酒杯，尽情倒酒，千杯不醉。

此赋运用大量典故，语言豪情万丈，寿镜吾先生读之，激情澎湃，恐怕是"借他人酒杯，浇自己块垒"。先生一生，郁郁不得志，但心中难道不想指点江山、舒展壮志？原文注明："甄别古学，超等八名。"又点评云："豪情胜慨，倾倒淋漓。"

有意思的是，鲁迅写作《从百草园到三味书屋》，引用略有错误。这不是因为寿老先生学问有问题，而是鲁迅也不知出处，只是因为听老师朗诵，就留下了深刻的印象。隔了那么多年后，尚能基本写出原句，仅一二处错误，可见寿镜吾常常读之。

【鲁迅"基础教育阶段"的读书体系】

一个人的阅读史，就是他的精神发展史。根据《朝花夕拾》，并稍加补充，即可提炼出少年鲁迅的阅读情况，并进而推知他的精神发展史。在无比重视阅读的今天，这无疑是一份珍贵的读书样本。

（一）7岁—10岁（1887—1890年），开蒙

鲁迅启蒙不早，实岁是6岁。启蒙书，是《鉴略》。（见《五猖会》）

开蒙者为周玉田[①]（秀才）。读了4年书。但不知道《鉴略》外读了什么书。《论语》之类，是否接触，也不知道。然后在周花塍（周玉田的哥哥）处读书，时间三个月。周花塍出过一个三字对联，上联是"汤婆子"，鲁迅对曰"竹夫人"。

查《鲁迅年谱》[②]在鲁迅9岁的秋天，祖父从北京寄回《诗韵释音》两部，并寄信给鲁迅父亲说，这是给鲁迅、周作人的书，要求"逐字认解，审音考义"。如果鲁迅父亲遵其嘱托，则鲁迅开始音韵学、文字学的深度学习。此后又寄回一本《唐宋诗醇》给鲁迅，并且说："初学先诵白居易诗，取其明白易晓，味淡而永。再诵陆游诗，志高词壮，且多越事。再诵苏轼，笔力雄健，辞足达意。再诵李白诗，思致清逸。如杜之艰深，韩之奇崛，不能学亦不必学也。"

鲁迅9岁时，一位长辈送给他《二十四孝图》，这是第一本"上图下文，鬼少人多"的书，但行孝道的种种不近人情处，令他索然寡味。

鲁迅10岁时，至少已经读到《论语》，且阅读范围大大拓宽。在他的开蒙老师周玉田处看到了陆玑的《毛诗草木鸟兽虫鱼疏》和清代陈淏子的《花镜》。同年，长妈妈给他买来了木版刻印的《山海经》。此后，又陆续在家藏的旧书中看到《尔雅音图》（百广宋斋石印）《百美新咏》《越先贤像传》《剑侠传图》等，并开始读《西游记》《儒林外史》《三国演义》《封神榜》《聊斋志异》《夜读随录》《绿野仙踪》《天雨花》《义妖传》等小说。

评价：这个阶段是启蒙阶段。我们虽然缺少详尽的信息，但整体可以看出来，鲁迅的启蒙并无太多特色。有意思的是，《三字经》《百家姓》《千字文》等，一概不曾涉及。但从《鉴略》开始，接受了传统私塾教育，并借助"文字学""音韵学"，识字量和阅读能力提高很快。四年时间，已

[①] 周作人以为周玉田只是主持开蒙仪式，并未实际教书，这是记忆错误。
[②] 鲁迅博物馆鲁迅研究室编《鲁迅年谱》（修订版），人民文学出版社1980年版

经可以阅读《儒林外史》《三国演义》，甚至《聊斋志异》。读书能力"段位提升"很快。

（二）11岁（1891年），徘徊

接下来，鲁迅跟堂叔祖周子京读《孟子》。但周子京水平堪忧，闹了不少笑话。比如对联，上联"父攘羊"（出自《论语·子路第十三》），鲁迅对不出来，周子京曰："叔偷桃。"又曾将蟋蟀解释为"虱子"，一时传为笑柄。但周子京缺乏基本的自知之明，自诩博学能作诗，有句云"梅开泥欲死"，狗屁不通，名句被族人代代"传颂"。因为周子京教书常常犯低级错误，周伯宜听鲁迅说后感到他实在是误人子弟。从此，他就不再让鲁迅到蓝门去读书了。后周子京到江西谋职，然神经失常，寻死觅活，不得不送回原籍，后病逝。

期间接触杂书有《阴骘文图说》和《玉历钞传》（图画书）

评价：此为学习的小插曲，鲁迅偶遇"庸师"，学习一年左右。

（三）12—18岁（1892—1898年），三味书屋

鲁迅12岁正月入三味书屋。如前所述，入学前已经阅读《孟子》，稍有基础。鲁迅在三味书屋基本读完"十三经"，即"四书五经"，《周礼》《仪礼》《礼记》《尔雅》。而且曾抄写家藏《康熙字典》中的古文奇字和《唐诗扣弹集》中的百花诗。除此之外，因寿镜吾不喜欢八股文，手抄汉魏六朝古典文学，鲁迅亦喜欢阅读。寿洙邻说鲁迅："往往置正课不理，其抽屉中小说杂书古典文学，无所不有。鲁迅虽不注意正课，但未尝欠课，一见了了，不劳记诵……"这一点颇可注意。汉魏六朝文学比较深奥，寿镜吾并未正经授课，但鲁迅"耳濡目染，已心领神会，能为古典文学的笔墨"。

以下分述鲁迅读书大要：

13岁（1893年），因祖父科场案发，去皇甫庄避难。在表兄处见到道

光年间木刻原版的《荡寇志》，图像精美异常，鲁迅用明公纸一一临摹下来，总计在一百张以上。同是在皇甫庄，鲁迅见到了日本冈元凤所绘的《毛诗品物图考》。五六个月后，大舅父搬家到小皋埠，房东叫秦少渔，其父亲是诗人兼画家秦树铦，因吸食鸦片，不务生计，但很是风趣，鲁迅常和他谈话，并呼为"友舅舅"（小名"友"）。秦少渔性喜小说，说部收藏甚备，鲁迅于是停止影写绣像，开始阅读小说。（周作人《鲁迅的青年时代·六》）

14岁（1894年），上坟时节归家，继续在三味书屋读书。因皇甫庄和小皋埠影响，继续读小说、写绣像。这期间用荆川纸描画了《西游记》绣像一本，连同《荡寇志》一并卖给了同窗。又将马镜江的《诗中画》、王冶梅的《三十六赏心乐事》和王磐的《野菜谱》影写一遍。鲁迅的画工此时颇有长进，周建人说，大哥给他画过扇面———一块石头，旁生虎耳草，石上一只蜗牛在爬。14岁这一年也是鲁迅买画谱的开始，先是买了此前见到的《毛诗品物图考》和《海仙画谱》（日本人著，也叫"十八描法"，价格一百五十文，三兄弟各出五十文），之后见父亲并不责怪，又陆续购入《海上名人画稿》《阜长画谱》《椒石画谱》《百将图》《点石斋丛画》《诗画舫》《古今名人画谱》《天下名山图咏》《梅岭百鸟画谱》《晚笑堂画传》《芥子园画谱》《诗中画》等画册，也曾看过当时的科学杂志《格致汇编》，震惊于该书图像的"精工活泼"———这一系列采购延续到1898年。绘画方面，不再是绣像，而是真正的绘画。同是14岁这一年，鲁迅还曾在同学手中买了此前看过的《花镜》，并亲手培植了一些植物，用得来的经验批校该书。

15岁（1895年），开始抄录《唐代丛书》（周玉田处得来，版本很差，多乱改乱删）的部分章节，兴趣渐渐转到以野史笔记为主的"杂学"方面。这个时候的鲁迅开始抄书。陆续抄了《茶经》三卷，陆龟蒙《五木经》和《耒耜经》各一篇。又花了两块钱，买来一部传奇小说集《艺苑捃华》，共二十四册。后来，大抄《说郛》。

16岁（1896年），此年9月，父亲伯宜公去世。本年，开笔学习八股文和试帖诗。因为寿镜吾讨厌陈旧八股，以俞樾《曲园课孙草》为课本，内容清新浅显。同时讲解《古唐诗合解》，鲁迅曾说，最喜欢晦涩难懂的李贺的诗。

17岁（1897年），手抄会稽童钰《二树山人写梅歌》，又手抄祖父所作的《桐华阁诗钞》共二十八题，又抄写周玉田所写的《鉴湖竹枝词》一百首。

此年，寿镜吾儿子寿洙邻开始教鲁迅八股文，但鲁迅很不感兴趣。当时的寿洙邻正在阅读明末遗老作品，比如亭林（顾炎武）、梨洲（黄宗羲）、船山（王夫之），《明季稗史》《明史纪事本末》《林文忠全集》《经世文编》等书，鲁迅亦尽阅之，此时他已有古典文学的著述，如《续会稽典录》便是。这一年，鲁迅还翻阅了家藏的《王阳明全集》《谢文节集》《韩玉泉诗》《制义丛话》《高厚蒙求》《文史通义》《癸巳类稿》以及《经策统纂》等。

18岁（1898年），离开三味书屋，赴南京求学。周作人在杭州侍奉祖父，鲁迅则带书给他看。有《阅微草堂笔记》五种、王韬的《淞隐漫录》，还有《板桥全集》。周作人回家后，则看到了《酉阳杂俎》全集、《古诗源》《古文苑》《六朝文絜》《周濂溪集》《六朝事迹类编》。最特别的是《二酉堂丛书》，给鲁迅很大影响，鲁迅立志辑录乡土文献。

评价：大致说来，从12岁到18岁的这几年，是鲁迅一生读书的基础。可惜这个黄金期，现代学生的核心任务是应对考试。大体而言，鲁迅读书有三个方面：在正经功课方面，他基本读完了十三经，课外的阅读则集中于小说和"花书"（画谱）。而需要注意的是，《康熙字典》《说郛》、魏晋文学、明末文学，这些介于正课和兴趣之外的阅读，实为鲁迅读书的核心。而且，鲁迅喜欢阅读古小说，态度极为认真，不仅抄写，而且能考证其错误，治学严谨。

（四）我的总体看法

我从阅读的角度，给鲁迅粗粗拉了一张书单。

当然，我是"别有用心"的。我一直在提醒我们的学生，我们的阅读恐怕是花架子。虽然今日学校无不重视读书，但到高中，不过读得几本小说，难度最高的，恐怕只有《红楼梦》一本而已。而且，治学方法毫不涉及，虽然有的学校要求阅读《论语》诸书，但学生连起码的注本都读不懂，极为浅薄。相比于鲁迅的阅读，我们的教育太浅太碎。当然，我不主张回到鲁迅的时代，但我认为，读书的深度和体系性，依然需要坚持。我们可以不读汉魏六朝文学，我们可以不读明季遗老作品，我们也可以不读十三经，但我们需要深度的书作为滋养。我们不可能在《钢铁是怎样炼成的》《鲁宾逊漂流记》中培养孩子的深度阅读能力。

回到鲁迅的话题，我发现，鲁迅的阅读，有三个特点：

第一，有深入灵魂的体系性阅读。

《大学》《中庸》《论语》《孟子》《诗经》《尚书》《礼记》《周易》《春秋》(《左传》)《周礼》《仪礼》《尔雅》，这些书难度极大。但老师带领着，一句句解释，一句句熟读背诵，深入心底，构成一个人的底层认知体系。鲁迅先生的读书能力、古文的基础、思考能力皆在其中形成。但我们自小读书，首先难度上就太小，语文课所学又都是零散的选文，至于核心经典，从未有人逐字逐句引导阅读。我不主张从四书五经开始阅读，因为时代不同了。但我们用什么经典去替代十三经呢？是否可以从古代精选数本（比如《论语》《孟子》《道德经》），从西方选数本（比如柏拉图《理想国》这样层次的书），还有中国现代的一些经典（这方面是最匮乏的），从孩子7岁开始，逐字逐句研读，以构成我们新时代的深度思考基础呢？

第二，高雅的泛读品味。

寿镜吾的教育并不功利，他不喜欢八股文，乃手抄汉魏六朝古典文学给学生阅读。鲁迅特别喜欢嵇康，应该就是这个时候种下的兴趣种子。寿洙邻则带鲁迅阅读了明末大家的作品，比如顾炎武、黄宗羲、王夫之等人的作品。因为学生没有核心经典的研读能力，所以进一步影响了品味。我们现在所推荐的书，比如《海底两万里》《老人与海》等，虽然也是经典，但难度很小，特别是思辨性严重不足，所推荐的，大部分都是小说。高中推荐读物有《乡土中国》，这本书不是一本严格意义上的学术书，难度很小，但这样一本书，很多高中生都无法轻松阅读，其实际的阅读能力并不高。

第三，兴趣线的完整性。

鲁迅的读书，有三条线：核心经典线、泛读线、兴趣线。在兴趣线中，鲁迅喜欢的是图画书，从书单上看——《海上名人画稿》《阜长画谱》《椒石画谱》《百将图》《点石斋丛画》《诗画舫》《古今名人画谱》《天下名山图咏》《梅岭百鸟画谱》《晚笑堂画传》《芥子园画谱》《诗中画》，其兴趣线也是有一定的深度和体系的，品味并不低。

还有一点，可以说一下。鲁迅是叛逆性人格，主流读书不足，杂学旁收有余。四书五经之外，应该是看诸子百家、《史记》《资治通鉴》《唐宋八大家文钞》等，但青年鲁迅皆未阅读。鲁迅不喜欢韩愈，讨厌朱熹；在日本学习德文，不读歌德、席勒等大师，却喜欢海涅。"鲁迅对于古来文化有一个特别的看法，凡是'正宗'或'正统'的东西，他都不看重，却是另外去找出有价值的作品来看。"（周作人《鲁迅的青年时代》）但我们要注意的是，没有正统的角度提升其思维强度，其所谓的"杂学旁收"也不能开花结果，最多是一种娱乐而已。

总　评

- 杨义："这位博学、严厉、善良的老人中，寻到了几分敬意，几分开心，几分笑影，充满着深深的眷念之情。……人要成为"成人"，是不能只有百草园的，他也应该有自己的三味书屋。"①
- 李欧梵："《从百草园到三味书屋》，抒情地让人看到了他儿时的两个世界：一个是以百草园为象征的趣味盎然引人入胜的'小传统'世界；另一个是以他老师的书屋为象征的枯燥无味的'大传统'世界。"②
- 叶国敏："写作此文，是其心情最'芜杂'的时候。作者希望借回忆童年的往事，来排除苦闷，'在纷扰中寻出一点闲静来'，寻一丝心灵的慰藉。作者把《旧事重提》改为《朝花夕拾》，让人多了几分抚慰和宁静，而从内容上也可以看出，《朝花夕拾》是一曲儿时生活的恋曲，而不是常见的投枪和匕首。"③
- 杨明辉："幼年时候的经历，就像下围棋时最初布置的那几颗棋子，看似漫不经心，收官时却生死攸关。它们所决定的格局与大势，终究会随着时间的流逝而逐渐显现。"④
- 王朔《我看鲁迅》："《从百草园到三味书屋》和《社戏》是很好的散文，有每个人回忆童年往事的那份亲切和感伤，比《荷塘月色》《白

---

①《鲁迅作品精华》，杨义选评，三联书店2014年8月，P219
②李欧梵《铁屋中的呐喊》，浙江大学出版社2016年10月，P5
③叶国敏《在纷扰中寻出一点闲静——〈从百草园到三味书屋〉主题浅析》，载《佳木斯教育学院学报》2012年6月
④杨明辉《钱穆传》，江苏人民出版社2019年，P13

杨礼赞》什么的强很多，比史铁生的《我与地坛》可就不是一个量级了。"

- 叶世祥："倔强的鲁迅是不甘沉沦的。在暮色苍茫的时候，鲁迅先生怀着一片温情采撷着带露的朝花，是要为在现实斗争中搏斗得伤痕累累精疲力尽的身心找寻到慰藉。通过回忆，重新体验那一幅幅难忘的往事，在幸福而忧伤的回味中消解内心的苦闷，以便抵住那接踵而至的无奈和挫折，重新踏上征程。"①

- 曹禧修："综观全篇，作者不仅把童年人的叙事视点装在成年人叙事视点的套子里，其间还不断让叙事时间与故事时间时而分，时而合；分离时，采用儿童视点叙事；合的时候采取成年人视点叙事。叙事时间和故事时间分分合合，成年人视点和儿童视点自由转换，交错搭配，由此活化出文本复杂多样的人生况味，呈现出独特的艺术风采。"②

---

①叶世祥《〈从百草园到三味书屋〉新论》，见《鲁迅研究月刊》1993 年 3 月
②曹禧修《论〈从百草园到三味书屋〉复合型视角叙事》，载《鲁迅研究月刊》2015 年 7 月

二、阿长与《山海经》

（本文写于 1926 年 3 月 10 日，此文写法，为"先抑后扬"。写长妈妈缺点共 1795 字，写长妈妈优点仅 483 字。前半部分，可欣赏鲁迅之"嘴损"，其刀笔吏风格，读之趣味盎然。后半部分，一般的见解是"因阿长购买《山海经》，鲁迅表达了对她的尊敬、感激和怀念"，这种解读虽不能说不正确，但见识尚浅。读此文切不可囿于成见，否则如此寻常主题，岂值得数代人孜孜不倦阅读？一篇中学生父母深夜买药的文章岂不远胜长妈妈的买书？因此，要读懂此文，最关键的问题是：《山海经》对鲁迅到底意味着什么？这才是解开本文谜团最核心的钥匙。又，优酷上有一动画片，名为《阿长与山海经》，以水墨画成，情景符合鲁迅故居情况，且全片以绍兴话配音而成，颇为味道，可一并欣赏。）

（一）阿长的名字

长妈妈，已经说过，是一个一向带领着我的女工，说得阔气一点，就是我的保姆。我的母亲和许多别的人都这样称呼她，似乎略带些客气（"略带些"）的意思。只有祖母叫她阿长。我平时叫她"阿妈"，连"长"字也不带；但到憎恶她的时候，——例如知道了谋死（用字有趣，对儿童来说，隐鼠死了，那不是扔掉、弄死，而是"谋死"。）我那隐鼠的却是她的时候，就叫她阿长。（写人不写外貌，不写性格，先写其复杂的"名字叫法"，起笔不同。）

我们那里没有姓长的；（说明"长"不是姓。）她生得黄胖而矮，（与外表也不吻合。）"长"也不是形容词。又不是她的名字，（也不是她的名字。）记得她自己说过，她的名字是叫作什么姑娘的。什么姑娘，我现在已经忘却了，总之不是长姑娘；也终于不知道她姓什么。（不知道姓，不知道名，长妈妈的卑微地位，可见一斑。）记得她也曾告诉过我这个名称的来历：先前的先前，我家有一个女工，身材生得很高大，这就是真阿长。（周家工友王鹤招云，张福庆的夫人阮氏——庆太娘才是真正的长妈妈。① ◎横向距离叫"长"，纵向距离叫"高"。但其实"长"也可以形容纵向距离的"身高"。《镜花缘》中有所谓"长人国"，可见"长"，可以形容人的身高。又因为绍兴人长得不高，本人一米七，中上身材了。老家的小镇上有一个身高1.90米的人，大家觉得异样，叫他"长子"；我小学五年级有一个女同学，身高已经1.70米，大家叫她"长婆"。2021年，我回乡过"十一"休假，见一水果店叫"长子果业"，很逗。大家了解这一个背景，应当可以理解为什么原来的女工叫作"长妈妈"。此绍兴人之有趣处，自己长得不高，却嘲笑长得高的，"反向嘲讽"，风俗颇奇怪。但我查到数篇论文争论"长"字的读音，有一篇署名徐广胜的文章说因为鲁迅的乳名叫阿zhǎng，所以其乳母就被叫做"zhǎng"妈妈云云，不懂绍兴风俗，贻笑大方。②）后来她回去了，我那什么姑娘才来补她的缺，然而大家因为叫惯了，没有再改口，于是她从此也就成为长妈妈了。（名字都是别人的，卑微之至；如同阿Q，也没有名字。我读卡夫卡的小说，大部分主人公都是K，或者约瑟夫·K，亦别有深意。◎中国文化，等级制度都烙印在了名字里：有地位的人，死后有谥号，普通人则没有。有地位的人，有姓有氏，普遍人则有姓无氏。而底层人则往往连名字都没有，比如刘邦，原来叫刘季，意思是刘老四，他的哥哥叫"刘仲"，即刘老二。我自幼长于农村，有一人叫小狗，身份证上赫然写着"朱小狗"，读之喷饭。这还不算有趣，他的弟弟名字更胜一筹——"朱小小狗"。◎赖建玲、郑家建："在等级结构森严的传统大家庭中，称谓是一种特权的表征，是一种支配与被支配结构关系的话语形式。在这样的家庭结构中，一位底层女性永远只能处于在不同的主人面前被赋予不同称谓的命运之中。从更深层的文化结构来看，追问阿长名字的来历，是在呈现中国传统底层女性一部无声的身份文化史。她对于许多人来说，仅仅是个无关紧要的符号，是一群不断来了又去的被损害者的替身之一，她无法取得自身独立的立体性，就连姓名也都是被赋予的。文本中的这段叙述，尽管没有直接展现阿长的人生挣扎，但鲁迅对这位底层女性命运之同

二

阿长与《山海经》

---

① 《鲁迅生平史料汇编》第一辑，天津人民出版社1981年，P288。按：编者询问周建人夫妇，否定了王鹤招的说法。原长妈妈的事迹已不可考。
② 徐广胜《"长妈妈"的"长"》，载《咬文嚼字》2000年7月

情，则在字里行间汩汩流淌。这个不幸的女工在现实中只是一个记忆或称谓，飘忽在一群没有身份的历史，没有身份的认同，更没有身份的主体性的芸芸众生之中。"①)

（二）阿长缺点

虽然背地里说人长短不是好事情，但倘使要我说句真心话，我可只得说：我实在不大佩服她。（开门见山，先说对长妈妈的厌恶。）

【缺点一：背后议论】
最讨厌的是常喜欢切切察察，向人们低声絮说些什么事。还竖起第二个手指，在空中上下摇动，或者点着对手或自己的鼻尖。（《相信未来》的作者，诗人郭路生，笔名叫"食指"，估计就是被人议论、被人指指点点，遂取其名以自嘲。西方人最恶劣的手指是中指，我们则是食指。此中国人恶劣之习性，鲁迅想必也深恶痛绝，故鲁迅常常写文章批判"流言"。）我的家里一有些小风波，不知怎的我总疑心和这"切切察察"有些关系。（鲁迅儿时并不知道，是后来的鲁迅反思所得，认为家中很多矛盾冲突来源于长妈妈的背后议论。◎讨厌的第一个原因：背后议论人，甚至有点挑拨离间。）

【缺点二：多管闲事】
又不许我走动，拔一株草，翻一块石头，（照应百草园。）就说我顽皮，（对鲁迅管理严格。），要告诉我的母亲去了。（还喜欢打小报告。◎一个学生，最厌恶的，莫过于学生中的"投降派"，专门监视同学打小报告。吾之童年，亦苦之久矣。◎讨厌的第二个原因，爱打小报告。）

【缺点三：睡姿不雅】
一到夏天，睡觉时她又伸开两脚两手，在床中间摆成一个"大"字，

---

① 赖建玲、郑家建《重读〈阿长与《山海经》〉》，载《鲁迅研究月刊》2010 年第 9 期

挤得我没有余地翻身，久睡（鲁迅苦睡觉久矣。）在一角（读之笑喷。）的席子上，又已经烤得那么热。推她呢，不动；叫她呢，也不闻。（长妈妈睡眠质量，可以想见。）

"长妈妈生得那么胖，一定很怕热罢？（先为长妈妈考虑，说得委婉。）晚上的睡相，怕不见得很好罢？……"（母亲护着长妈妈面子，说话谨慎。）

母亲听到我多回诉苦之后，曾经这样地问过她。我也知道这意思是要她多给我一些空席。（幼儿懵懂的我，尚且知道母亲的言外之意。）她不开口。（长妈妈对母亲劝告的"答复"：不开口。可能是出于对主人的尊重，也可能是伤害自尊，总之坚决不改。）但到夜里，我热得醒来的时候，却仍然看见满床摆着一个"大"字，（"摆"字妙。）一条臂膊还搁在我的颈子上。（变本加厉矣。母亲劝说的效果，是多了一条颈上的胳膊。我可怜的鲁迅先生！）我想，这实在是无法可想了。（讨厌的第三个原因，睡觉姿势不雅，而且对主人的规劝置若罔闻。）

【缺点四：规矩烦琐】

但是（以上连写长妈妈三大缺点。终于看到这"但是"一词。"但是"者何词？转折词也。转折何谓也？要从缺点过渡到优点矣。）她懂得许多规矩；（虽有坏习惯，但学识渊博。）这些规矩，也大概是我所不耐烦的。（鲁迅的嘴，实在太损。本以为写了"但是"，该转入长妈妈优点的描写了。没想到这优点，亦是缺点。也就是说，长妈妈不仅有三大缺点，而且有一大优点。但这优点，也是不耐烦的。则长妈妈之为人，无足可观，可知矣。我戏谑鲁迅用"但是"一词曰：此学生下课捣乱，上学迟到，还骚扰女同学。但是，他有一个优点，就是上课睡觉从不烦扰别人。——读鲁迅，学骂人，乃真名师。）一年中最高兴（强调最高兴，后文有妙用。）的时节，自然要数除夕了。辞岁之后，从长辈得到压岁钱，红纸包着，放在枕边，只要过一宵，便可以随意使用。睡在枕上，看着红包，想到明天买来的小鼓、刀枪、泥人、糖菩萨……。（罗列玩具，以形成下文转折。）然而（此转折词，则将前面许多快乐都给一并取消了。这叫"大煞风景"。）她进来，又将一个福橘放在床头了。

二

阿长与《山海经》

"哥儿，（即浙江方言"阿官"，"大少爷"的意思。）你牢牢（郑重）记住！"她极其郑重地说。"明天是正月初一，清早一睁开眼睛，第一句话（第一句话）就得对我说：'阿妈，恭喜恭喜！'记得么？你要记着，这是一年的运气的事情。不许说别的话！说过之后，还得吃一点福橘。"她又拿起那橘子来在我的眼前摇了两摇，"那么，一年到头，顺顺流流……。"

梦里也记得元旦的，第二天醒得特别早，一醒，就要坐起来。她却立刻伸出臂膊，一把将我按住。（着急）我惊异地看她时，只见她惶急地看着我。（一个"惊异"，一个"惶急"，相映成趣。长妈妈为什么不提醒？因为不可提醒，第一句话必须是祝福；鲁迅为什么忘记昨日的叮嘱，被长妈妈的"惶急"所惊吓故也。死局难破，有趣至极。）

她又有所要求似的，摇着我的肩。（第一句话必须是"恭喜"，所以绝对不能说。但摇肩可以，妙人长妈妈！）我忽而记得了——

"阿妈，恭喜……。"

"恭喜恭喜！大家恭喜！真聪明！（读"真聪明"三字，笑喷！）恭喜恭喜！"她于是十分欢喜似的，（"似的"二字，又鲁迅奇怪又有味道的用词。）笑将起来，同时将一点冰冷的东西，塞在我的嘴里。我大吃一惊之后，也就忽而记得，这就是所谓福橘，元旦辟头的磨难，（不是庆贺，而是磨难。）总算已经受完，可以下床玩耍去了。（赖建玲、郑家建："在这个场景之中，我看到了一个日复一日地过着平凡而卑微的生活的女人对幸福的短暂而热烈的期盼；我听到了一种尽管微弱但又坚执的对命运不公的抗议；在阿长元旦清晨惶急的表情之中写满生命的疲惫，岁月的沧桑，也写满了无望但不放弃的喜悦。是的，阿长的期盼之中有一种可笑的迷信，但无可非议的是，这种期盼本身却是正直的，热情的；是的，虽然阿长仅仅是个粗俗的乡下保姆，这是令人沮丧而无助的现实，但元旦清晨的一声祝福，或许将照亮她一年的悲欢离合，将照亮她无数次悲哀绝望的哭泣，将照亮她眼中无尽漆黑的人生之路。"①)

她教给我的道理还很多，例如说人死了，不该说死掉，必须说"老掉

---

① 赖建玲、郑家建《重读〈阿长与《山海经》〉》，载《鲁迅研究月刊》2010年第9期。按：这段分析如此悲情，恐非正解。

了";（忌讳"死"这个字，我儿时所学的表达是"看山去了"。中国人对死亡的形容，真的特别多，比如"崩薨卒死""百岁后"，正史还有"如有不可讳"这样的表达。检索词语，则有陨命、归天、去世、仙逝、逝世、丧生、被绁、物化、亡故、毕命、断命、去逝、仙游、死灭、衰亡、弃世、升天、作古、牺牲等名目。）死了人，生了孩子的屋子里，不应该走进去；（因为灵魂在出窍，容易鬼附身。《红楼梦》中秦可卿死后，贾母劝宝玉不要去，也是一个道理。）饭粒落在地上，必须拣起来，最好是吃下去；（绍兴人还说，如果不吃完，日后自己的对象可能是个麻子。）晒裤子用的竹竿底下，是万不可钻过去的……。（胯下之辱，一辈子长不高。◎绍兴有两大恶习，一曰赌博，二曰迷信。除了这些，本书所说"吊死鬼""黑白无常""五常神"之类，绍兴人津津乐道。尚有一有趣习俗，若有小儿不小心掉进茅坑，需要挨家挨户讨要"百家米"，来给孩子消除霉运。我对此习俗表示无语——孩子掉入粪坑，已经够倒霉了，赶紧捞出来拿水浇洗，但非要挨家挨户去要米，这么一来，孩子掉入茅坑的事情，岂不是家喻户晓、广为传播？真有趣又无语的习俗。《鲁迅的青年时代》云，生下孩子，要把孩子的名字记到神或佛的账上，表示已经出家，鬼神不要因为嫉妒而抢去。鲁迅第一次记名是向大桶盘的神女，可能是九天玄女；还象征性地拜和尚——龙师傅或隆师傅——为师，表示已经出家，鲁迅的法号是长根。周作人还戴过牛绳，上系各种如"鬼见怕"的贝壳等辟邪之物，出门必须佩戴。①）此外，现在大抵忘却了，只有元旦的古怪仪式记得最清楚。总之：都是些烦琐之至，至今想起来还觉得非常麻烦的事情。（此讨厌长妈妈的第四大原因，礼节烦琐。◎深言之，长妈妈不过是旧礼制的承载物。）

【缺点五：长毛的故事】

（鲁迅的祖母也曾讲这个故事，鲁迅以之为素材，写了《怀旧》一文。）

　　然而（终于又见此"转折词"，不知此次先生是否骗我。）我有一时也对她发生过空前的敬意。（终于要说到她的优点了，小学语文所谓"先抑后扬"是也。"空前"二字，足见此优点惊天动地，我甚期待。）她常常对我讲"长毛"。（绍兴

---

①周作人《鲁迅的青年时代》，北京十月文艺出版社2013年，P6—7

民间称太平天国起义，叫长毛造反，称太平军为长毛，因为太平军与清军对抗，不梳辫子，披头散发上战场，故称"长毛"①。）她之所谓"长毛"者，不但洪秀全军，似乎连后来一切土匪强盗都在内，（此种观念，全受"乡绅"影响，乃是所谓的官方意识形态。）但除却革命党，因为那时还没有。（革命党之所以不是"长毛"，是因为当时还没有；意思是，如果当时有革命党，也应该是"长毛"。鲁迅借题发挥，批判一下中国国民性之愚昧。）她说得长毛非常可怕，他们的话就听不懂。（话听不懂，是语言阻隔，但这就证明"非常可怕"，有趣的逻辑。）她说先前长毛进城的时候，我家全都逃到海边去了，只留一个门房和年老的煮饭老妈子看家。后来长毛果然进门来了，那老妈子便叫他们"大王"，——据说对长毛就应该这样叫，——诉说自己的饥饿。长毛笑道："那么，这东西就给你吃了罢！"将一个圆圆的东西掷了过来，还带着一条小辫子，正是那门房的头。（少儿不宜的恐怖故事。）煮饭老妈子从此就骇破了胆，后来一提起，还是立刻面如土色，自己轻轻地拍着胸脯道："阿呀，骇死我了，骇死我了……"（长妈妈绘声绘色给一个孩子讲恐怖故事，比之《格林童话》，何者有趣？长妈妈真妙人，肚中有货，既懂得美女蛇，又懂得长毛故事，真渊博之人。）

我那时似乎倒并不怕，因为我觉得这些事和我毫不相干的，我不是一个门房。（逻辑令人绝倒，孩子智力发育如此，完全惊吓不到。这就如同我读英文恐怖小说，毫不害怕，非情节不恐怖，而是英文不好，凡形容恐怖氛围的描写，单词都不认识……）但她大概也即觉到了，说道："像你似的小孩子，长毛也要掳的，掳去做小长毛。还有好看的姑娘，也要掳。"（长妈妈讲故事真的一绝，不是为了让孩子受到教育，而是让孩子恐惧。若孩子不恐惧，则随意改变故事，想尽办法让孩子吓破胆。）

"那么，你是不要紧的。"（天真，太可爱了。）我以为她一定最安全了，既不做门房，（门房要被砍头。）又不是小孩子，（小孩子掳去做小长毛。）也生得不好看，（好看的姑娘也要掳。）况且颈子上还有许多灸疮疤。（没想到讲恐

---

① 马蹄疾《鲁迅生活中的女性·孤寂落寞的祖母》，南开大学出版社 2017 年，P3

怖故事的结局竟然这样，读之喷饭。但这个故事实在太过巧妙，必先生添油加醋，生色不少。）

"那里的话?!"她严肃地说。"我们就没有用处？我们也要被掳去。城外有兵来攻的时候，长毛就叫我们脱下裤子，一排一排地站在城墙上，外面的大炮就放不出来；再要放，就炸了！"（此所谓"女阴御敌"也！女人可以防大炮，此极度荒谬的事情。但史书中，多有描写，可笑之至。① 这不仅仅是恐怖故事，还有如此少儿不宜情节，长妈妈真妙人！）

这实在是出于我意想之外的，不能不惊异。（数十年后，鲁迅依然记得这个绘声绘色的故事，可见印象至深。）我一向只以为她满肚子是麻烦的礼节罢了，却不料她还有这样伟大的神力。（反话）从此对于她就有了特别的敬意，（反话）似乎实在深不可测；（反话）夜间的伸开手脚，占领全床，那当然是情有可原的了，倒应该我退让。（反话。◎读之至此，才恍然大悟，鲁迅先生再次欺我。"然而我有一时也对她发生过空前的敬意。"此转折，非真转折。行文之妙，嘴巴之毒，并驾齐驱。◎此讨厌长妈妈的第五大原因，无知。）

【缺点六：谋害隐鼠】

这种敬意，虽然也逐渐淡薄起来，但完全消失，大概是在知道她谋害了我的隐鼠（隐鼠乃鼠类中体型最小的一种，只有大拇指大小。会在书桌上舔食研好的墨汁。鲁迅就当是"墨猴"养着，时间是1894年，当时的鲁迅13岁。）之后。那时就极严重地诘问，而且当面叫她阿长。我想我又不真做小长毛，不去攻城，也不放炮，更不怕炮炸，我惧惮她什么呢！（此讨厌长妈妈的第六大原因，谋害隐鼠。）

---

① 女阴御敌的故事，中国古代有很多。《明史·李锡传》写征蛮将军李锡征讨西南少数民族叛乱，"妇人裸体扬箕，掷牛羊犬首为厌胜"。这是正史的记载。晚清珠山人高树的《金銮琐记》，记述义和团时期的掌故，也谈到所谓"阴门阵"。《临清寇略》记载，清乾隆三十九年（1774），山东王伦白莲教起事，乱军围攻临清城，被守军所败。刚开始时，城上守军向敌军开炮，但并不能命中，敌军仍然向前冲锋。守将叶信将鸡血、粪汁洒在城上，并叫来一些妓女站在城上以阴门向敌。此招果然有效，一开炮就命中敌兵敌将，临清之围遂解。大学士舒赫德在给乾隆的奏折中也细述了此事，不过他说守军在城上洒的是狗血。这些故事荒诞不经，兹不赘述。可参考刘玉凯《破解长妈妈的"裸靶"故事》，载《上海鲁迅研究》2020年4月

二 阿长与《山海经》

（读至此处，可总结鲁迅骂人之技术。假如我们写作，要写长妈妈六大缺陷，并非易事，因为过多的并列，读之死板呆滞，必显得啰嗦令人生厌。但鲁迅写起来，摇曳生姿，诚善于骂人之鬼才也。其连接此六大缺点的结构为：我讨厌她的A、B、C，但是她有一优点D，这优点也是我不耐烦的。然而它也有令我敬佩的地方E，但因为F，我连对她的敬佩也消失了。——这个结构，前三者并列，第四个假转折，第五个则是反语，第六个紧随第五个顺势推出。绍兴才子所写，真妙文！真毒舌！全文先抑后扬，读者只记住后面的483字，不知前文1795字亦有妙文可赏。我尤其对其"假转折"表示新奇。我见有人以此写过一段有趣的短文云："种地好啊，虽然睡得晚，但是起得早啊；虽然风险高，但是利润低啊；虽然冬天冷，但是夏天热啊。"妙语解颐，可发一笑！◎周作人云，古代有《二十年目睹之怪现状》《官场现形记》等"热骂"，但鲁迅更擅长"冷嘲"，最喜欢用反语，在中国历代文学中，最为少见，唯《镜花缘》《儒林外史》的一部分有之。）

（三）《山海经》

但当我哀悼隐鼠，给它复仇的时候，（复仇的方式，是叫她阿长。），一面又在渴慕着绘图的《山海经》了。（鲁迅十岁买《山海经》，十三岁养隐鼠，其实年龄对不上。）这渴慕是从一个远房的叔祖惹起来的。他是一个胖胖的，和蔼的老人，爱种一点花木，如珠兰、茉莉之类，还有极其少见的，据说从北边带回去的马缨花。（周兆蓝，字玉田，是一个秀才，藏书甚多，一辈子以教书为生。1887年，鲁迅6岁，周兆蓝是鲁迅的启蒙老师。曾写《鉴湖竹枝词》100首，鲁迅抄录一次，末写"侄孙樟寿谨录"。另有《游华山》一文的手稿，周冠五捐赠给绍兴鲁迅纪念馆。周玉田手抄的《阳明先生年谱》1册，解放后鲁迅纪念馆从旧书店购买馆藏。周作人曾购买他的遗作《日知录集注》。周建人云，玉田死于鲁迅离开三味书屋去南京那一年。起初是牙瘘，先是觉得牙齿痛，接着牙床都溃烂了，接着，腮边也烂穿了，浓水流出。六月十八，他去世了。因为没钱安葬，玉田又是大胖子，一天尸体就腐臭。虽然尸体上盖了芭蕉叶，但借钱、典卖凑钱后已经三天，尸体已经流出水来了，苍蝇飞舞。连入殓都无人愿意为他穿衣。[①]◎周作人：

[①]周建人口述，周晔整理《鲁迅故家的败落》，福建教育出版社2017年，P117

"他给予鲁迅的影响大概是很不小的，这里虽然说的只是关于图画的，但这也就延长及于一般书籍，由《点石斋丛画》和《诗画舫》，由《尔雅音图》和《毛诗品物图考》，不久转为《二酉堂丛书》和《六朝事迹类编》等了。"① 他的太太（蓝太太）却正相反，什么也莫名其妙，曾将晒衣服的竹竿搁在珠兰的枝条上，枝折了，还要愤愤地咒骂道："死尸！"（这是乡下女人骂人的常用语。② ◎周建人云，玉田公公对花草很爱惜，对我说："你看看不要紧，就不要用手去摸呀！"所以我看花总是反背了两只手，玉田公公也就放心了。③ ◎丈夫爱花如命，妻子恨花如仇，这样两个人相伴一生，殊可叹。）这老人是个寂寞者，因为无人可谈，就很爱和孩子们往来，有时简直称我们为"小友"。（龙应台《寒色》云："一个人固然寂寞，两个人孤灯下无言相对却可能更寂寞。"周玉田所娶非人，寂寞后半生，真属悲剧。我读《浮生六记》，不禁潸然泪下，一半因为羡慕沈复和芸娘的琴瑟和鸣二十三年，一半因为感慨虽有芸娘相伴，家庭终亦解体。人生不如意者十之八九，不亦悲夫！）在我们聚族而居的宅子里，只有他书多，而且特别。（所谓特别，就是非考试用书多。）制艺和试帖诗，自然也是有的；但我却只在他的书斋里，看见过陆玑的《毛诗草木鸟兽虫鱼疏》，还有许多名目很生的书籍。我那时最爱看的是《花镜》，（鲁迅根据《花镜》，种过花，时期很长。书内说映山红种植时要用本山土，但鲁迅实践后认为书中所写是错误的。乃批注云："按：花性喜燥，不宜多浇，即不以本山土栽亦活。"这本写过批注的书，现藏绍兴鲁迅纪念馆。④ ◎鲁迅在南京求学，有《和仲弟送别元韵》诗，第二首云："日暮舟停老圃家，棘篱绕屋树交加。怅然回忆家乡乐，抱瓮何时共养花？"）上面有许多图。他说给我听，曾经有过一部绘图的《山海经》，画着人面的兽，九头的蛇，三脚的鸟，生着翅膀的人，没有头而以两乳当作眼睛的怪物，（鲁迅喜欢这些东西，长妈妈所讲"美女蛇""长毛"故事，其实蛮符合其胃口的。）……可惜现在不知道放在那里了。

很愿意看看这样的图画，但不好意思力逼他去寻找，他是很疏懒的。

---

① 《周作人讲解鲁迅》，止庵编，江苏文艺出版社 2012 年，P409
② 《周作人讲解鲁迅》，止庵编，江苏文艺出版社 2012 年，P409
③ 周建人口述，周晔整理《鲁迅故家的败落》，福建教育出版社 2017 年，P13
④ 《鲁迅生平史料汇编》第一辑，天津人民出版社 1981 年，P154

二 阿长与《山海经》

问别人呢,谁也不肯真实地回答我。压岁钱还有几百文,买罢,又没有好机会。有书买的大街离我家远得很,我一年中只能在正月间去玩一趟,那时候,两家书店都紧紧地关着门。(山穷水尽矣。)

玩的时候倒是没有什么的,(亦太符合小孩心理了。)但一坐下,我就记得绘图的《山海经》。(念念不忘,如痴如醉。)

大概是太过于念念不忘了,连阿长也来问《山海经》是怎么一回事。这是我向来没有和她说过的,我知道她并非学者,说了也无益;但既然来问,也就都对她说了。(本不抱希望。)

过了十多天,或者一个月罢,我还记得,是她告假回家以后的四五天,她穿着新的蓝布衫回来了,一见面,就将一包书递给我,高兴地说道:"哥儿,有画儿的'三哼经'(不识字的阿长。),我给你买来了!"(杨义:"作为一个目不识丁的粗人,长妈妈可能走遍城乡书铺,逢人就问,经过曲折的'淘宝'过程,才把'有画儿的"三哼经"'这份宝贝送到'哥儿'手中。……没有文化的粗人具有二重性,她既是民间文化的载体,又是人性不泯的见证。"[1]

我似乎遇着了一个霹雳,(极写当时的震惊。)全体都震悚(已非喜悦可以形容。)起来;赶紧去接过来,打开纸包,是四本小小的书,略略一翻,人面的兽,九头的蛇,……果然都在内。

又使我发生新的敬意了,别人不肯做,或不能做的事,她却能够做成功。她确有伟大的神力。谋害隐鼠的怨恨,从此完全消灭了。(此句收束。)

这四本书,乃是我最初得到,最为心爱的宝书。(吴灵芝:"以《山海经》为中心的自由世界是与以礼俗为中心的受限世界相对立而出现的。《山海经》中'画着人面的兽、九头的蛇、三脚的鸟、生着翅膀的人,没有头而以两乳当作眼睛的怪物'。书中洋溢着自由的飞腾的无拘无束的浪漫主义精神,风格质朴自然而几乎未附着任何文化痕迹。这与以'礼'为中心的中国文化传统大相径庭。从被正统人士斥为荒诞不经的'志怪'书、'奇书'到'我'找寻此书时'谁也不肯真实地回答我',在文化传统中,《山海经》成了人们回避、排斥的对象。"[2] ◎后来的鲁迅,从

---

[1]《鲁迅作品精华》,杨义选评,三联书店 2014 年 8 月,P182
[2] 吴灵芝《从〈阿长与《山海经》〉看鲁迅的精神世界》,载《青春岁月》2011 年第 4 期

好奇转到了对《山海经》的学术研究,不仅研究其作者,也研究其成书年代。对该书的性质,还提出了自己的看法。鲁迅认为,《山海经》是"古之巫书"。1980年,袁行霈撰文认同,1985年袁珂撰文认为,鲁迅的这一认识"确实是眼光独到,具有真知灼见的"。①)

书的模样,到现在还在眼前。可是从还在眼前的模样来说,却是一部刻印都十分粗拙的本子。纸张很黄;图像也很坏,甚至于几乎全用直线凑合,连动物的眼睛也都是长方形的。(再补一笔,写书之低劣,反见内心惊喜。)但那是我最为心爱的宝书,看起来,确是人面的兽;九头的蛇;一脚的牛;袋子似的帝江;没有头而"以乳为目,以脐为口",还要"执干戚而舞"的刑天。

(四)尾声

此后我就更其搜集绘图的书,于是有了石印的《尔雅音图》(父亲伯宜公所旧有。)和《毛诗品物图考》,(周作人:甲午年所买。),又有了《点石斋丛画》和《诗画舫》。(杨义:"……将他的好奇心和想象力放飞到一个海阔天空的图文互动的世界,并成就了鲁迅之为鲁迅,一个既写小说、杂文,又喜欢文物、木刻、画谱的具有丰富的人文情怀的鲁迅。"② ○周作人:"鲁迅与《山海经》的关系可以说很是不浅。第一是这引开了他买书的门,第二是使他了解神话传说,扎下了创作的根。这第二点可以拿《故事新编》来做例子。"③)《山海经》也另买了一部石印的,每卷都有图赞,绿色的画,字是红的,比那木刻的精致得多了。这一部直到前年还在,是缩印的郝懿行疏。木刻的却已经记不清是什么时候失掉了。

我的保姆,(仅仅是工作关系的下人。)长妈妈(关心我的人。)即阿长,(我曾讨厌过的人。)辞了这人世,大概也有了三十年了罢。(三个称呼,写鲁

---

① 袁珂《〈山海经〉"盖古之巫书"试探》,见《社会科学研究》,1985年12月
② 《鲁迅作品精华》,杨义选评,三联书店2014年8月,P183
③ 周作人《鲁迅的故家》北京十月文艺出版社2013年8月,P104

迅与长妈妈之纠葛，以及内心之复杂。所谓"百感交集"是也。阿长死于1899年四月初六辰时，此文写于1926年，则二十七年矣。◎以姓名介绍始，以姓名称呼终，首尾呼应，笔法谨严。）**我终于不知道**（终于不知道。）**她的姓名，她的经历；仅知道**（仅知道）**有一个过继的儿子，她大约**（大约）**是青年守寡的孤孀。**（连用三个不确切的词，表明对长妈妈知之甚少。◎刘思萌、任强："自己这么多年对她毫无关心之意、毫无关心之行动的深深愧疚与无尽自责。这也应该是点睛之笔。……只谈最后段的呼告是表达作者对阿长的怀念，这是对文本解读的疏漏。……鲁迅要理性地批判什么呢？……作者真正批判的是自己那些年的冷漠无情。"①◎我参考一些资料，把长妈妈基本情况汇总如下：长妈妈，夫家姓"余"，是绍兴东浦大门溇人。长妈妈患有羊癫痫，周作人云，1899年4月初六日雨中放舟至大树港看戏，鸿寿堂徽班，长妈妈发病，辰刻身故。又云，当日去看戏，天下大雨，她忽然癫痫发作。大家让她在船躺下来，等她恢复。她对鲁老太太含糊一句："奶奶，我弗对者。"意思是，我感觉情况不妙！以后不再做声了。长妈妈过继了一个儿子，叫五九，做过裁缝，长妈妈死后，就算了工钱，送了鲁迅家一条鲤鱼、七条鲫鱼，从此就不再有联系了。②）

仁厚黑暗的地母③**呵，愿在你怀里永安她的魂灵！**（杨义："这种祈祷之音何等深沉，在鲁迅作品中实属仅见。"④◎龙建人："理解鲁迅对长妈妈的态度，这一句话很重要。这是鲁迅笔下很少见的纯粹抒情的文字，更是鲁迅写孔乙己写阿Q等小说中的人物时所不能看到的文字。这传达出一个什么样的信息呢？……鲁迅就是有意在把长妈妈这个人物与他小说中的人物如孔乙己、阿Q等区别开。在鲁迅的笔下，长妈妈是一个名不见经传的小人物，无声无息就是她们的生活方式，她是'物质上受着压迫、剥削，精神上受着无形枷锁的'、'善良而纯朴的'，是'苦难深重的人民象征'，对于这类人，鲁迅是没有任何讽刺意向的。面对长妈妈，鲁迅所具有的只有怀念和深刻的同情。因而鲁迅才在文章的最后写出这句发自肺腑的话来。⑤

---

①刘思萌、任强《从〈阿长与《山海经》〉看鲁迅的自省精神》，见《湖北经济学院学报》2016年6月
②周作人《鲁迅的故家》，北京十月文艺出版社2013年8月，P98—101
③地母：又称"后土娘娘"，主宰土地山川、万物繁殖、五谷丰登，也是墓穴守护神。
④《鲁迅作品精华》，杨义选评，三联书店2014年8月，P183
⑤龙建人《长妈妈是鲁迅笔下的"小人物"吗——与孙绍振先生商榷》，载《名作欣赏》2008年7月

◎周作人:"……四书五经读得很快,可是因为有反感,不曾发生什么影响。……他就用余暇来看别的古书,这在正经用功赶考的人说来是'杂览',最是妨碍正业,要不得的。鲁迅看了许多正史以外的野史,子部杂家的笔记,不仅使他知识大为扩充,文章更有进益,又给了他两样好处,那是在积极方面了解祖国伟大的文化遗产的价值,消极方面则深切感到封建礼教的毒害,造成它'礼教吃人'的结论,成为后日发为《狂人日记》以后的那些小说的原因。"① 按:一般人读书,读一本《山海经》,无非为了娱乐。但这种杂书在鲁迅的人格养成中,至关重要。只有理解了这一点,长妈妈的意义才能得到解释。长妈妈乃是鲁迅人生道路上的贵人,一个没有文化的人引导了一个文化人的成长,而绝不可仅仅理解为长妈妈作为保姆对鲁迅的疼爱。
◎鲁迅一生都在战斗,最彻底者,莫过于对中国传统的深入骨髓的反思和批判。但这种批判,对我们来说,是一种奢侈。从另一个角度看,鲁迅正因为深受传统影响,才能批判之。我们这一代读书人,根本没有这种"旧学"功底,奢谈批判,就颇为好笑。而且我发现,旧学教育给了鲁迅以深度,这样的深度让鲁迅即使是研究《山海经》,也与众不同。这就像某个大学教授研究金庸武侠小说,亦颇有建树。我读萨特自传《文字生涯》,发现萨特的读书体系也是如此,一方面读并不喜欢的大部头书,一方面读各种小说。与鲁迅的读书,有异曲同工之妙。所以,我的启发是:读《山海经》就如同现代人喜欢看玄幻小说、漫画图书,本无所谓有大裨益;有了体系性的深度教育,这些杂学旁收才能开花结果。一个普通人读金庸,无非就是娱乐;一个教授研究金庸,才能超越娱乐。善读书者,要有严肃的体系性阅读线,也要有杂学旁收的兴趣线,二线并行,最为妥当。)

三月十日

---

①周作人《关于鲁迅》,新疆人民出版社 1997 年,P435

总　　评

- 赖建玲、郑家建："这篇散文成功的首要之处，就在于鲁迅充分运用了其得心应手的小说笔法。"①
- 周作人："那木刻小本的《山海经》的确是她所送的，年代当然不能确说，可是也约略可以推得出来。本文中说这在隐鼠事件以后，但实在恐怕还在以前，因为驯养隐鼠是在癸巳（一八九三年）的次年，时代不很早了。小堂前以西的前后房原是伯宜公的住处，癸巳春介孚公丁忧回家，这才让出来给他，伯宜公自己移到东偏的末一间里去了。未几介孚公因科场事下狱，潘姨太太和介孚公的次子伯升也搬到杭州了，这大概是次年甲午的事，那房间便空闲着，鲁迅在那朝北的后房窗下放了一张桌子，放学回来去闲坐一会，养隐鼠就是在那里，这记忆很是明了，所以这事总不能比甲午更早。那时他已在三味书屋读书，也已从舅父家寄食回来，描画过《荡寇志》绣像，在那里见到了石印《毛诗品物图考》，不久也去从墨润堂书坊买了来，论年纪也已是十四岁了。那木刻小本的《山海经》，如本文所说，'这四本书，乃是我最初得到，最为心爱的宝书'，这完全是对的，但这时期应该很早，大概在十岁内外才对。著者因为上文有那隐鼠事件，这里便连在一起，这大抵是无意或有意的诗化，《小引》中说与实际内容或有些不同，正是很可能的。"②
- 赖建玲、郑家建："我坚持认为在阿长这个形象的背后凝聚着鲁迅对

---

①赖建玲、郑家建《重读〈阿长与《山海经》〉》，载《鲁迅研究月刊》2010年第9期
②《周作人讲解鲁迅》，止庵编，江苏文艺出版社2012年，P408

其生命历程中众多女性的情感体验和审美想象：有对母亲的深情；对许广平的爱情；有对诸如祥林嫂、单四嫂子、华小栓母亲、夏瑜母亲等无数底层女性的同情；有对诸如阿金式的中国女性的人性缺陷的憎恶之情。因此，她是如此的真实，又是如此的虚构。可以说，阿长已成为鲁迅生命中对女性情感体验与审美想象的'原型'，在这里隐藏着一个可以不断阐释的心理与艺术的秘密。"①

- 周作人："鲁迅对于古来文化有一个特别的看法，凡是'正宗'或'正统'的东西，他都不看重，却是另外去找出有价值的作品来看。"②

- 杨义："全文将世俗礼教为中心的压抑和蒙蔽人性的世界，及有画儿的'三哼经'为中心的可以开发精神自由的世界，进行对比性的对接和并置。没有文化的粗人具有二重性，既是民间文化的载体，又是人性不泯的见证。"③

- 朱崇科："相当耐人寻味的是《朝花夕拾》中并没有专节叙及现实中和鲁迅相依为命、让鲁迅爱恨交加的角色——坚韧但也给鲁迅造成伤害的母亲，而是浓墨重彩描绘了来自民间底层让鲁迅既可能轻视，又转而尊敬和一直亲近的长妈妈的形象。从此角度看，这对鲁迅拥抱民间同时又批判底层劣根性的理性思考是一个情感补偿。"④

- 韩石山："写一个丑妇人的颠顸与仁慈，毫无美感可言。……（长毛故事）这样污秽的文字，你让教员在课堂上当着那些少男少女怎么讲？勉强讲了，你让那些少男少女们对他们的少女同学发生怎样的感想？古人说，始作俑者，其无后乎；仅仅因为鲁迅是伟大的文学家，而将此篇选入初中语文课本的人，其无儿女乎？"⑤

---

①《周作人讲解鲁迅》，止庵编，江苏文艺出版社 2012 年，P408
②周作人《鲁迅的青年时代》，北京十月文艺出版社 2013 年 8 月，P58
③《鲁迅作品精华》，杨义选评，三联书店 2014 年 8 月，P183
④朱崇科《〈阿长与《山海经》〉中的三个鲁迅》，载《绍兴文理学院学报》2020 年 11 月
⑤韩石山《少不读鲁迅，老不读胡适》，中国友谊出版公司 2005 年 10 月，P314—315

三、五猖会

　　此文写于1926年5月25日，五猖会之描写，亦见于废名《放猖》。观五猖会事件，在1888年，鲁迅时年7岁。然周作人《鲁迅小说中的人物》推定，此事当在鲁迅10岁时发生。◎从"主流观点"看，此又抨击封建压迫教育之作，但仔细考订事实，核心情节为鲁迅所编造，未必符合事实。我的感觉是，鲁迅对传统教育成见颇深，我们既要理解鲁迅的思考，又要跳出来，理解鲁迅的局限性。今日教育之教条，此篇尤然。◎本文当与《二十四孝图》合看。

（一）迎神赛会

　　孩子们所盼望的，过年过节之外，（先生记得福橘否?）大概要数迎神赛会的时候了。但我家的所在很偏僻，待到赛会的行列经过时，一定已在下午，仪仗之类，也减而又减，所剩的极其寥寥。往往伸着颈子等候多时，却只见十几个人抬着一个金脸或蓝脸红脸的神像匆匆地跑过去。于是，完了。（"于是，完了。"仅用4个字，用极简之笔，写出观神赛会的不过瘾。以为下文渴望观看伏笔。）

　　我常存着这样的一个希望：这一次所见的赛会，比前一次繁盛些。可是结果总是一个"差不多"；也总是只留下一个纪念品，就是当神像还未抬过之前，化一文钱买下的，用一点烂泥，一点颜色纸，一枝竹签和两三枝鸡毛所做的，吹起来会发出一种刺耳的声音的哨子，叫作"吹都都"的，吡吡地吹它两三天。（再写失望。）

　　现在看看《陶庵梦忆》，觉得那时的赛会，真是豪奢极了，虽然明人的文章，怕难免有些夸大。（再以《陶庵梦忆》，写对繁盛五猖会的期待。）因为祷雨而迎龙王，现在也还有的，但办法却已经很简单，不过是十多人盘旋着一条龙，以及村童们扮些海鬼。那时却还要扮故事，而且实在奇拔得可观。他记扮《水浒传》中人物云："……于是分头四出，寻黑矮汉，（**及时雨宋江**）寻梢长大汉，（**活阎罗阮小七**）寻头陀，（**行者武松**）寻胖大和尚，（**花和尚鲁智深**）寻茁壮妇人，（**母大虫顾大嫂**）寻姣长妇人，（**一丈青扈三娘**）寻青面，（**青面兽杨志**）寻歪头，（**豹子头林冲**）寻赤须，（**赤发鬼刘唐**）寻美髯，（**美髯公朱仝**）寻黑大汉，（**黑旋风李逵**）寻赤脸长须。（**大刀关胜**）大索城中；无，则之郭，之村，之山僻，之邻府州县。（**连用四个"之"，极写寻找"演员"之大费周章。**）用重价聘之，得三十六人，梁山泊好汉，个个呵活，臻臻至至，人马称娖（chuò）而行……"（**的确有繁盛之感。**）这样的白描的活古人，谁能不动一看的雅兴呢？可惜这种盛举，早已和明社一同消灭了。（**今日学校，经常三令五申，禁止庆祝圣诞、万圣等洋节，理由冠冕堂皇——弘扬中华文明。读之，振振有词；理由，堂堂高大；用心，良苦恳切。但读完，反觉得狭隘可笑。中国之节日，趣味每况愈下，中秋节是为了吃五仁月饼，端午节是为了吃粽子，元宵节是吃汤圆，总之，就剩下了吃，毫无乐趣可言。所以，要保护中国传统，在让中国传统多点趣味，多点乐趣，特别是给孩子带来乐趣。印度胡里节，威尼斯的狂欢节，西班牙的斗牛节等，莫不有趣而有观赏性，长盛不衰。中国节日与之相比，相形见绌。多年前，我去山西平遥古城过元宵，花灯璀璨，烟花繁盛，全城虽 PM 2.5 爆表，但随处可见垒砌如山的蜂窝煤，山一样烧着，人们击鼓跳舞，放孔明灯。这是我第一次感觉到传统节日的魅力。**）

　　赛会虽然不像现在上海的旗袍①，（**鲁迅文章，常常"人挡杀人，佛挡杀佛"。本文本在反思教育，却提及"旗袍"，算是老虎、苍蝇一起打。旗袍本清朝旗人所穿，清末排满情绪浓烈，故穿旗袍的人凤毛麟角；约在20年代的上海——有人估计是娼妓界开始，体现女性身体曲线、露着大腿的旗袍逐渐流行。1925年，北伐时期，女学生剪短头发，穿着简易朴素的旗袍，开始将旗袍推广到全国。鲁迅纪念过的"刘和珍"，其遗照亦穿着旗袍。1929年开始，旗袍则成为女子正装。鲁迅嘲讽当局禁止旗袍，一在于对当局的保守不满；一在于旗袍实际是进步女生的标准穿**

---

①上海的旗袍：当时盘踞江浙一带的北洋军阀孙传芳认为妇女穿旗袍有伤风化，曾下令禁止。

着。孙传芳禁止旗袍，理由是有伤风化。然传说其夫人亦穿旗袍，孙传芳亦无办法，只得说："内人难训，实无良策。"）北京的谈国事，（北京茶馆众多，百姓喜谈国事。老舍《茶馆》是三幕剧，每一幕都有一核心纸条："莫谈国事"。《茶馆》中的刘四爷，因一句"大清国要完"，就入狱一年多。权力对言论的牵制，触目惊心。）为当局所禁止，然而妇孺们是不许看的，（妇孺地位低，被管束，连五猖会都"不许看"。）读书人即所谓士子，也大抵不肯（读书人，"不肯"看，此淫祀，有伤风化。）赶去看。只有游手好闲的闲人，（正统文化，由政府、士人传承，但往往束缚人心，遂使文化被钳制，万马齐喑；民间文化，只能以"游手好闲的闲人"传承，却生气勃勃。以今日相声言之，春晚相声为正统，但除少量人的少量作品外，大多歌功颂德，看之令人生厌，故逐渐没落；郭德纲之相声，在剧场中表演给闲人看，虽低俗玩笑在所不免，但京剧、评剧、河北梆子、京韵大鼓，各种传统曲种汇入其中，郭德纲几乎以一己之力，重新赢得人们对相声的关注。鲁迅乃反叛的天才，其所敌视的，是正统的教化；其所赞美和关注的，往往是民间的文化。），这才跑到庙前或衙门前去看热闹；我关于赛会的知识，多半是从他们的叙述（口头叙述）上得来的，并非考据家所贵重的"眼学"。（眼学者，看书所得也。此五猖会既然属于民间文化，被正统人士视为淫祀，哪有书籍记载？◎赖秀俞："在这里，我们可以看到，鲁迅在对民俗文化进行审视时，主要表现了两个维度：一是民俗文化所携带的与知识分子文化的对峙性，二是民俗文化作为一种弱势文化的边缘性。"[①]然而记得有一回，也亲见过较盛的赛会。开首是一个孩子骑马先来，称为"塘报"；过了许久，"高照"到了，长竹竿揭起一条很长的旗，一个汗流浃背的胖大汉用两手托着；他高兴的时候，就肯将竿头放在头顶或牙齿上，甚而至于鼻尖。其次是所谓"高跷"、"抬阁"、"马头"了；还有扮犯人的，红衣枷锁，内中也有孩子。我那时觉得这些都是有光荣的事业，与闻其事的即全是大有运气的人，——大概羡慕他们的出风头罢。我想，我为什么不生一场重病，使我的母亲也好到庙里去许下一个"扮犯人"的心愿的呢？……然而我到现在终于没有和赛会发生关系

[①] 赖秀俞《〈五猖会〉：重识民俗与文化寻根》，载《江苏第二师范学院学报》2017年3月

过。(铺垫至此结束,以下进入正文。)

(二) 观五猖会

要到东关(与绍兴毗邻,旧属绍兴,离城七十里,距离曹娥江仅10里。◎周作人云,此时的鲁迅估计是六七岁。去东关是因为小姑母嫁于东关,邀请看五猖会。①)看五猖会去了。这是我儿时所罕逢的一件盛事,因为那会是全县中最盛(呼应前文:"我常存着这样的一个希望:这一次所见的赛会,比前一次繁盛些。"◎宣统元年七月十日《绍兴公报》云:"会稽东关五猖会,为八县之冠,极尽奢华,异常热闹。")的会,东关又是离我家很远的地方,出城还有六十多里水路,在那里有两座特别的庙。(一般的庙,比如包公庙、药王庙、城隍庙、天地庙等,都是纪念先贤或神祇的。)一是梅姑庙,就是《聊斋志异》所记,室女守节,死后成神,却篡取别人的丈夫的;现在神座上确塑着一对少年男女,眉开眼笑,殊与"礼教"有妨。(《聊斋志异》卷七有《金姑夫》一篇,略谓有东莞女子姓马,虽有婚约,但未嫁而夫死,但她坚持守寡不再改嫁,三十岁即死。族人因其贞节感动,造祠纪念,是为梅姑庙。过了几百年,到顺治十三年,在梦中与赶考的"金生"相会,以身相许。某日,会稽本地居民皆得一个梦,梅姑让他们在庙中塑"金生"之像。族长觉得有违梅姑贞洁,不予塑像。结果一家俱病。于是在惊恐中塑像于左。塑像造成后,金生对自己的妻子儿女说:"梅姑迎我矣。"穿好衣服,带好帽子,然后溘然长逝。他的妻子非常生气,到梅姑庙指着塑像破口大骂,又爬上去狂扇梅姑耳光,才愤愤离开。——这个荒诞不经的故事,的确"与礼教相妨"。但鲁迅喜欢的,正在于此"与礼教相妨",正如某书被禁,此书必成名著也。◎裘士雄:"……不论是天上地下,还是人世间阴世间,三从四德等种种封建礼教、道德是主流,是普遍的存在,是统治阶级倡导的,但东关人也借梅姑这尊女神灵对此发出抗争,梅姑生前做了室女,被剥夺了自由恋爱和婚姻的权利,死后仍

---

①周作人著,止庵校订《鲁迅小说里的人物》,河北教育出版社2002年1月,P251。陈云坡《鲁迅家乘及其轶事》亦云鲁迅七岁看五猖会,时在1887年。并云,因为鲁迅年龄小,记忆不清,所以对五猖会的正面描写不多。

争取和努力,并达到了她的目的。……东关人通过为梅姑建庙塑像,尤其是增塑金生像,也充分体现了民众在封建礼教高压下仍追求自由婚姻的心愿。"①) 其一便是五猖庙(当地人亦称为"五昌庙",猖者,恣意妄为之意。◎此庙为东关地标建筑,但文革期间被拆除。)了,名目就奇特。据有考据癖的人说:这就是五通神。(财神)然而也并无确据。神像是五个男人,也不见有什么猖獗之状;后面列坐着五位太太,却并不"分坐",远不及北京戏园里界限之谨严。(鲁迅打苍蝇之句。当时北京的戏园,往往男女分坐。鲁迅嘲笑这种所谓"男女大防"的规定。)其实呢,这也是殊与"礼教"有妨的,——但他们既然是五猖,便也无法可想,而且自然也就"又作别论"了。(五猖神者,五个法力高强的淫棍也。他们经常掳劫妇女,甚至与闺中小姐厮混,但往往窃取钱财珠宝以赠予女子。故五猖神,不敢惹又不敢不祭祀之邪神,又兼财神也。详见附录之考证。)

　　因为东关离城远,大清早(起得早)大家(兴师动众)就起来。昨夜预定好(准备用心)的三道明瓦窗的大船,(交通工具奢侈)已经泊在河埠头,船椅、饭菜、茶炊、点心盒子,都在陆续搬下去了。(条件不错,大船、船椅、饭菜、点心,一应俱全。当时的鲁迅家庭,尚未败落。◎周作人云:"本文说船椅、饭菜、茶炊、点心合子,都搬下船去,好像是准备阖家去看的样子,实在只是要写得热闹,后面也就没有提及了。"② 按:周作人的观点应该是可信的,因为鲁迅自己也说"妇孺"是禁止去观看五猖会的,长妈妈等人如何随行呢!而且,这既然是少儿不宜的活动,如何全家行动去看呢?故周作人推断鲁迅应该是一个人去看的五猖会。周作人指出鲁迅许多记忆的偏差,并说鲁迅写作常常"有意或无意的诗化",以提升作品的感染力,日本有些学者说《朝花夕拾》非散文,应该是自传体小说,亦有一定的道理。)我笑着跳着,催他们要搬得快。("笑着""跳着""催",极写鲁迅急迫。)忽然,工人的脸色很谨肃了,(父亲的威严)我知道有些蹊跷,四面一看,父亲就站在我背后。(说来也奇怪,一节自习课都认认真真,但就开小差的两分钟,班主任的目光总在窗口。同感同感。)

---

①裘士雄《鲁迅笔下的东关五猖庙和梅姑庙》,载《上海鲁迅研究》2013年11月
②周作人著,止庵校订《鲁迅小说里的人物》,河北教育出版社2002年1月,P252

（三）背《鉴略》

"去拿你的书来。"他慢慢地（"慢慢地"与前"笑着跳着""催"对比）说。（此句有两种解读：一、官方正统观点，当然也最教条的观点，是父亲大煞风景，体现"封建教育"毒害儿童天性。二、少量学者的观点：平心而论，父亲准许去看这个"淫祀"，已经是宽松。先背书，后娱乐，亦人之常情。用现代教育的观念看，这是在教育孩子"延迟满足"。◎冷川："伯宜公对去看五猖会无疑是默许的，但看着儿子如此兴致盎然，为父的心里反倒有点儿挣扎：既不想拂了大家的意，又隐隐担心孩子的玩心太大。先背书，与其说是苛求孩子，还不如说是以此说服自己。"①◎周建人："鲁迅不会真的不理解：在那时候，真是严厉的家庭，迎神赛会，根本就不会许可小孩去看的，就是现在，也极少听到会有谁的开明父亲叫小孩书可不必读，还是去看戏去的好。"②）

这所谓"书"，是指我开蒙时候所读的《鉴略》。（此句又有两种解读：一、正统教条解读认为，《鉴略》是旧教育的代表，是对儿童快乐的剥夺；二、平心而论，鲁迅思想的确偏激。《鉴略》为《资治通鉴》大事件之勾勒，以之启蒙，其实很好。◎周建人七岁开蒙，所读亦《鉴略》。又云："我们覆盆桥周家三台门，都不读《三字经》《百家姓》《千字文》《神童诗》，而是读《鉴略》。"③鲁迅的祖父认为，小孩子懂一些历史故事，是不错的。从这里，我们也可以看出来，选择《鉴略》而不是道德规训味道更浓厚的《三字经》等，是一种颇为开放宽松的家风。）因为我再没有第二本了。（极言儿童读物的匮乏。）我们那里上学的岁数是多拣单数的，所以这使我记住我其时是七岁。

我忐忑着，拿了书来了。他使我同坐在堂中央的桌子前，教我一句一句地读下去。我担着心，一句一句地读下去。（两个"一句一句"，极写缓慢难熬。）

---

① 冷川《〈鲁迅作品精华〉阅读札记》，载《鲁迅研究月刊》2014年8月
② 乔峰《略讲关于鲁迅的事情》，人民文学出版社1954年，P8
③ 周建人口述，周晔整理《鲁迅故家的败落》，福建教育出版社2017年，P81

两句一行，大约读了二三十行罢，他说：

"给我读熟。背不出，就不准去看会。"（不仅要读，还要背。）

他说完，便站起来，走进房里去了。

我似乎从头上浇了一盆冷水。但是，有什么法子呢？自然是读着，读着，强记着，——而且要背出来。

粤有盘古，生于太荒，

首出御世，肇开混茫。（四字《鉴略》）

就是这样的书，我现在只记得前四句，别的都忘却了；（强调此书没有给人以真正的营养。）那时所强记的二三十行，自然也一齐忘却在里面了。（可见背诵并无实际用处。）记得那时听人说，读《鉴略》比读《千字文》《百家姓》有用得多，因为可以知道从古到今的大概。知道从古到今的大概，那当然是很好的，然而我一字也不懂。（旧时教育，先背诵，后理解。）"粤自盘古"就是"粤自盘古"，读下去，记住它，"粤自盘古"呵！"生于太荒"呵！……（赖秀俞："鲁迅在《药》《明天》等作品书写了孩子的死亡，然而这种死亡尚属于肉体上的夭亡，像《五猖会》中表现的这种孩子在精神上遭受扼杀则更让人触目惊心。"①）

应用的物件已经搬完，家中由忙乱转成静肃了。（此"静肃"二字，有"念天地之悠悠，独怆然而涕下"之感。为千古儿童一哭！）朝阳照着西墙，天气很清朗。母亲、工人、长妈妈即阿长，都无法营救，（"营救"二字妙。）只默默地静候（再写"静"）着我读熟，而且背出来。（母亲、工人、长妈妈，都"无法营救"，因为不想营救，读书是正道，是所有人认可的。而且，父亲的威严，无人可以忤逆。）在百静中，我似乎头里要伸出许多铁钳，将什么"生于太荒"之流夹住；也听到自己急急诵读的声音发着抖，仿佛深秋的蟋蟀，在夜中鸣叫似的。（真是"心事甚如愁欲诉，秋吟直与夜俱长"。）

他们都等候着；太阳也升得更高了。

我忽然似乎已经很有把握，便即站了起来，拿书走进父亲的书房，一

---

① 赖秀俞《〈五猖会〉：重识民俗与文化寻根》，载《江苏第二师范学院学报》2017年3月

气背将下去,梦似的就背完了。

"不错。去罢。"父亲点着头,说。

大家同时活动起来,脸上都露出笑容,向河埠走去。工人将我高高地抱起,仿佛在祝贺我的成功一般,快步走在最前头。

我却并没有他们那么高兴。(兴致全无)开船以后,水路中的风景,盒子里的点心,以及到了东关的五猖会的热闹,对于我似乎都没有什么大意思。(心心念念的五猖会,终于化为泡影。)

直到现在,别的完全忘却,不留一点痕迹了,只有背诵《鉴略》这一段,却还分明如昨日事。(7岁的事情,惟此事不忘。◎李宗刚:"这一小事还如此深刻地被记忆,这便标明在其具体的内容背后,沉淀为一种文化符号,带有某些寓言化的特点。"①)

我至今一想起,还诧异我的父亲何以要在那时候叫我来背书。(在孩子最渴望看五猖会之际,却被命令背诵《鉴略》,鲁迅的不解,其实是不满。对该句话,有两种截然不同的解释:一、鲁迅控诉父权和封建教育,认为在摧残儿童天性,如最早的鲁迅传记作者欧阳凡海;二、以周建人为代表,认为五猖会的确是"淫祀",一般人家禁止孩子观看。但伯宜公让鲁迅读完书去看,其实非常开明而难得。平时父亲虽严厉,绝不刻板。比如鲁迅读闲书《花镜》,本以为会被父亲没收,父亲看了几页,就不再过问,从此鲁迅得以公开阅读。◎鲁迅看问题,比较偏激。仅读此文,会误以为鲁迅父亲的不开明与专制。比如魏洪丘云:"父亲对待鲁迅,并不很好。人们在鲁迅的《五猖会》中还可以看到。"见解浅薄,成见太深。② 人民文学出版社版的《朝花夕拾》的导读中也写道:"《五猖会》记述儿时盼望观看迎神赛会的急切、兴奋心情,和被父亲强迫背诵《鉴略》的扫兴而痛苦的感受。指出强制的封建教育对儿童天性的压制和摧残。"③ ◎冷川:"在46岁时,他在《五猖会》中郑重其事地将父亲的'威权'描画出来,既非批评,却也不是'说着玩',而是意在唤起读者对于儿童的世界的关注,并提示一种更为'现代'的教育方式的可能。"④ ◎周

三

五猖会

---

① 李宗刚《父权疆域的寓言化书写——鲁迅散文〈五猖会〉新解》,载《鲁迅研究月刊》2011年3月
② 魏洪丘《〈朝花夕拾〉研究》,中央编译出版社2020年3月,P129
③《朝花夕拾》,人民文学出版社2006年
④ 冷川《〈鲁迅作品精华〉阅读札记》,载《鲁迅研究月刊》2014年8月

作人："背书这节是事实，但即此未可断定伯宜公教读的严格，他平常对于功课监督得并不紧，这回只是例外，虽然他的意思未能明了。"① ◎李欧梵："这段生动的描写表现出一位失意文人做父亲的努力，他把自己的未遂之志寄托在儿子身上，希望儿子学有成就，可以走上官场，获得财富和特权……这个插曲（不管是否确实）戏剧性地表现了父亲想把自己的长子训练成'潜在的补偿者的愿望'。"②)

五月二十五日

---

①周作人著，止庵校订《鲁迅小说里的人物》，河北教育出版社 2002 年 1 月，P252
②李欧梵著，尹慧珉译《铁屋中的呐喊》，浙江大学出版社 2016 年 10 月，P7

附　　录

【五通神小考】

五通，又称为"五圣""五显""五猖""五路""五相公""五方显圣"等，是江南民间信仰神灵。光绪《归安县志》云，这五个神被画成画像或制成泥塑，放在空屋中、大树下、屋檐上，以祭祀。康熙朝汤斌《奏毁淫祀疏》并《清史稿·汤斌传》云，民间"饮食必祭"，苏州城西楞伽山，祭祀五通神达到数百年，如果有少妇病死，巫师则认为是五通神要娶以为妇。

这五个神据说是一母所生，各有夫人，非佛非道，颇为神秘。本来，这五个神灵属于正神，还在宋代受封，宋徽宗赐庙额曰"灵顺"。但后来和佛教的"五通仙"逐渐混淆。五通先人，是佛教中的人物，唯一喜好是女色。《夷坚丁志·江南木客》云："（五通神）尤喜淫，或为士大夫美男子，或随人心所喜慕而化形，或止见本形。"又云："阳道壮伟，妇女遭之者，率厌苦不堪，羸悴无色，精神奄然。"因为其品性恶劣，自然被驱逐出正神行列，今民间淫祀所祭。上虞人王德江著《银东关春秋》云："（五猖神）是神道中的黑帮。"

其名声不佳，自明代开始。冯梦龙《情史·五郎君》云："其神能奸淫妇女，运输财帛，力能祸福，见形人间。"《情史》还记载了五个五通神的故事，大体内容是他们私通人妇或人女，然后给他们的家人不少财帛。其中一个是这样，一个叫李申之的人，他的老婆被五通神所据。她向神要求得到"步摇"（首饰）"爵钗"（即"雀钗"，雀形发钗）。五通神到苏州太守府偷盗，结果被钟馗和门神所伤。另外，蒲松龄《聊斋志异》云："南有五通，犹北之有狐也。然北方狐祟，尚百计驱遣之，至于江浙五通，民家有美妇，辄被淫占，父母兄弟，皆莫敢息，为害尤烈。"

总之，在明清之人看来，五通神会奸淫妇女，且善于偷盗。唯一的好处是常赐人钱财。明清以来，江南人非常信奉，流行祭祀。一者因为畏惧，害怕灾祸及身，邪灵作祟（因为五通神会奸淫妇女）；一者将之视为财神，祈福求财。除了民间，朱元璋在都城设置了五显专祠，清代北京彰仪门外也有五哥庙，今日之五台山，有所谓"五爷庙"，似乎也是此"五通神"。

（根据毕旭玲《五通神小考》简写，见《中文自学指导》2005年3月，又有耿敬、姚华《现代社会生活中的五猖神信仰》一文，载《民间文化论坛》2006年12月，可以参考。）

总　　评

- "救救孩子！"（鲁迅《随感录二十五》）
- 此文主旨，自然是对旧教育的声讨。鲁迅《我们现在如何做父亲》云："长者须是指导者协商者，却不该是命令者。"但我们要知道，鲁迅强调自己"心里的创伤"，可能是虚构的，未必符合事实：第一，年龄可能不真实，与周作人观点不一致；第二，一家人大张旗鼓准备去看五猖会的情节，是虚构的；第三，鲁迅的父亲并不严苛，而是比较开明。
- 李宗刚："《五猖会》对父权疆域的寓言化书写，还可以看作鲁迅对中国文化传承链条的深刻反省，构成了他'改造国民性'思想的重要部分，即国民性的改造，需要从'救救孩子'做起，而要'救救孩子'，就需要使孩子挣脱父权疆域的设定，使孩子在'宽阔光明的地方'，幸福地度日，合理地做人，以'创造这中国历史上未曾有过的第三样时代'。"[①]
- 读书，当入其内，而又能出其外。入其内者，理解鲁迅之内心，理解其对教育的反思；出其外者，将此思想与本时代潮流比较，以发其新意，此所谓"温故而知新"。当今社会，教育的背景有了根本改变，一者，传统教育变成了白话文普及义务教育；二者，少子化成为趋势（不仅仅是因为计划生育），孩子成为掌上明珠。这两个背景的巨变导致教育面貌的截然改变：鲁迅批判的压制，今天普遍少见，溺爱者反

---

① 李宗刚《父权疆域的寓言化书写——鲁迅散文〈五猖会〉新解》，载《鲁迅研究月刊》2011年3月

而多见,从这个意义上说,本文已经失去意义。现在儿童读物众多,几乎每一本都强调趣味;父母一般不干涉孩子的游戏,甚至不阻止下雨天孩子跳入泥坑(《小猪佩奇》里有著名的情节)。但问题是,不是所有的学习都能一开始意识到乐趣。处处以趣味为导向,绝大多数的结果,是不可避免地走向平庸。

- 此文给我的一个思考,是背诵的副作用:

一方面,加强背诵,可以增强记忆,民国大师动辄掌握数门外语,其主要原因就是传统教育长于记诵,仿佛有照相机一般(photographic)的记忆。还有一个好处,难度极大的书,可以在低年龄就输入,摆脱年龄限制,在背诵后再详加解释,慢慢理解,容易入脑入心,构建体系性的深度认知。

但另一方面,背诵乃苦差事,持续强迫背诵,折损学生兴趣。若学生智力不足或无名师讲解加以消化,则反成"七伤拳"。若背诵后,慢慢辅之以消化之术,则此背诵深入血脉,渐成气候;若不能消化,必至于胃痉挛、肠梗阻,而造成"童子之伤"。2021年,数名家长咨询我,说参加了数年的"读经班",从《大学》《中庸》一直到《老子》《庄子》,孩子皆能背诵。但从不理解,如此苦读数年。现在作文也不会写,学习也跟不上。没想到21世纪尚有这种愚蠢的"读经班",食而不化,且自绝于正统教育体系,望子成龙而一知半解,真危害无穷。

激烈批判传统教育者,强调传统教育的"副作用",却没有看到传统教育强大的一面,这也是一种偏见。比如废名1947年写的题为《小时读书》里说,读《四书》"太愚蠢,太无意义了,简直是残忍","我们小时所受的教育确是等于有期徒刑。我想将小时读《四书》的心理追记下来,算得儿童的狱中日记。"①

若能坚持传统的背诵,并且努力化解其副作用,应该是文科教育的一剂良方。

---

①见《中国新报·新文艺》1947年2月26日第29期

四、无常

　　《无常》是鲁迅在 1926 年 7 月发表的文章，发表在半月刊《莽原》第一卷第十三期。◎周作人："这篇说活无常的绝妙的好文章乃是从五猖会引申出来的，因为起首讲的便是迎会的情形。"[①] 另外，鲁迅逝世前一个月写有《女吊》，可一并参看。鲁迅不喜欢京剧，对梅兰芳多加嘲讽，却喜欢《无常》这种戏剧，从中可见鲁迅对庙堂文化与民间文化截然不同的态度。◎现代编有《无常·女吊》之戏剧，网上可看，语言为绍兴方言，粗俗而活泼，我初看，不仅笑喷，而且对其粗俗程度震惊到无与伦比，对先生观戏癖好，"深表无语"。读此文前，最好先看此戏剧，很多地方也就能理解了。◎此文与其他篇目有很大区别，虽然也是回忆性文章，却有大量的理性论辩。

（一）迎神赛会

　　迎神赛会这一天出巡的神，如果是掌握生杀之权的，——不，这生杀之权四个字不大妥，凡是神，在中国仿佛都有些随意杀人的权柄似的，（表面说的是神，其实批判的是中国的权力观念：在漫长的历史中，总有一群人可以决定绝大多数人生死，他们是现实中的神。）倒不如说是职掌人民的生死大事的罢，就如城隍和东岳大帝之类。那么，他的卤簿中间就另有一群特别的脚色：鬼卒，鬼王，还有活无常。（绍兴之风俗鄙陋者，莫过两样：一曰迷信，二曰赌博。我们一般的态度，是要反对迷信，欲除之而后快。但从这里我们可以学习一种更宽容的精神："迷信"这个词，其实是一个相当霸道的词汇。所谓迷信者，

[①]《周作人讲解鲁迅》，止庵编，江苏文艺出版社 2012 年，P435

总感觉和伤天害理、图财害命紧密联系。但是迷信和地方文化往往是纠缠不清的。以鲁迅为例，这种迷信既是一种童年乐趣，也是一种写作素材，甚至一定程度上塑造了鲁迅先生的精神气质。故对文化的态度，当以开放、包容心态最为恰当。）

　　这些鬼物们，大概都是由粗人和乡下人扮演的。鬼卒和鬼王是红红绿绿的衣裳，赤着脚；蓝脸，上面又画些鱼鳞，也许是龙鳞或别的什么鳞罢，我不大清楚。鬼卒拿着钢叉，叉环振得琅琅地响，鬼王拿的是一块小小的虎头牌。据传说，鬼王是只用一只脚走路的；但他究竟是乡下人，虽然脸上已经画上些鱼鳞或者别的什么鳞，却仍然只得用了两只脚走路。（粗陋的扮相。◎周作人："这些鬼卒，记得小时候听见人家叫作海鬼，那么他们或者与水族有关也未可知，这是脸上有鱼鳞的原因吧。"①）所以看客对于他们不很敬畏，也不大留心，除了念佛老妪和她的孙子们为面面圆到起见，也照例给他们一个"不胜屏营待命之至"（旧时官府对上级呈文结束处的套语，这里有肃立敬畏的意思。◎此先生讽刺集权下的猥琐用语，真奴才语也。）的仪节。（以上内容，写迎神赛会中村夫所扮演的鬼物之粗陋无趣，以反衬下文活无常的别具风格。）

（二）活无常和死有分

　　至于我们——我相信：我和许多人——所最愿意看的，却在活无常。（读《徐锡麟评传》，云东浦有跳活无常的人经过徐锡麟家门口，徐锡麟专心读书，竟未出门观看。②）他不但活泼而诙谐，（不仅不可怕，还可爱。）单是那浑身雪白（并不是阴森森令人胆寒）这一点，在红红绿绿中就有"鹤立鸡群"之概。只要望见一顶白纸的高帽子和他手里的破芭蕉扇的影子，大家就都有些紧张，而且高兴起来了。（此"而且"，从现代语法角度讲，肯定是语病。但读起来，却感觉形象。这就如同我们看恐怖片，既紧张，又兴奋。在家中安全之地，看恐怖电影，虽紧张而无危险，真是一种享受。我好看恐怖电影，先生则喜欢无常

---
①《周作人讲解鲁迅》，止庵编，江苏文艺出版社2012年，P435
②谢一彪《徐锡麟评传》，人民出版社2011年，P26

之鬼，我与先生，同道中人也。◎周作人："关于他（无常）的形状和行动，本文里说得很详细，后记的附图中间还有一幅著者所作的略画，描写出他所看见的与书本不同的特别的印象。他在小时候描画过许多绣像以及各种画本如《诗中画》等，但是自己所画的还只有这一幅，所以也是很可珍重的，可惜的是这只表现出'那怕你铜墙铁壁'这一时的神气，那蹙紧双眉，捏定破芭蕉扇，脸向着地，鸭子浮水似的跳舞起来那种更特殊的场面却未能画了出来。但是本文中在'大戏'里出现的活无常的描写实在很是出色，真足够做他永久的纪念，此外只有一篇《女吊》可以相比，那是写大戏里的"跳吊"的，虽然是收在《且介亭杂文末编》中，写作的年代大约已经相差得很有点远了。"①)

　　人民之于鬼物，惟独与他最为稔熟，也最为亲密，平时也常常可以遇见他。（此句双关，大妙。无常，庙中可见之，迎神赛会可见之，最为常见。而实际上，人与死亡，关系最亲密，时时可见，所谓"平时也常常可以遇见他"。）譬如城隍庙或东岳庙中，大殿后面就有一间暗室，叫作"阴司间"，在才可辨色的昏暗中，（氛围恐怖）塑着各种鬼：吊死鬼、跌死鬼、虎伤鬼、科场鬼，（吓人）……而一进门口所看见的长而白的东西就是他。我虽然也曾瞻仰过一回这"阴司间"，但那时胆子小，没有看明白。听说他一手还拿着铁索，因为他是勾摄生魂的使者。相传樊江东岳庙的"阴司间"的构造，本来是极其特别的：门口是一块活板，人一进门，踏着活板的这一端，塑在那一端的他便扑过来，铁索正套在你脖子上。（哪个缺德的设计的，这么恐怖，真乃神人也！）后来吓死了一个人，（还真吓死了一个人。恐怖电影史上，某电影真的吓死过人，从而被禁播。先生喜欢无常，今人喜欢恐怖故事，人类癖好，从未改变。）钉实了，所以在我幼小的时候，这就已不能动。

　　倘使要看个分明，那么，《玉历钞传》（应该是《玉历宝钞》。）上就画着他的像，不过《玉历钞传》也有繁简不同的本子的，倘是繁本，就一定有。（鲁迅先生妙人，癖好奇特，这种荒诞不经的因果报应图书，不仅细细阅读，而且考察其繁简不同版本。）身上穿的是斩衰凶服，（凶服）腰间束的是草绳，

---

①《周作人讲解鲁迅》，止庵编，江苏文艺出版社 2012 年，P435

（披麻戴孝之装束）脚穿草鞋，（遇遢）项挂纸锭；（冥币）手上是破芭蕉扇，铁索，（摄魂之具）、算盘；（算你的阳寿和罪孽）肩膀是耸起的，头发却披下来；眉眼的外梢都向下，像一个"八"字。头上一顶长方帽，下大顶小，按比例一算，该有二尺来罢；在正面，就是遗老遗少们所戴瓜皮小帽的缀一粒珠子或一块宝石的地方，（顺便讽刺清朝服装。）直写着四个字道："一见有喜"。（传言顾恺之作画，最审慎于点睛之笔，人物画完，常常思考数年方落笔点睛。我以为，活无常之装扮，固然弄奇作怪，但末四字"一见有喜"乃真正点睛之笔。活无常是谁？摄魂之厉鬼！但这个厉鬼，帽子上却是"一见有喜"四字，又俏皮，又豁达，又出人意料。还有传说，云黑白无常上所写乃"无常索命""厉鬼勾魂"，虽恐怖，但直白粗俗，甚无趣味。又有作"天下太平""一见生财"，则功利无耻，甚无格调。又有作"正在捉你""你也来了"，虽然有趣，却无意境。思考再三，唯此"一见有喜"，有委婉含蓄、意在言外之感。◎钱理群："这其实表达了普通老百姓的死亡观的，人一辈子活得太苦太累，人一死，两眼一闭，一切苦难都结束了，因此，死亡不是悲剧，而是喜事，'一见'这位勾魂的使者就'有喜'。"①）

有一种本子上，却写的是"你也来了"。（钱理群："人总有一死，这是必然要有的一天，因此，见到了勾魂的无常，就平平淡淡地说一句'你也来了'，这样以平常心对待死亡，也反映了老百姓的死亡观，现在，都寄寓在无常的形象里了。"②）

这四个字，是有时也见于包公殿的扁额上的，至于他的帽上是何人所写，他自己还是阎罗王，我可没有研究出。（鬼神之为物，属于怪力乱神一类，随便想象可以，但绝不能细想。比如，天上有蟠桃宴，众神仙有吃有喝，酒、葡萄、香蕉、蟠桃，什么都有。但不可细想，诸位神仙饱餐后，是否需要上厕所的问题。细细想来，玉皇大帝、太白金星、托塔天王，一个个脱了裤子在上厕所，怎么都觉得很滑稽。所以，"鬼神"不能细想。但鲁迅偏偏要细想：既然无常的帽子上写了四个字——"一见有喜"，这四个字是谁写上去的呢？有两种可能：第一，无常自己写上去的；第二，阎罗王写上去的。然后你想象一下，阎罗王先磨墨，磨完之后想，我应该写点什么？然后决定了，那就"一见有喜"吧。见到鬼，你们还会有喜事，

---

① 钱理群《鲁迅笔下的鬼——读〈无常〉和〈女吊〉》，载《语文建设》2010年11月
② 钱理群《鲁迅笔下的鬼——读〈无常〉和〈女吊〉》，载《语文建设》2010年11月

感觉这阎罗王也太"缺德"了，而且颇有幽默感。这让我想起莫言先生大作《生死疲劳》中搞笑的阎王。）

《玉历钞传》上还有一种和活无常相对的鬼物，装束也相仿，叫作"死有分"。这在迎神时候也有的，但名称却讹作死无常了，黑脸，黑衣，谁也不爱看。在"阴死间"里也有的，胸口靠着墙壁，阴森森地站着；那才真真是"碰壁"。（在女师大学生反对校长杨荫榆的事件中，有教员阻挠学生，说"你们做事不要碰壁"，鲁迅借此讽刺。）凡有进去烧香的人们，必须摩一摩他的脊梁，据说可以摆脱了晦气；我小时也曾摩过这脊梁来，然而晦气似乎终于没有脱，——也许那时不摩，现在的晦气还要重罢，这一节也还是没有研究出。（此逻辑荒谬绝伦。触摸黑无常脊梁，可以消灾，摆脱晦气；但若晦气依然，则证明黑无常不灵，摸脊梁的习俗应该逐渐消亡，这是正常的逻辑。但没想到中国人尚有一套奇怪的逻辑：我虽然霉运不断，但不能说明黑无常不灵，因为如果没有触摸黑无常脊梁，可能霉运更重。这种奇葩的逻辑也符合唐代服食丹药的习俗。唐朝二十一位皇帝中，因服食丹药而死的，就有五个：太宗、宪宗、穆宗、武宗和宣宗。但他们前仆后继嗑药而死，是因为他们有一种奇怪的逻辑：前一位皇帝服药而死，是因为服药不够早，所服之药不够好，而我若服药，则疗效必好。）我也没有研究过小乘佛教的经典，但据耳食（此词大妙，很多人都是自己不读书，以耳朵见闻为知识，即"耳食"之徒。）之谈，则在印度的佛经里，焰摩天是有的，牛首阿旁也有的，都在地狱里做主任。（"主任"一词，有趣。）至于勾摄生魂的使者的这无常先生，却似乎于古无征，耳所习闻的只有什么"人生无常"之类的话。大概这意思传到中国之后，人们便将他具体化了。这实在是我们中国人的创作。（我国伟大的发明——无常鬼。）

（三）鬼格

然而人们一见他，为什么就都有些紧张，而且高兴起来呢？

凡有一处地方，如果出了文士学者或名流，他将笔头一扭，就很容易变成"模范县"。(这里是对陈西滢的讽刺。陈西滢是无锡人,他在《闲话》中曾说"无锡是中国的模范县"。)我的故乡,在汉末虽曾经虞仲翔先生(三国时期经学家)揄扬过,但是那究竟太早了,后来到底免不了产生所谓"绍兴师爷",(有陈道明主演的电视剧《绍兴师爷》,颇好看,有绍兴师爷风骨。鲁迅嘴毒,亦有绍兴师爷特质,此所谓"刀笔吏"文风。)不过也并非男女老小全是"绍兴师爷",别的"下等人"也不少。(还不如绍兴师爷。)这些"下等人",要他们发什么"我们现在走的是一条狭窄险阻的小路,左面是一个广漠无际的泥潭,右面也是一片广漠无际的浮砂,前面是遥遥茫茫荫在薄雾的里面的目的地"(陈西滢《致志摩》中的话,大意是学潮已经混乱不堪,谩骂四起,攻击日盛,大家如陷沼泽,若我参与过多论战,恐怕会忘了前行的路。①)那样热昏似的妙语,("热昏似的妙语",亦妙语也。),是办不到的,可是在无意中,看得住这"荫在薄雾的里面的目的地"的道路很明白:求婚,结婚,养孩子,死亡。(周而复始,此即他们的人生,悲哉!)但这自然是专就我的故乡而言,若是"模范县"里的人民,那当然又作别论。他们——敝同乡"下等人"——的许多,活着,苦着,被流言,被反噬,因了积久的经验,知道阳间维持"公理"的只有一个会,(这里依然是讽刺,指1925年12月陈西滢等组织的"教育界公理维持会"。鲁迅曾发明一个有趣的词以示讥讽——"婆理"。)而且这会的本身就是"遥遥茫茫",于是乎势不得不发生对于阴间的神往。(中国人的生活质量真的很低,以古代论,牛马般辛苦一辈子,只不过可以果腹。他们出生、求婚、结婚、养孩子、死亡,一次次重演。这本就悲苦而单调的人生中,还有很多的"流言""反噬",而且根本没有申诉的地方。所以说,中国人有生存,没有生活。他们所能依赖的,是阴间的公正。——这是酝酿"活无常"的文化土壤。)人是大抵自以为衔些冤抑的;活的"正人君子"们只能骗鸟,(鲁迅先生说粗话啦!——"鸟"这个字绍兴话与"屌"同音,正宗粗话,以普通话读之,则不妙矣。)若问愚民,他就可以不假思索地回答你:公正的裁判是在阴间!(这是喜欢活无常的真正原因。)想到生的乐趣,生固然可以留恋;但想

---

① 详参傅光明主编《论战中的鲁迅》,京华出版社2010年5月,P72

到生的苦趣，无常也不一定是恶客。无论贵贱，无论贫富，其时都是"一双空手见阎王"，（语见《何典》："卖嘴郎中无好药，一双空手见阎王。"《何典》是一部用吴方言写的借鬼说事的清代讽刺小说，成书于清嘉庆年间，作者是清人张南庄。◎在写出《无常》的一个月前，鲁迅曾为刘半农校点的《何典》写了《题记》，称赞《何典》的作者"谈鬼物正象人间"。鲁迅也曾评点过《聊斋》，赞其"说妖鬼多具人情通世故，使人觉得可亲，并不觉得很可怕"。鲁迅写《无常》大概也受了《何典》《聊斋》这类小说的启发和影响，所以他笔下的活无常，同样"展示了活的人间相"，带有明显的讽喻目的。）有冤的得伸，有罪的就得罚。然而虽说是"下等人"，也何尝没有反省？自己做了一世人，又怎么样呢？未曾"跳到半天空"么？没有"放冷箭"（陈西滢曾在《致志摩》中说鲁迅"他没有一篇文章里不放几支冷箭"。）么？无常的手里就拿着大算盘，你摆尽臭架子也无益。对付别人要滴水不羼的公理，（此活无常令人敬佩处。）对自己总还不如虽在阴司里也还能够寻到一点私情。（铁面外，更有一份温情。）然而那又究竟是阴间，阎罗天子、牛首阿旁，还有中国人自己想出来的马面，都是并不兼差，（这也在暗讽陈西滢。北大章程，教授不可兼职，李四光为担任国立京师图书馆副馆长，乃向校长请假一年，假内不支取薪水。但鲁迅因此攻击李四光是"北大教授兼国立京师图书馆馆长"，而陈西滢讽刺鲁迅讽刺李四光兼职，鲁迅乃取陈西滢语，讽刺陈西滢讽刺鲁迅讽刺李四光兼职……①）真正主持公理的脚色，虽然他们并没有在报上发表过什么大文章。当还未做鬼之前，有时先不欺心的人们，遥想着将来，就又不能不想在整块的公理中，来寻一点情面的末屑，这时候，我们的活无常先生便见得可亲爱了，利中取大，害中取小，我们的古哲墨翟先生谓之"小取"云。（此段不易懂。但说来说去，就是社会黑暗，陈西滢等人主持的公道毫无公道。社会上的百姓，为生存而奋斗，奋斗后即死亡，终其一生没有人的尊严。而最悲惨的，他们不仅一生艰辛，还要忍受各种流言和攻击。无常之珍贵，一者在于真正公正，二者在于公正中亦有一份温情。）

四

无常

---

① 详参傅光明主编《论战中的鲁迅》，京华出版社2010年5月，P70

（四）目连戏

（鲁迅乃叛才祖宗，喜欢民间风俗，鄙视正统文化。在曲艺品味上，他喜欢不登大雅之堂的目连戏，却掀起过对梅兰芳的攻击。①）

在庙里泥塑的，在书上墨印的模样上，是看不出他那可爱来的。最好是去看戏。但看普通的戏也不行，必须看"大戏"或者"目连戏"。目连戏的热闹，张岱在《陶庵梦忆》上也曾夸张过，说是要连演两三天。在我幼小时候可已经不然了，也如大戏一样，始于黄昏，到次日的天明便完结。这都是敬神禳灾的演剧，全本里一定有一个恶人，次日的将近天明便是这恶人的收场的时候，"恶贯满盈"，阎王出票来勾摄了，于是乎这活的活无常便在戏台上出现。（绍兴乃戏曲之乡，我多次去鲁迅故居参观，故居中搭建一个戏台，每日下午都有社戏上演。煞风景者，这些演员光张口不出声，唱戏的声音用磁带播放，演员在卖力的对着口型，怎么看怎么觉得滑稽。）

我还记得自己坐在这一种戏台下的船上的情形，看客的心情和普通是两样的。平常愈夜深愈懒散，这时却愈起劲。他所戴的纸糊的高帽子，本来是挂在台角上的，这时预先拿进去了；一种特别乐器，也准备使劲地吹。这乐器好像喇叭，细而长，可有七八尺，大约是鬼物所爱听的罢，和鬼无关的时候就不用；吹起来，Nhatu, nhatu, nhatutututuu地响，所以我们叫它"目连嗐头"。（嗐头，绍兴话，号筒也。）

在许多人期待着恶人的没落的凝望中，他出来了，服饰比画上还简单，不拿铁索，也不带算盘，（乡下戏剧简陋。）就是雪白的一条莽汉，（视觉冲击力很强。）粉面朱唇，眉黑如漆，蹙着，不知道是在笑还是在哭。（表情绝妙。）但他一出台就须打一百零八个嚏，同时也放一百零八个屁，（民间艺术的夸张，有点像民间表演中的小丑，在作打嚏状和放屁状，在开

---

①鲁迅与梅兰芳，是鲁迅研究中一大公案，学界论述甚多，可参考徐改平《鲁迅与梅兰芳》，载《文学评论》2011年第3期

首就引观众哄笑，从而激发观众的兴趣。民间戏剧之生命力，即在于此，虽粗俗低劣，却扎根人心。我曾知郭德纲早年演出，费用仅6块，有人专门拿本记录，观众叫好，则记录一笔，工资增五毛。待遇虽极可怜，但这是"即时反馈"的机制，孕育了相声的生命力。故相声曲艺，包括陕北的民歌、西北的秦腔、东北的二人转，最适合绽放的地方，就是民间，而一旦请进庙堂，则生机丧尽。而这样的民间文化，亦如目连戏，其实有原罪。原罪者，粗俗不合君子之德……我观先生论目连戏，所悟甚多。）这才自述他的履历。可惜我记不清楚了，其中有一段大概是这样：（时间久远，竟记忆如此清晰，可见鲁迅对目连戏的用心。）

"…………

大王出了牌票，叫我去拿隔壁的癞子。

问了起来呢，原来是我堂房的阿侄。（鬼在阳间还有亲戚，这本身就有点奇特和滑稽。）

生的是什么病？伤寒，还带痢疾。

看的是什么郎中？下方桥的陈念义la（的）儿子。（陈念义为名医，其儿子为庸医，妙绝。）

开的是怎样的药方？附子，肉桂，外加牛膝。（此病人体内"大热"，但三种药皆大热之药，如同毒药。）

第一煎吃下去，冷汗发出；

第二煎吃下去，两脚笔直。（药效可怕，幽默至极。）

我道nga（我的）阿嫂哭得悲伤，暂放他还阳半刻。（无常还讲人情。有一种说法，无常是"生人走阴"，就是说他本是普通的活人，兼职去阴间做事。所以他残存着人的善良。）

大王道我是得钱买放，就将我捆打四十！"（鲁迅认为这一段话语言质朴，但有很强的感染力。"未染旧文学的瘤疾，所以它又刚健、清新。"鲁迅晚年作《门外文谈》尚赞美这种朴素的文学力量。◎与贾宝玉类似，鲁迅反对正统文化，却喜欢民间文化。这不仅仅是癖好问题，也有文学上的理解。目连戏粗俗至极，我看的版本里，活无常还模仿拉肚子的声音，哔哔哔哔，极为恶心。但正是这种接地气的语言，却有特别的感染力。）

这叙述里的"子"字都读作入声。（南方方言，可以理解入声，北方人，不易

四

无常

理解。) 陈念义是越中的名医，俞仲华曾将他写入《荡寇志》里，拟为神仙；可是一到他的令郎，似乎便不大高明了。la 者"的"也；"儿"读若"倪"，倒是古音罢；nga（读音类似于"哪个"。) 者，"我的"或"我们的"之意也。

他口里的阎罗天子仿佛也不大高明，竟会误解他的人格，——不，鬼格。但连"还阳半刻"都知道，究竟还不失其"聪明正直之谓神"。（语见《左传》庄公三十二年。先生引用古文，顺手拈来，但让他写推荐书目，则曰：要读西方书，少读或不读中国书。庸人不解，遂弃古书不读，而西方的书，也不过读几本小说，遂成一世浅薄糊涂人。) 不过这惩罚，却给了我们的活无常以不可磨灭的冤苦的印象，一提起，就使他更加蹙紧双眉，捏定破芭蕉扇，脸向着地，鸭子浮水似的跳舞起来。

Nhatu, nhatu, nhatu—nhatu—nhatututuu! 目连嗐头也冤苦不堪似的吹着。他因此决定了：

"难是弗放者个！

那怕你，铜墙铁壁！

那怕你，皇亲国戚！

⋯⋯⋯⋯"（目连戏原文："⋯⋯我本想用个人情，看起来实在用情不得。所以今后顾不得爹亲娘眷，顾不得囝弟子侄，顾不得知己相好，顾不得朋友亲戚。那怕你拜相封侯，那怕你皇亲国戚，那怕你高楼大厦，那怕你铜墙铁壁⋯⋯"语言极有气势，形容出了一种绝对的正义和公平，而这正是中国缺少的精神。◎钱理群："这就是——在死亡面前，人人平等。可以想见，无常鬼唱到这里的时候，台下一定掌声雷动。他唱出了普通老百姓的心声。正像鲁迅所说，台下的观众，也就是中国的'下等人'，他们'活着，苦着'，受够了'铜墙铁壁'似的官府，'皇亲国戚'的欺辱，他们渴望着有人秉公执法，为他们主持公平和正义。但这样的理想、要求在现实世界里完全不能实现，就只能创造出这样一个阴间世界，刻画出这样一个拒绝贪赃枉法的无常鬼的形象，在这个既亲近，又可爱可敬，还有几分可笑，就像他们自己一样的无常鬼身上，寄托了他们的理想和希望。在无常鬼故事的背后就是这样的人间理想和人间社会批判。"① ◎对于无常鬼这种理想人格的欣赏，鲁迅在另一篇

---

① 钱理群《鲁迅笔下的鬼——读〈无常〉和〈女吊〉（一）》，载《语文建设》2010 年 11 月

杂文《门外文谈》中就夸赞它说:"何等有人情,又何等知过,何等守法,又何等果决,我们文学家做得出来么?"可见,鲁迅不仅表达了对这种理想人格的向往,更是以此为标准来审视自己,审视他所在的整个文学家群体。◎无常是百姓臆想的产物,故不具有理性而形象分裂:一方面,百姓期待无常有人情味,会对善良的百姓网开一面;另一方面,又希望其"铁面无私","王子犯法,与庶民同罪"。另外,被阎王责罚,又被百姓同情,无常是一个反抗权威的勇者。但问题是,本文认为人间无公理,难道阴间也无公理可讲吗!刘恋说:"鲁迅试图从无常身上找到某种精神力量来与外界抗争,却发现了无常形象背后的虚无指向。"所以,这是典型的苦中作乐。写无常的种种欢乐和可爱,正写出现实的种种苦痛和绝望。①

"难"者,"今"也;"者个"者"的了"之意,词之决也。"虽有忮心,不怨飘瓦",(语出《庄子·达生》:"虽有忮心者,不怨飘瓦。"用在这里的意思是说,心里虽有愤恨,却也不好怨谁了。)他现在毫不留情了,然而这是受了阎罗老子的督责之故,不得已也。一切鬼众中,就是他有点人情;我们不变鬼则已,如果要变鬼,自然就只有他可以比较的相亲近。

我至今还确凿记得,在故乡的时候,和"下等人"一同,常常这样高兴地正视过这鬼而人,理而情,可怖而可爱的无常;(一句总写"鬼格"。)而且欣赏他脸上的哭和笑,口头的硬语与谐谈……。

(五)无常嫂、阿领、送无常

迎神时候的无常,可和演剧上的又有些不同了。他只有动作,没有言语,跟定了一个捧着一盘饭菜的小丑似的脚色走,他要去吃;他却不给他。另外还加添了两名脚色,就是"正人君子"之所谓"老婆儿女"。(陈西滢在《闲话》中的话。)凡"下等人",都有一种通病:常喜欢以己之所欲,施之于人。(儒家的信仰,是"己所不欲,勿施于人",这是一句否定句,是约束自己不能做什么。但变成肯定形式,就荒谬了。我不喜欢被逼着吃苹果,所以

---

① 对于这些矛盾的论述,见刘恋《无常的负面形象分析》,载《齐齐哈尔师范高等专科学校学报》,2018年第3期

我也不逼迫别人吃苹果，这是对的；我喜欢吃苹果，所以大家也应该吃苹果，则是荒谬的。）虽是对于鬼，也不肯给他孤寂，凡有鬼神，大概总要给他们一对一对地配起来。无常也不在例外。所以，一个是漂亮的女人，只是很有些村妇样，大家都称她无常嫂；这样看来，无常是和我们平辈的，无怪他不摆教授先生的架子。（无常代表死亡，但在朴素的村民看来，无常是很亲近的一个"普通人"而已，甚至给他配上"无常嫂"。）一个是小孩子，小高帽，小白衣；虽然小，两肩却已经耸起了，眉目的外梢也向下。这分明是无常少爷了，大家却叫他阿领，（阿领者，妇女再嫁时领来的同前夫所生的孩子，俗所谓"拖油瓶"也。乡下人之想象力奇绝如斯！）对于他似乎都不很表敬意；猜起来，仿佛是无常嫂的前夫之子似的。但不知何以相貌又和无常有这么像？（笑喷）吁！鬼神之事，难言之矣，只得姑且置之弗论。至于无常何以没有亲儿女，到今年可很容易解释了；鬼神能前知，他怕儿女一多，爱说闲话的就要旁敲侧击地锻成他拿卢布，（指1926年出现的"卢布之谣"，当时的一些文人攻击鲁迅等是拿了苏联的卢布而批评政府。）所以不但研究，还早已实行了"节育"了。（无常都能避孕，妙哉！◎万余："鲁迅由无常之事联想到谣言并借以还击，这种联想力被钱理群认为是鲁迅杂文的两大重要特色之一，也有学者将这类杂文手法总结为'借题发挥'。鲁迅不是特意议论澄清此事，而是借无常之口来还击无稽之谈，可谓四两拨千斤，以戏谑之语巧妙地讽刺了陈西滢等造谣之人。"① ◎其实这就是鲁迅特有的"杂文笔法"，这种手法在鲁迅的作品中是常见的，在叙述和议论中扯到一个话题，顺便给与这个话题无直接关系又可联想到的事情一个讽刺，产生一种幽默效果。像文中出现的"碰壁""绍兴师爷""放冷箭""正人君子""跳到半天空""老婆儿女"等等这些词语背后都是有典故的，这种笔法贯穿了文章的始终，可以说鲁迅对无常鬼世界的描写始终是在与现实世界的对照中表现的，无常的"鬼格"也始终与现实中的"人格"联系在一起，所以其背后的隐喻批判乃至寄托也就不言而喻了。）

这捧着饭菜的一幕，就是"送无常"。因为他是勾魂使者，所以民间

---

①万余《解读鲁迅笔下的无常》，载《名作欣赏》2017年10月

凡有一个人死掉之后，就得用酒饭恭送他。（勾人魂魄，人们反而感激他。）至于不给他吃，那是赛会时候的开玩笑，实际上并不然。但是，和无常开玩笑，是大家都有此意的，因为他爽直，爱发议论，有人情，——要寻真实的朋友，倒还是他妥当。

　　有人说，他是生人走阴，就是原是人，梦中却入冥去当差的，所以很有些人情。我还记得住在离我家不远的小屋子里的一个男人，便自称是"走无常"，门外常常燃着香烛。但我看他脸上的鬼气反而多。莫非人冥做了鬼，倒会增加人气的么？吁！鬼神之事，难言之矣，这也只得姑且置之弗论了。

　　　　　　　　　　　　　　　　　六月二十三日

总　评

- 鲁迅《致李秉中》："我自己总觉得我的灵魂里有毒气和鬼气，我极憎恶他，想除去他，而不能。"①
- 钱理群：（《无常》）是"全书最迷人的篇章"。②
- 周作人："我觉得中国民众的感情与思想集中于鬼，日本则集中于神，故欲了解中国须得研究礼俗，了解日本须得研究宗教。"③
- 魏洪丘："（鲁迅）不愿读那些像《二十四孝图》式的骗人的'老玩意'，而喜欢乡间弄神扮鬼的'迎神赛会''五猖会'，甚至带有恐惧色彩的'无常''女吊'。因为这些才是乡下人劳苦生活的调剂、精神愉悦的形式。在封建的旧式私塾教育压抑下的儿童，也只有在这里得到放松与解脱。"④
- 孙郁："我那时便感到了鲁迅的神奇，最初的印象，不是斗士、勇者，倒仿佛看到鬼气和血腥。"⑤
- 高旭东："他对非常识的喜欢超常识，他的悲观启蒙与陈独秀、胡适的理论乐观的启蒙不同，他远离神仙而表同情于孤魂野鬼，私爱老庄而厌恶孔孟，喜欢野史而批判正史，厌恶台上的国民党而同情台下的共产党，自称'土匪'而反对'正人君子'，甚至厌恶狗而喜欢狼，

---

① 此信写于1924年，见《鲁迅全集》第十一卷，人民文学1981年，P431
② 钱理群《鲁迅散文漫谈》，载《南京师范大学学报》2006年2月
③ 周作人《我的杂学·十四》，北京出版社2011年，P30
④ 魏洪丘《〈朝花夕拾〉研究》，中央编译出版社2020年3月，P6
⑤ 孙郁《文字后的历史》，载高旭东编《世纪末的鲁迅论争》，东方出版社2001年，P248

厌恶猫而喜欢老鼠……"①

- 敬文东："鲁迅的作品中几乎全是黑夜，几乎就没有白天；他把白天黑夜化了。"②

- 王初薇："纵观整个现代文学史，的确很少有作家像鲁迅这样怀着极高的兴致和丰沛的感情来对传统中国里这些令人不寒而栗的怨鬼、厉鬼进行返本溯源，不仅有文学上的感性描述，还外加学术上的学理探究：《朝花夕拾》里单辟一篇介绍'活无常'和'死有分'；《后记》中念念不忘与读者分享自己依童年记忆的亲笔绘画和悉心收集的各地刻本，并逐一考证因地域特色而造成的微异之处；行文半途，甚至半带调侃道，自己或可因为研究这类'三魂渺渺，七魄茫茫，死无对证'的学问而荣膺'活无常学者'这个'不大冠冕'的雅号；直至晚年抱病写完《女吊》，对此尤为满意并兴致勃勃地推荐给好友阅读……我们不期然地发现，一贯予人'横眉冷对'印象的鲁迅在忆念无常、描述女吊时竟沉浸在一种难得一见的温情中，平日作战用的'匕首投枪'在这里折了刃。其对家乡'巫鬼'文化的偏嗜可谓溢于言表。"③

- 李惠芳："鲁迅笔下的无常是劳动人民心目中的无常，在它的身上体现着劳动人民的思想、气质、情感。人们之所以会对这个浑身雪白的鬼物不感到恐惧，反而觉得和它很亲近，就是因为它对劳动人民的痛苦遭遇充满着同情，反映了劳动人民在黑暗的生活中，无处申冤，期待正直的侠义之士出现，为他们做主。无常的'美'，就在于它的正直侠义，所以它才能活在民间，得到人民的喜爱。而对鲁迅来说，他之所以喜爱无常，是由于儿时觉得无常活泼诙谐，符合儿童的审美；中年鲁迅仍旧喜爱无常，则是因为它对挣扎在黑暗痛苦中的人民表现

---

① 高旭东《重估鲁迅》，载高旭东编《世纪末的鲁迅论争》，东方出版社 2001 年，P314
② 敬文东《失败的偶像——重读鲁迅》，花城出版社 2003 年，P121
③ 王初薇《浙东"鬼物"之恋——论鲁迅"个人—人道"的思想雏形》，载《南京师范大学学报》2009 年 7 月第 4 期

出的同情，因为它身上体现出的公正和善良。"①

- 教学中，常有学生或家长问我：武侠小说可读否？漫画可读否？校园爱情小说可读否？《盗墓笔记》可读否？东野圭吾可读否？玄幻文学可读否？《哈利·波特》可读否？观《无常》一文，可作答曰：思想深刻如鲁迅，虽农夫扮演之"无常"，虽乡下不登大雅之戏剧，虽神鬼迷信之故事，尽可写成妙文，并有深刻的见地。故通俗甚至恶俗之书，固然可读，但读之是否有用，则在于自己是否有深刻的见地。若一生仅在武侠玄幻漫画中消遣，则终身无救。

---

① 李惠芳《〈朝花夕拾〉与绍兴民俗》，载《山西高等学校社会科学学报》2014 年第 12 期

五、《二十四孝图》

　　本文写于1926年5月10日，发表于《莽原》半月刊第一卷第十期。此文颇不易懂，涉及庞大而复杂的历史背景。读此文，需要读懂鲁迅批判的靶子。鲁迅所批判的，有三个层次：第一个层次，反对文言文，虽然他本人有很深的旧学功底，校勘古籍，更是不遗余力。但他反对学生读文言文的书。第二个层次，是反对文言文的教育。文言文的门槛很高，学生要登堂入室，自幼必须吃尽苦难。鲁迅想掮起黑暗的闸门，"救救孩子"，反对文言文体系必然带来的学习疼痛。第三个层次，是反对文言文所承载的道德价值。鲁迅乃叛才，依附于文言文的道德体系，有太多的虚假，鲁迅要重估其价值，做一个叛逆者。◎我读此文，既理解鲁迅的逻辑，但觉得理解鲁迅尚是次要，更急切的，是反思鲁迅观念的极大局限性。当今中国，白话文早成正统，教育的模样也早已沧海桑田。表面上，鲁迅的期许早已经实现，但这不仅带来了进步，也带来了阴影：道德的教育上，学生作文中"现代八股文"现象依然严重，虚假的"道德表演"从未远离；白话文运动也造成与古代文化的割裂，有深厚国学功底的"大师级"人物基本绝迹，网络上吸引眼球的，往往是贩卖鸡汤的浅薄学者。简体字的推出，则让普通民众与传统文化隔膜深厚。我读李春阳《白话文运动的危机》[①] 一书，未尝不废书而叹也。

（一）捍卫白话文

　　（读此一段，需要理解历史背景，即文言白话之争：民国初期，发生了一场著名

[①] 此书系统性反思了白话文运动带来的副作用，虽亦有偏颇和逻辑漏洞，但这方面的思考，的确发人深省。遗憾的是，此书大多从文学角度思考，未从教育角度思考。参见该书三联书店版，2017年1月

的白话文运动,以胡适、陈独秀、鲁迅、周作人、钱玄同等为代表的一批留学归来的改革派,积极主张使用白话文,进行文学革新,鲁迅甚至一度提倡用拉丁字母替代汉字,认为汉字终将消亡;而另一边以林琴南、黄侃、胡先啸等为代表的复古派文人则强烈抵制白话文运动。需要知道的是,白话文和文言文之争并非简单的两种语言之争,因为附着在文言文上的,还有四书五经、诸子百家的文化,以白话废除文言,实际是要把文化和价值观来一次大扫除,另起炉灶,这必然意味着中国与过去的传统彻底分家。钱玄同云:"我再大胆宣言道:欲使中国不亡,欲使中国民族为二十世纪文明之民族,必以废孔学,灭道教为根本之解决,而废记载孔门学说及道教妖言之汉文,尤为根本解决之根本解决。"① 1952年,中国政府设立中国文字改革委员会,成立大会上传达了毛泽东指示:文字必须改革,要走世界文字共同的拼音方向……不仅文言文,连汉字,都命悬一线。鲁迅也说:"如果不想大家给旧文字做牺牲,就得牺牲掉旧文字。"②)

　　我总要上下四方寻求,得到一种最黑,最黑,最黑(鲁迅善"冷嘲",但这样连用三个"最黑",一本正经持批判态度,并不多见。)的咒文,先来诅咒,一切反对白话,妨害白话者。即使人死了真有灵魂,因这最恶的心,应该堕入地狱,也将决不改悔,总要先来诅咒一切反对白话,妨害白话者。(学术之进步,有所谓"君子之争"者,如莱布尼兹与洛克之争,双方谦谦君子,各思考对方学术之缺陷,论辩反驳,以推动思想之进步;亦有所谓生死存亡之争,如爱迪生与特斯拉之争。白话、古文之争,非"君子之争",故两派互相攻击,既无所谓学术规范,亦无所谓言论底线,各以其恶毒攻击对方,如同短兵相接,无所谓君子小人矣。且录一些名言:钱玄同说桐城派散文家是"桐城谬种""选学妖孽",乃"文妖";陈独秀则把明朝前后七子,外加归有光、方苞、刘大櫆、姚鼐诸位名家当作"十八妖魔",欲除之而后快;鲁迅还有一句名言:"汉字不灭,中国必亡。")

　　自从所谓"文学革命"以来,供给孩子的书籍,和欧,美,日本的一比较,虽然很可怜,但总算有图有说,只要能读下去,就可以懂得的了。

---

① 钱玄同《中国今后之文字问题》,载《中国现代思想史资料简编》第一卷,浙江人民出版社1982年,P416
② 《鲁迅全集》第六卷,人民文学出版社1981年,P114

（白话文之争，非语言选择的简单问题，实际乃是中国文化的最核心问题。如果支持古文派，则儿童入学，必然先读"三百千千""四书五经"；如果支持白话文，则儿童入学，必然是"大狗叫，小猫跳"，童话儿歌之类。鲁迅反对文言，以儿童为切入口，最易博得同情和普遍共鸣，所谓蛇打七寸。）可是一班别有心肠的人们，便竭力来阻遏它，要使孩子的世界中，没有一丝乐趣。（这的确是传统教育最大的问题，文言文门槛高，死记硬背是第一道关，乐趣的确不多。◎我读清朝教育史资料，康熙以降，皇子五六岁入学读书，凌晨四五点即要上学。当他们打着灯笼来到书房，宦官宫女尚未开始洒扫。每日除中午短暂休息，学习时间在12小时以上，而且几乎全年无休，只有万寿节等少数几日休息。我读《翁同龢日记》，云光绪帝六岁时，春节老师休息八日，但学生每日皆至书房读书、写字。如此严格的教育，清朝皇子往往文武双全，遍观清朝皇帝，有平庸者，但未有昏庸者，此亦教育之功。但这样严格的教育，既容易培养才华横溢的人，也容易剥夺普通人学习的乐趣。）

北京现在常用"马虎子"这一句话来恐吓孩子们。或者说，那就是《开河记》上所载的，给隋炀帝开河，蒸死小儿的麻叔谋；正确地写起来，须是"麻胡子"。那么，这麻叔谋乃是胡人了。但无论他是甚么人，他的吃小孩究竟也还有限，不过尽他的一生。（以吃人的麻叔谋反衬支持文言文者的罪恶：麻叔谋吃人，只不过吃了一辈子；但文言文的毒害，却是历代相传。）妨害白话者的流毒却甚于洪水猛兽，非常广大，（郑益兵："在初稿中鲁迅本来写的是'妨害白话者流毒却非常广大'，但鲁迅在修改稿中刻意在'非常广大'之前加上'甚于洪水猛兽'，不但说得非常形象，而且加深了讽刺的力量。一些顽固保守的人把提倡新文化的人看作'洪水猛兽'，鲁迅就把'洪水猛兽'这一称号回扣给'妨害白话者'的头上。这充分表现了他对反对白话者的极端憎恨。"[1]）也非常长久，能使全中国化成一个麻胡，凡有孩子都死在他肚子里。（吃人隐喻，可联想《狂人日记》。中国仿佛成了一个胡麻子，不断残害儿童。◎呜呼，先生不知，今日以白话文教育的中国学生，亦不少受苦。）

只要对于白话来加以谋害者，都应该灭亡！（一再疾呼。◎钱理群："如此极端的文字与情感在鲁迅的作品里，也不多见。——这或许会使我们读者产生诧

---

[1] 郑益兵《〈朝花夕拾〉中鲁迅斗争之我见》，载《新乡学院学报》2011年6月

五 《二十四孝图》

异感……我们发现,鲁迅一谈到孩子、年轻人,就特别容易动感情,他最不能容忍的,就是对孩子、年轻人的伤害,每遇到这样的事,他就会做出特别激烈的情感反应。"①)

这些话,绅士们(在鲁迅的话语体系中,此贬义词也。)自然难免要掩住耳朵的,因为就是所谓"跳到半天空,骂得体无完肤,——还不肯罢休。"(陈西滢在一九二六年一月三十日在《晨报副刊》发表的《致志摩》中攻击鲁迅的话:"他常常的无故骂人,要是那人生气,他就说人家没有'幽默'。可是要是有人侵犯了他一言半语,他就跳到半天空,骂得你体无完肤——还不肯罢休。"妙哉陈西滢,此真鲁迅性格。所以,知鲁迅者,非鲁迅的崇拜者,而是鲁迅的敌人。)而且文士们(此亦贬义词)一定也要骂,以为大悖于"文格",亦即大损于"人格"。岂不是"言者心声也"么?"文"和"人"当然是相关的,虽然人间世本来千奇百怪,教授们中也有"不尊敬"作者的人格而不能"不说他的小说好"的特别种族。(陈西滢在《现代评论》的《闲话》中说:"我不能因为我不尊敬鲁迅先生的人格,就不说他的小说好,我也不能因为佩服他的小说,就称赞他其余的文章。"◎陈西滢与白话文运动毫无关系,但鲁迅话里话外,顺便捎上陈西滢,以讽刺之。这种讽刺,颇有成效,但毫无逻辑。也就是说,鲁迅在这里并没有理性的反驳或思考,而是引用其只言片语以讽刺之。这种方式,鲁迅"粉丝"读之甚爽,但实非讨论问题的理性态度。对于这些内容,我虽很觉有趣,但也觉得很不讲理。)但这些我都不管,因为我幸而还没有爬上"象牙之塔"去,正无须怎样小心。倘若无意中竟已撞上了,那就即刻跌下来罢。然而在跌下来的中途,当还未到地之前,还要说一遍:(笑喷)

只要对于白话来加以谋害者,都应该灭亡!(白话文战胜了文言文,非仅鲁迅、胡适之功劳,实乃社会发展的必然。白话文的优势有三:一曰易于普及,使门阀士大夫垄断的文化成为大众文化;二曰易于信息传播,写作更容易,读起来也更容易,在现代社会,沟通的效率大大提高,亦商业社会必然的需要。三曰消灭文盲,让一个社会的人都受教育,国家意志得以灌输,民族认同和凝聚力得以实现。有这三大优点,白话文战胜文言文,是显而易见的。◎善读书者,要能入能出。所

---

① 钱理群《谈鲁迅〈二十四孝图〉》,见《鲁迅作品十五讲》,北京大学出版社 2003 年 9 月

谓"入"者，顺应作者之逻辑，理解作者之苦心；所谓"出"者，跳出作者逻辑，甚至作者的时代，以批评的视角重新审视。时至今日，再攻击文言文之弊端，实非必要；但反思白话文运动后的弊端，则为当务之急。白话文流行后，弊端有二：一曰文化缺乏大师。明清乃至民国，大师比比皆是，但今之博士、教授，水平远远不如，实乃今日教育之弊端，因我们自幼所学，几篇简单的文言文，几首诗歌，几篇散文小说，显然缺乏深度的认知；二曰文化创造力式微。因国民普遍缺乏精英教育，学的乃是通俗的课本，导致积累不足，思维强度不够，文科的创造力非常薄弱。错过了18岁之前的深度教育，即使大学开始读书，基本功也太差。中国的社会学、经济学、心理学、传播学等，在世界上号召力不强，实不亚于芯片等行业的落后。我们要解释一个社会现象，最需要引用的理论模型，往往是欧美学者所建立，我们总能清醒地认知到理科与发达国家的差距，不知道文科差距更大。故读鲁迅此文，不当正读之，当逆读之，才有深意和味道。◎我有学生，在北师大中文系读书。但按照学校教育的规划，大学前仅读《钢铁是怎样炼成的》《红岩》《海底两万里》《水浒传》等通俗书，唯一涉及的古籍是《论语》，而且仅读两篇。进入大学，需要从头读起，《孟子》《庄子》，唐诗宋词，古人的"儿童读物"一概没有系统读过，毫无根基，更艰深的著作，更是无从谈起。这一个案可以窥见今日文科教育的薄弱。文科教育无它，先要系统性读好书，通过读书建立自己的思考体系，但今日教育，仅仅读几本小说散文，根本无力支撑坚实的文科基础。等读了硕士、博士，不待根基稳固，就钻入某一个狭小的领域，不得已成为井底蛙。这样的教育，不太可能孕育出民国大师级别的学者。鲁迅批判文言文弊端，用力很猛，但其中弊端，先生又何以知之！）

（二）救救孩子

每看见小学生欢天喜地地看着一本粗拙的《儿童世界》之类，另想到别国的儿童用书的精美，自然要觉得中国儿童的可怜。（这一段也适合用批判视角解读：时至今日，中国儿童不仅不缺读物，相反，其所有天性，皆有相应的商业开发来满足：小儿嗜好甜食，则有棒棒糖、巧克力、冰棍、冰淇淋以满足之；小儿嗜好图片，则有汗牛充栋之绘本，古今中外无所不包，装帧精美，品类繁多；

儿童喜欢故事，则有所谓 AI 机器人，里面有听不完的故事；儿童喜欢车，则商场有专门的游乐场，各种游戏皆备。各色兴趣班应有尽有，而全国经营儿童读物的出版社有五百家之多。故今日所需要议论者，非担心孩子不够快乐，而是快乐过多，无法节制。我带孩子进商场，总很难走出来，因为迎合孩子癖好的商品太多太多。而白话文教育的结果，是传统的割裂，导致孩子阅读能力每况愈下。《红楼梦》之类，古人视之为消遣，是读"四书五经"，《史记》《通鉴》疲惫之余，消磨时间所用，今之十七八岁之少年，能读懂《红楼梦》者，有十分之一否？）但回忆起我和我的同窗小友的童年，却不能不以为他幸福，给我们的永逝的韶光一个悲哀的吊唁。我们那时有什么可看呢，只要略有图画的本子，（《山海经》）就要被塾师，就是当时的"引导青年的前辈"（再讽徐志摩、陈西滢。）禁止，呵斥，甚而至于打手心。（此又当反读：今日教育，打手心已经消失，一并消失的，则是老师的惩戒权。甚至有学生被老师批评，即作出极端举动。内心之脆弱，无与伦比。）我的小同学因为专读"人之初性本善"读得要枯燥而死了，只好偷偷地翻开第一叶，看那题着"文星高照"四个字的恶鬼一般的魁星像，来满足他幼稚的爱美的天性。（的确可怜。）昨天看这个，今天也看这个，然而他们的眼睛里还闪出苏醒和欢喜的光辉来。（这让人想起黑格尔在其《美学》中阐述的一个观点，"审美带有令人解放的性质"。在当时的环境下，孩子们只能通过一些简单粗鄙的图画上的审美来获得暂时的精神解放。）

在书塾之外，禁令可比较的宽了，但这是说自己的事，各人大概不一样。我能在大众面前，冠冕堂皇地阅看的，是《文昌帝君阴骘文图说》和《玉历钞传》，（凡是能驯化民众者，无论其如何低劣和荒谬，皆取而用之，真可悲也。）都画着冥冥之中赏善罚恶的故事，雷公电母站在云中，牛头马面布满地下，不但"跳到半天空"是触犯天条的，即使半语不合，一念偶差，也都得受相当的报应。（表面阐述善有善报，恶有恶报的道理，实际是对人的细枝末节进行驯化。）这所报的也并非"睚眦之怨"，因为那地方是鬼神为君，"公理"（讽陈西滢）作宰，请酒下跪，全都无功，简直是无法可想。在中国的天地间，不但做人，便是做鬼，也艰难极了。（再次凸显中国儿童的可怜，即使可看的两本图画书，依然档次低下，宣传因果报应、道德律令。）然而究竟很有比阳间更好的处所：无所谓"绅士"，也没有"流言"。（以上两段所有加引号的内容，不是徐志摩说的，就是陈西滢说的。鲁迅处处引以为讽刺，真有刀笔吏咬死不撒嘴的尖利。）

阴间，倘要稳妥，是颂扬不得的。尤其是常常好弄笔墨的人，在现在的中国，流言的治下，而又大谈"言行一致"（陈西滢曾说："言行不相顾本没有多大稀罕，世界上多的是这样的人。讲革命的做官僚，讲言论自由的烧报馆。"）的时候。前车可鉴，听说阿而志跋绥夫（俄国颓废主义文学流派最著名的作家之一，标榜个人享乐主义。其无政府主义对鲁迅深有影响。）曾答一个少女的质问说，"惟有在人生的事实这本身中寻出欢喜者，可以活下去。倘若在那里什么也不见，他们其实倒不如死。"于是乎有一个叫作密哈罗夫的，寄信嘲骂他道，"……所以我完全诚实地劝你自杀来祸福你自己的生命，因为这第一是合于逻辑，第二是你的言语和行为不至于背驰。"（鲁迅说阴间也比人间好，起码阴间没有流言和论战。但即使这么说，也有风险。流言会随之而来——既然你主张阴间好，你怎么不去死呢？你逻辑混乱啊！）

其实这论法就是谋杀，他就这样地在他的人生中寻出欢喜来。阿尔志跋绥夫只发了一大通牢骚，没有自杀。密哈罗夫先生后来不知道怎样，这一个欢喜失掉了，或者另外又寻到了"什么"了罢。诚然，"这些时候，勇敢，是安稳的；情热，是毫无危险的。"

然而，对于阴间，我终于已经颂扬过了，无法追改；虽有"言行不符"之嫌，但确没有受过阎王或小鬼的半文津贴，则差可以自解。总而言之，还是仍然写下去罢——

（以上三段颇为啰嗦。）

（三）论德育

我所看的那些阴间的图画，都是家藏的老书，并非我所专有。我所收得的最先的画图本子，是一位长辈的赠品：《二十四孝图》。（从白话文和古文之争，再谈古文教育对儿童的危害，再写童书的匮乏，最后才出正题——《二十四孝图》，这是告诉读者，看这篇文章，必须把《二十四孝图》放在更宏大的背景中去理解和阅读。要从《二十四孝图》，看出鲁迅对传统教育的态度；从传统教育的态度，要看出鲁迅对文言文的态度；从文言文的态度，则要看出他对中国文化的态度；从传统文化的态度，则要看出他对中国核心价值观的态度。故此文不易读。）这虽然不过薄薄的一本书，但是下图上说，鬼少人多，又为我一人所独有，使我高兴极了。那里面的故事，似乎是谁都知道的；便是不识字的人，例如阿长，也只要一看图画便能够滔滔地讲出这一段的事迹。（连阿长都知道二十四孝，可见所谓道德驯化已经深入国民骨髓，无孔不入。吾读《论语》第二章："其为人也孝弟，而好犯上者，鲜矣。不好犯上，而好作乱者，未之有也。"我才恍然大悟：对孝顺无所不用其极的宣传，真正的目的是驯化出"忠臣"，泯灭其反抗意识。二十四孝如此荒诞的故事，却如此深入人心，因为有国家权力的庇护伞。儒家文化最可敬的，是塑造君子；儒家文化最可怕的，是塑造顺民。◎吴虞："就这样看来，他们教孝，所以教忠，就是教一般人恭恭顺顺地听他们一干在上的愚弄，不犯上作乱。把中国弄成一个'制造顺民的大工厂'，孝字的大作用，便是如此。"①）但是，我于高兴之余，接着就是扫兴，因为我请人讲完了二十四个故事之后，才知道"孝"有如此之难，对于先前痴心妄想，想做孝子的计划，完全绝望了。（今北京大学南门街道的墙上，完整地画着二十四孝图，则可笑乎？又人民大学小南门外的院墙上亦有二十四孝图的展示。菜市口附近的中信城围墙也有，名字是"中华传统美德之二十四孝"。②）

"人之初，性本善"么？这并非现在要加研究的问题。但我还依稀记得，我幼小时候实未尝蓄意忤逆，对于父母，倒是极愿意孝顺的。（孝顺本是人的自然倾向。）不过年幼无知，只用了私见来解释"孝顺"的做法，以为无非是"听话"，"从命"，以及长大之后，给年老的父母好好地吃饭罢了。（质朴的孝顺观念，执行并不困难。）自从得了这一本孝子的教科书以后，才知道并不然，而且还要难到几十几百倍。（把道德高高地捧起来，本来要搞个标杆和表率，树立个榜样，结果离人太远，人反而觉得这个做不到。）其中自然

---

① 吴虞《吴虞文录》，亚东图书局 1927 年，P15
② 参见钱振文《墙头上的〈二十四孝〉》，载《博览群书》2018 年 1 月。

也有可以勉力仿效的，如"子路负米"，（子路自己吃蔬菜，却远距离背米给父母，这样的孝顺虽不容易，但勉强可以做到。）"黄香扇枕"（黄香在夏天把席子扇凉后让父亲睡觉，防止其中暑，这个也可以效仿。）之类。"陆绩怀橘"（陆绩六岁懂得把橘子留给母亲吃，这个也可以做到。昨天——2021年10月25日——我儿五岁，还给我带回来半包薯片呢。）也并不难，只要有阔人请我吃饭。"鲁迅先生作宾客而怀橘乎？"我便跪答云，"吾母性之所爱，欲归以遗母。"阔人大佩服，于是孝子就做稳了，也非常省事。（以上三例，勉强可做。）"哭竹生笋"就可疑，怕我的精诚未必会这样感动天地。但是哭不出笋来，还不过抛脸（丢脸）而已，（以上一例，虽然做不到，但也仅仅丢人而已。）一到"卧冰求鲤"，可就有性命之虞了。（以上一例，则恐怖已极。人孝顺父母的自然天性，被扭曲至此，值得重重叹息。）我乡的天气是温和的，严冬中，水面也只结一层薄冰，即使孩子的重量怎样小，躺上去，也一定哗喇一声，冰破落水，鲤鱼还不及游过来。自然，必须不顾性命，这才孝感神明，会有出乎意料之外的奇迹，但那时我还小，实在不明白这些。（哭竹生笋、卧冰求鲤，乃是违背自然规律的故事，但因为有道德教化功能，往往成为教科书。今人嘲讽其荒谬，赞誉鲁迅先生之伟大。但这种为了道德教化而编造故事的现象，古今皆然。比如人教社二年级有课文所谓《爱迪生救妈妈》，说爱迪生用镜子做成无影灯，成功让母亲做了阑尾炎手术。奈何医学界认为，爱迪生的时候，尚未有阑尾炎手术。再如《地震中的父与子》一文中，开头是这样的："1989年，美国洛杉矶发生大地震……"奈何那年洛杉矶没有地震。其他所谓"华盛顿砍树""乌鸦反哺""斑羚飞渡""达芬奇画了三年鸡蛋"，无一不涉虚假，亦无一不是为了"德育"。真所谓"今人哀之而不鉴之，亦使后人而复哀后人也"。◎这种问题的本质，是在我国的价值观谱系中，"善"的地位比"美"高，"美"的地位比"真"高。真善美三字，并不能三位一体。《道德经》攻击儒家道德的核心逻辑，是道德必然带来"虚伪"的问题。我们可以制造君子，但副作用是制造大量的伪君子。"善"而不"真"，则此"善"为伪善而已。）

　　其中最使我不解，甚至于发生反感的，是"老莱娱亲"和"郭巨埋儿"两件事。（以上两例，最令人厌恶。）

五

《二十四孝图》

我至今还记得，一个躺在父母跟前的老头子，一个抱在母亲手上的小孩子，是怎样地使我发生不同的感想呵。他们一手都拿着"摇咕咚"。这玩意儿确是可爱的，北京称为小鼓，盖即鼗也，朱熹曰："鼗，小鼓，两旁有耳；持其柄而摇之，则旁耳还自击。"（鲁迅讽刺文言文，主张白话文，但鲁迅其实深受旧文化之熏陶，你看，朱熹的注本，信手拈来，如此熟悉。所以，反对文言，是民国奢侈的行为；现代人说："读文言文，有个屁用"，说这样话的人多半没有什么屁用。）咕咚咕咚地响起来。然而这东西是不该拿在老莱子手里的，他应该扶一枝拐杖。现在这模样，简直是装佯，侮辱了孩子。（"侮辱孩子"四字，如当头一棒！）我没有再看第二回，一到这一叶，便急速地翻过去了。

那时的《二十四孝图》，早已不知去向了，目下所有的只是一本日本小田海僊所画的本子，叙老莱子（老莱子乃道家人物，《庄子·外物》有记载；《史记·仲尼弟子列传》云老莱子乃孔子之师。或疑老莱子即老子。）事云："行年七十，言不称老，常著五色斑斓之衣，为婴儿戏于亲侧。又常取水上堂，诈跌仆地，作婴儿啼，以娱亲意。"大约旧本也差不多，而招我反感的便是"诈跌"。（小儿天真无暇，却因道德而变得诈伪）无论忤逆，无论孝顺，小孩子多不愿意"诈"作，听故事也不喜欢是谣言，这是凡有稍稍留心儿童心理的都知道的。（鲁迅先生健忘，我读周作人书云，鲁迅之曾祖母叫九太太，常坐在硬邦邦的太师椅上，鲁迅经常开玩笑，故意跌倒，老太太即云："阿呀，阿宝，衣服弄脏了呀。"鲁迅赶紧爬起来，然后又假装跌倒……①周建人亦记录此事，并云，当时的曾祖母年事已高，无法记住鲁迅三兄弟的名字，统呼为"阿宝"。② ◎ 我读萨特《词语》③，里面详细剖析自己儿时如何虚伪"表演"的故事，真的让我对儿童有了更深的认识。）

然而在较古的书上一查，却还不至于如此虚伪。（说明，虚伪是道德宣传中层层加码逐步形成的。古史辨派领袖顾颉刚有一个"层累地造成中国古史"的

---

①周作人《鲁迅的故家》，北京十月文艺出版社 2013 年 8 月，P49
②周建人口述，周晔整理，《鲁迅故家的败落》，福建教育出版社 2017 年 1 月，P61
③萨特《词语》，亦有翻译成《文字生涯》者。

理论，与此颇为类似。一个正常的故事，在宣传中不断被添砖加瓦，逐步变得虚伪。）师觉授《孝子传》云，"老莱子……常衣斑斓之衣，为亲取饮，上堂脚跌，恐伤父母之心，僵仆为婴儿啼。"（《太平御览》四百十三引）较之今说，似稍近于人情。（第一个版本较为真实。）不知怎地，后之君子却一定要改得他"诈"起来，心里才能舒服。（所以真善美三者，"善"最容易，愚夫愚妇口中所言，莫不是善；美则需要能力，非一般人所具备；对"真"之信仰，更是凤毛麟角。当"善"失去"真"的时候，"善"则已然成为"伪善"。故世界并非多善人，而是多伪善和自以为善的庸俗人而已。德育最可恨者，不在于善，而在于善之浅薄，更在于善之虚伪。）邓伯道弃子救侄，想来也不过"弃"而已矣，昏妄人也必须说他将儿子捆在树上，使他追不上来才肯歇手。（成语"伯道无儿"，说的就是这个故事。晋代邓攸，字伯道。战乱逃难，在危难关头，舍弃自己的儿子，保全了侄儿。丢弃儿子，就为了保全哥哥的骨肉，这个尚可理解。但宣传道德人，非要添油加醋，说把儿子捆起来等等，则越发虚伪。）正如将"肉麻当作有趣"一般，以不情为伦纪，诬蔑了古人，教坏了后人。（好骂，痛快！）老莱子即是一例，道学先生以为他白璧无瑕时，他却已在孩子的心中死掉了。（道德榜样越是白璧无瑕，越像一个"完人"，越脱离实际，越脱离人心。可惜，我无法举例说明，奈何！奈何！）

　　至于玩着"摇咕咚"（两个例子本无关，但以"摇咕咚"相贯通，则文章结构紧凑，妙！）的郭巨的儿子，却实在值得同情。他被抱在他母亲的臂膊上，高高兴兴地笑着；他的父亲却正在掘窟窿，要将他埋掉了。说明云，"汉郭巨家贫，有子三岁，母尝减食与之。巨谓妻曰，贫乏不能供母，子又分母之食。盍埋此子？"但是刘向《孝子传》所说，却又有些不同：巨家是富的，他都给了两弟；孩子是才生的，并没有到三岁。结末又大略相像了，"及掘坑二尺，得黄金一釜，上云：天赐郭巨，官不得取，民不得夺！"（廖胜财云，这里实际上是鲁迅"深刻洞悉了孝道前后发展中的异同，即他已清晰地展现了孝道在其发展过程中对其初衷的偏离。为了巩固和稳定自己的封建专制统治，历代帝王推崇孝道，提倡'以孝治天下'，所以就把孝道加以神秘化，同时根据自己的需要加入了许多虚伪的成分，宣扬一种'君叫臣死，臣不得不死；父叫

五

《二十四孝图》

子亡，子不得不亡'的愚忠、愚孝的思想，所以才会有'卧冰求鲤'、'郭巨埋儿'这样惨绝人寰的孝道故事。正如吴虞所说的那样'把中国弄成一个制造顺民的大工厂'。也就是说孝道在发展过程中被统治者利用了，致使孝道偏离了人们的生活，而成为了历代统治者统治与愚弄人民群众的工具。"①）

我最初实在替这孩子捏一把汗，待到掘出黄金一釜，这才觉得轻松。然而我已经不但自己不敢再想做孝子，并且怕我父亲去做孝子了。（这两句话说明了这种孝道宣传不仅无效，而且激起叛逆之心。◎愚蠢的德育，只能孕育不思考的笨蛋，让他们变成人畜无害的顺民，但对求真之人，是莫大的侮辱与损害。故狂狷之人，宁愿特立独行，被人指指点点，也坚决不做道学家。）家景正在坏下去，常听到父母愁柴米；祖母又老了，倘使我的父亲竟学了郭巨，那么，该埋的不正是我么？如果一丝不走样，也掘出一釜黄金来，那自然是如天之福，但是，那时我虽然年纪小，似乎也明白天下未必有这样的巧事。（细思极恐。）

现在想起来，实在很觉得傻气。这是因为现在已经知道了这些老玩意，本来谁也不实行。（中国人的虚伪，岂不荒谬滑稽又可悲乎！教科书清清楚楚书写，道学家口口声声宣传，学生认认真真学习，但这不过是一场谁也不会去真正执行的滑稽戏而已！但三者配合天衣无缝，该表演表演，该表扬表扬，反正都是一群"精致的利己主义者"，最大的能耐就是道德表演。故中国之行为准则，往往裂变为二：表面上逻辑严密的明规则，暗地里则形成了丛林法则似的潜规则。两套规则并行不悖。）整饬伦纪的文电是常有的，（明规则）却很少见绅士赤条条地躺在冰上面，将军跳下汽车去负米。（实际情况。◎关于这孝道的虚伪性，鲁迅在其杂文《我们现在怎样做父亲》一文中就谈论过，他深刻地指出："汉有举孝，唐有孝悌力田科，清末也还有孝廉方正，都能换到官做。父恩谕之于先，皇恩施之于后，然而割股的人物，究属寥寥。足可证明中国的旧学说旧手段，实在从古以来，并无良效，无非使坏人增长些虚伪，好人无端的多受些人我都无利益的苦痛罢了。"）何况现在早长大了，看过几部古书，买过几本新书，什么《太平御览》咧，《古孝子传》咧，《人口问题》咧，《节制生育》咧，《二十世纪是儿童

---

① 廖胜财《扬弃与超越——鲁迅与中国孝文化的关系》，这是江西师范大学的一篇硕士论文。

的世界》咧，可以抵抗被埋的理由多得很。不过彼一时，此一时，彼时我委实有点害怕：掘好深坑，不见黄金，连"摇咕咚"（妙）一同埋下去，盖上土，踏得实实的，又有什么法子可想呢。我想，事情虽然未必实现，但我从此总怕听到我的父母愁穷，怕看见我的白发的祖母，总觉得她是和我不两立，至少，也是一个和我的生命有些妨碍的人。后来这印象日见其淡了，但总有一些留遗，一直到她去世——这大概是送给《二十四孝图》的儒者所万料不到的罢。(适得其反的德育。◎夏康达："鲁迅所得的《二十四孝图》是一位长辈所赠，其用意不难想见，但产生的竟是这样的效果，鲁迅在文章的最后说：'这大概是送给《二十四孝图》的儒者所万料不到的罢。'事隔70年，'二十四孝'依然受到如此推崇，大概也是鲁迅写该文时'所万料不到的罢'。"[1])

五月十日

五 《二十四孝图》

---

[1] 夏康达《从"二十四孝图"说开去》，载《道德与文明》1997年第2期

总　评

- 李泽厚："书面语言的变革不只是文学形式问题，它在强有力地动摇着传统的文化—心理结构。"①
- 李春阳："现代白话文的写作，只有近百年的历史，与三千年的文言文和一千年的旧白话相较，时间还太短，文体粗糙简陋，好作品少，大师少，许多入选语文课本的白话范文，经不起大家反复阅读，也经不起深入分析，人为地经典化，适足伤害教学双方，假如教师处理不当，足以败坏学生对母语的兴趣。"②
- 李春阳："就掌握白话、文言的一般情况而言，前者易而后者难，国家的教育政策当应先易后难而循序渐进，不可舍难就易而自甘浅陋，养成国民智力上的懒惰习惯和文字上的粗糙品味。"③
- 李春阳："鄙视并攻击文言——是五四第一代文人的奢侈，他们奢侈得起，后人以之为真，遂成遗患。"④
- 柳亚子："近世对于儿童教育最伟大的人物，我第一个推崇鲁迅先生。"
- 王长坤："揭露和批判传统孝道的虚伪性、残酷性及其危害。在这方面影响最大、最激烈的是鲁迅。"⑤
- 王佩、王法贵："从文本上讲，《二十四孝图》是一部通俗文学作品，

---

①李泽厚《中国现代思想史论》，三联书店 2013 年，P47
②李春阳《白话文运动的危机》，三联书店 2017 年，P1
③同上，P6
④同上，P18
⑤王长坤《先秦儒家孝道研究》，巴蜀书社 2007 年，P10

而非严谨的史学著作，读者必须尊重其文学性；……从动机上看，《二十四孝图》旨在教人'见贤思齐'，而非鼓励'东施效颦'。……从内容上看，老莱子之孝贵在'娱亲'，而非'能养'。"[①]

- 孙郁："人的最基本的情感和愿望，统统被极功利的伦理观所代替。中国文化用程式化的伦理精神，扼杀了活生生的生命欲求。"[②]
- 德育的本质，是驯化国民。这种"驯化"，是保证社会流畅运行的基础。法律是外在的，德行是内在的。但儒家的"以德治国"有严重的副作用：第一，制造"道德表演艺术家"，批量产生伪君子（用现在的话说，叫"精致的利己主义者"）。第二，丧失个性和野性。鲁迅《略论中国人的脸》中说："人＋家畜性＝某一种人。"这两个问题，始终难以解决。

[①] 王佩、王法贵《老莱子其人与孝——兼议鲁迅对"老莱娱亲"之反感》，载《商丘师范学院学报》2012 年 11 月
[②] 孙郁《20 世纪中国最忧患的灵魂》，群言出版社 1993 年，P100

六、父亲的病

　　文章写于1926年10月7日,最初发表于《莽原》半月刊第一卷第二十一期。周作人云,父亲伯宜公得病的时间,大约在乙未年,即1895年春天,最早可以提早到甲午年,即1894年的冬天。当时的鲁迅年仅十四五岁。◎鲁迅祖父周福清曾有《恒训》一卷,即周家家训。鲁迅有抄本,其中有一条云,勿信西医戴冰帽(以冰袋敷头),因戴冰帽必死。可见,鲁迅家庭对西医颇多偏见,鲁迅却以健笔讽刺中医,亦可见其叛逆的性格。◎父亲得病期间,尚有一事,彻底改变了鲁迅的命运,那就是祖父周福清的入狱。周福清为了让儿子科举顺利,就于1893年9月7日——次年或当年鲁迅父亲就重病——贿赂主考官殷如璋。周福清的家丁陶阿顺求见殷如璋,结果连人带信一并扣留,押交苏州府处理。殷如璋何故"以公灭私"一直是个谜。科场贿赂案,加上父亲的重病,让鲁迅"从小康人家而坠入困顿"。这是鲁迅一生的重大转折。◎读此文不具幽默感,必入宝山而空归。但此笑话耳,不必当真,据以批判中医,则大无必要。

(一) 一对神人

　　大约十多年前罢,S城(绍兴首字母)中曾经盛传过一个名医(此人即姚芝仙,鲁迅父亲的第二位医生。何廉臣就是他推荐的。此人太医院出身,架子大,收费昂贵。"医方的花样最多,仿佛是江湖派的代表。"其儿子姚晓渔、孙子姚天农皆行医,架子也很大。◎平心而论,姚芝仙并非庸医,架子大,乃名气大、医术高所致,这也可以理解。)的故事:

他出诊原来是一元四角①，特拔十元，深夜加倍，出城又加倍。（诊金骇人。一块四，以购买力计算，约当现在的270元；十元则约为2000元之巨。但不知道这个"加倍"如何计算。我感觉鲁迅先生所写未必符合实情，如果按鲁迅说法，重病＋深夜急诊＋出城，则需要10×2×2＝40元，以购买力计算，高达8000元。但肯定没有这样计算的道理，比较合理的，应该是特殊疾病2000元，如果是深夜或出城，加收一定费用，不可能是按文章的算法。◎周作人："一元钱是诊资，四百文是给那三班的轿夫的。"② 此所谓"洋四百"也。）有一夜，（深夜，一不妙，在加倍之列。）一家城外（出城，二不妙，又在加倍之列。）人家的闺女生急病，（特拔，三不妙，各种巧合，所谓屋漏偏逢连阴雨，平平常常一句话，却含三不妙，妙在委婉。）来请他了，因为他其时已经阔得不耐烦，（闻所未闻，还有"阔得不耐烦"，幽默非常。）便非一百元不去。（20000元）他们只得都依他。待去时，却只是草草地一看，（仿佛大城市的医院，排队5个小时，看病1分钟。）说道"不要紧的"，开一张方，拿了一百元就走。（挣钱痛快，难怪"阔得不耐烦"。）那病家似乎很有钱，第二天又来请了。（"似乎很有钱"一句，调侃得妙；其实是并没看好。）他一到门，只见主人笑面承迎，（就像家长见了不负责任的班主任，虽然一肚子怨气，但面子上还必须客客气气说："孩子就拜托您了！"）道，"昨晚服了先生的药，好得多了，（表扬一番，幽默。有气也需要憋着，妙笔。）所以再请你来复诊一回。"（又是一百大洋。）仍旧引到房里，老妈子便将病人的手拉（幽默，病果然"大好了"。）出帐外来。他一按，冷冰冰的，

六

父亲的病

---

①"元"指的是银元，当时最流行的墨西哥的"鹰洋"。检索《中国货币史》，可知1891—1900年，一公石米（112斤）售价约为3449文，检索光绪二十一年，一个银元兑换1496文钱。每买112斤大米，需要二元三角；约每100斤2元。随后渐渐贬值，至1912年的北京，一块大洋能买60斤普通大米（孟天培、甘博《二十五年来北京之物价、工资及生活程度》，北京大学出版部1926年版），也可以供6个人去东来顺吃一顿羊肉火锅（据《吴虞日记》下册，四川人民出版社1986年版）。综上所述，如果以目前的米价4元/斤计算，则1元4角，略相当于273元。价格不便宜。另据其他学者估计，"1901年的银洋一元，约合1995年的73元，2009年的146元。（陈明远《鲁迅时代何以为生》，下同）。一元四角诊金，约合2009年的204.4元。……鲁迅父亲的病，连续2年多，以2年计算，诊金累计511元，配药不计。二年多的诊金，以2009年的价格计算，约合74606元。"（此估计见于魏兴海《鲁迅和中医的纠葛——以鲁迅〈父亲的病〉为例》，载《绍兴文理学院校报》2013年5月）
②周作人《知堂回想录》，北京十月文艺出版社2013年8月，P40

也没有脉,（病"大好了"。）于是点点头道,"唔,这病我明白了。"（才明白。那上次的诊治是"不明白"?）从从容容（完全不愧疚,临危不惧,"名医风范"。）走到桌前,取了药方纸,提笔写道:（故意分段,有趣。你必以为要开出一副惊世骇俗的方子。）

"凭票付英洋壹百元正。"（大跌眼镜,原来不是药方,乃是医疗事故之赔偿。意思是,既然我没有治好,就把诊金还给你。◎鲁迅此文,真正妙笔。我初时读之,以为是这个"闺女"虽然脉搏虚弱,但还需要救治。所以家人不惜重金,死马也要当活马医。但他不敢得罪名医,所以虽然憋了一肚子气,但还得笑脸相迎,从而突出庸医害人。后来读之,才发现是此闺女已经咽气。这一家人也非善茬,乃骗医生看病,以求赔偿。姚芝仙说"这病我明白了",即愿意退还诊金,了结这次医疗纠纷。妙就妙在双方都不点破,不像现代医闹,双方剑拔弩张,而是化解矛盾于无形。事情本身就很妙,先生文笔也妙。）下面是署名,画押。

"先生,这病看来很不轻了,用药怕还得重一点罢。"（此句读完,几乎笑岔气。本来的真实情况是,病家故意骗医生来诊治,实际乃讨要说法和赔偿。但医生居然从从容容赔偿100元,且不点破实情,说"这病我明白了"。读到这里,已经是妙不可言。但更妙的,是这个病家所说的话——"先生,这病看来很不轻了,用药怕还得重一点罢。"既尊为"先生",又言病情"很不轻了",又说"怕还得重一点",如此委婉,如此尊敬,如此彬彬有礼,表面说的是用药要重,实际说的是赔偿不够。外表柔和,内露凶相,此人真惹不起的主!妙哉!）主人在背后（此二字尤其恐怖。）说。

"可以,"他说。（依然不点破。）于是另开了一张方:（再次故意分段。）

"凭票付英洋贰百元正。"（又一张"惊世骇俗的方子"。◎双倍赔偿。）下面仍是署名,画押。（魏兴海:"这个纠纷解决得很斯文,很温情。关于医疗赔偿,有一点不明白,就是第一张"处方"有没有收回。我理解,应该是没有收回。这样,第一张支票是退赔还本;第二张处方是加倍赔偿。当然,首先是医生得有责任。"① ◎我见过现代医闹,拉横幅,摆花圈,花样繁多。如此了结医疗纠纷,而且医生、家属皆如此文雅,真奇事也。）

---

① 魏兴海《鲁迅和中医的纠葛——以鲁迅〈父亲的病〉为例》,载《绍兴文理学院校报》2013年5月

这样，主人就收了药方，很客气（恭恭敬敬的态度之下，要得赔偿。厉害啊！要完赔偿，依然客气，更厉害！）地送他出来了。（此段文字绝妙。写医生之阔，挣钱之易，治病之潦草，在诙谐幽默中几乎要将姚芝仙写入地狱。想姚芝仙一世英名，尽毁鲁迅先生毒舌之下，真是文人惹不起。但没想到，魔高一尺，道高一丈。主人的计谋演技，也非凡人。刚开始读，主人加倍恭敬，如哑巴吃黄连一般，心中憋闷，实一段妙文；正当你觉得主人家可怜可气，却发现一切乃主人所下之圈套，姚芝仙诊脉才知实情。结果在谈笑恭敬间，一场医疗纠纷得以了结，主人获赔偿，医生得解脱，真妙不可言的文字。如此一段，洋洋洒洒，以为后文父亲的病张本铺垫，如浓云密布，大戏即将开演。◎按：《鲁迅生平史料汇编》第一辑有姚霱庭口述、裘士雄整理《"姚半仙"行医劣迹》一文[①]，罗列姚芝仙大量行医的劣迹。我则认为，姚芝仙乃名医，出身太医院，架子有点大，收费较高。但这些并非大问题，哪怕是现代人，也往往觉得医院费用昂贵，比如一针抗癌药剂价格高达数万元甚至百万元。鲁迅作为一个外行人，对姚芝仙各种讽刺，赏其妙文可也，据此评判姚芝仙，恐怕未能公允。至于《"姚半仙"行医劣迹》一文，里面大量姚芝仙的资料，都有偏颇、夸大之处，此种陈述，有失偏颇，概不引用。）

（二）姚芝仙

我曾经和这名医（姚芝仙）周旋过两整年，（"整"字好。）因为他隔日一回，（诊金骇人，鲁迅家因此必须典当东西，利息20%，家道因此更为衰落。原有水田四五十亩，此时仅有二十多亩，田租仅够一年吃食费用。父亲的病，让鲁迅家从小康直接变为赤贫，但如曹雪芹一样，举家食粥酒常赊之时，正《红楼梦》落笔之时也。故父亲的病对鲁迅的影响，不亚于弃医从文。）来诊我的父亲的病。那时虽然已经很有名，但还不至于阔得这样不耐烦；（不幸中之大幸）可是诊金却已经是一元四角。现在的都市上，诊金一次十元并不算奇，可是那时是一元四角已是巨款，（一年二百五十多个大洋；此仅仅是诊费，尚有药品费用。周建人云，当时鲁迅所属的"兴房"，自有田才20亩，所以只能当东西度日。

[①]《鲁迅生平史料汇编》第一辑，天津人民出版社1981年，P297

鲁迅负责去到一家名为"恒济当"的当铺去典当。"直到后来,我从他的作品中,才知道他收到的侮蔑、歧视和欺凌。但他从没有吐露过半句,他向谁吐露呢?祖母老迈,父亲病重,母亲忧愁,弟弟年幼。他把所有的一切都由自己承担起来了。"[①] ◎恒济当的经营者是夏宗彝,以钱购买湖北道台一职,挣钱10万,回绍兴购买良田3000亩,并创办恒济当。因善于搜刮钱财,人送外号"夏末代"。[②] ◎当铺有很多规矩。比如当铺的柜台很高;不管你当的东西多么珍贵,当票上会极尽贬损之能事,比如"虫吃鼠咬光板无毛破皮袄一件",把金表说成"旧破铜表",把名人字画称为"烂纸片"等等。张五常《经济学视角下的中国大历史》[③] 云,柜台高,一者典当之人家中往往有急事,脾气也急,增高柜台避免冲突;再者,居高临下,容易谈判压价;另外,遇到抢劫,亦是一道防御。至于为什么要贬损典当之物。一者为了豁免当铺的保管风险。二者可以在当票上写更多的字,防止修改当票。这些是所有当铺的规矩,但对儿童鲁迅来说,敏感的内心不免觉得受到屈辱。当铺柜台很高,他踮着脚尖的样子,想想也的确伤感。鲁迅的内心亦必然刺痛。◎《呐喊·自序》:"我有四年多,曾经常常,几乎是每天,出入于质铺和药店里,年纪可是忘却了,总之是药店的柜台正和我一样高,质铺的是比我高一倍,我从一倍高的柜台外送上衣服或首饰去,在侮蔑里接了钱,再到一样高的柜台上给我久病的父亲去买药。")很不容易张罗的了;又何况是隔日一次。(隔日付巨款。)他大概的确有些特别,(自相矛盾之语,鲁迅常常用之,如《孔乙己》最后:"大约孔乙己的确已经死了。"①从"情理"推断,孔乙己应该是死了,这是理之必然。——所以说他的确是死了。②作者缺乏"实证",没有确切证据来支持上述推断。——所以说他大约是死了。①和②两个意义合并在一个句子中,就是所谓的——"他大约的确是死了"。◎有人模仿鲁迅句式曰:"大约未必十分错。"大妙。)据舆论说,用药就与众不同。我不知道药品,所觉得的,就是"药引"的难得,新方一换,就得忙一大场。先买药,再寻药引。"生姜"两片,竹叶十片去尖,他是不用的了。(医术越高明,用药越奇特;医生档次越低,用药越简单、平易。西医则不同,西医讲究标准化,大家所开的药,是差不多的。)起码是芦根,须到河边去掘;一

---

① 周建人口述,周晔整理《鲁迅故家的败落》,福建教育出版社2017版,P97
② 张能耿《鲁迅早期事迹别录》,河北人民出版社1981年,P21
③ 高小勇主编,张五常著《经济学视角下的中国大历史》,贵州人民出版社2017年6月。

到经霜三年的甘蔗,(张立平:"用药以芦根、甘蔗为引,可知是有肺热。甘蔗经霜,如霜桑叶一样,清热之力增强,也非是故弄玄虚。"①),便至少也得搜寻两三天。可是说也奇怪,大约后来总没有购求不到的。

据舆论说,神妙就在这地方。先前有一个病人,百药无效;待到遇见了什么叶天士先生,(此著名中医,是中国温病学研究奠基人,鲁迅加"什么"二字以示讽刺。有电视剧叫《医痴叶天士》可观看。◎何廉臣:"余则师事樊师开周,专从叶法。反类于叶法者,靡不讲求而研究之。"②)只在旧方上加了一味药引:梧桐叶。只一服,便霍然而愈了。"医者,意也。"(非标准化的中医,总感觉不稳当。◎"医者,意也。"语出《后汉书·郭玉传》:"医之为言,意也。腠理至微,随气用巧。"又宋代祝穆编《古今事文类聚》前集:"唐许胤宗善医。或劝其著书,答曰:'医言意也。思虑精则得之,吾意所解,口不能宣也。'")其时是秋天,而梧桐先知秋气。(元人徐再思《双调水仙子·夜雨》云:"一声梧叶一声秋,一点芭蕉一点愁,三更归梦三更后。"又李清照写秋天"梧桐更兼细雨",可知梧桐代表秋天的气息……但秋天的气息难道有治病的功效?)其先百药不投,今以秋气动之,以气感气,所以……。(神秘的中医,神奇的理论,我们如何相信?)我虽然并不了然,但也十分佩服,(反语。网络流行语"不明觉厉"四字足以当之。)知道凡有灵药,一定是很不容易得到的,求仙的人,甚至于还要拼了性命,跑进深山里去采呢。(反语。)

这样有两年,渐渐地熟识,几乎是朋友了。父亲的水肿是逐日利害,将要不能起床;(在"神医"的治疗之下,父亲终于就卧床不起了。)我对于经霜三年的甘蔗之流也逐渐失了信仰,采办药引似乎再没有先前一般踊跃了。正在这时候,他有一天来诊,问过病状,便极其诚恳(医德高尚,此反语。)地说:

"我所有的学问,都用尽了。这里还有一位陈莲河(何廉臣之倒文。何

---

① 中国中医科学院张立平《"药引"漫谈——从鲁迅先生"父亲的病"说起》,载《中国中医药报》2018年3月9日第008版
② 转引自方春阳《何廉臣对叶天士学说的阐发》,载《浙江中医学院学报》1985年第九期第6期(原学报编号如此)

六 父亲的病

廉臣乃近代名医，医学贡献极大，可惜得罪鲁迅先生，愚者不知，以为何廉臣乃一庸医，真痴人说梦，越读书越傻。）先生，本领比我高。我荐他来看一看，我可以写一封信。（既谦虚，又尽心。）可是，病是不要紧的，（自己的荣誉要紧。）不过经他的手，可以格外好得快……。"（既保住荣誉，又借此脱身，妙哉！◎不知这些话是真的，还是先生编的。）

（三）陈莲河

（何廉臣给鲁迅父亲治病大约一百多天。① 有意思的是，此后八年，1904 年 5 月间，69 岁的鲁迅祖父突然得病，有感冒症状，身体发热，周家又延请了何廉臣诊治。但何廉臣把脉看舌苔后，想了想就下了个惊人的结论："你可以料理后事了。"拿了一元四角诊金后，何廉臣也没有开方子。天气渐热，到 7 月，鲁迅祖父也撒手离开。后来，鲁迅祖母最后一副药，也是何廉臣所开。② 故鲁迅有切肤之痛，在小说中两次写"何"姓庸医，以影射何廉臣，一篇是《狂人日记》，一篇是《明天》。鲁迅还专门写信给许寿裳，让他不要请何廉臣看病。◎杨义："将何廉臣的名字，按谐音方式颠倒为'陈莲河'，如此可得晚期谴责小说以文字学游戏隐喻现实人物名字的妙处，避免了一些节外生枝的名誉权纠纷。"③）

这一天似乎（"似乎"一词大妙。所谓"似乎"，表明此事并不确切。但父亲治疗无效，病情加重，有什么不确切之处？但"似乎"一词，极写大家心里都明镜一般清晰，但嘴上不说的情景，读之心酸。）大家都有些不欢，仍然由我恭敬（呼应第②段的"笑面承迎"，第⑦段"很客气地送他出来了"。但前两段读之令人发笑，此处读之令人落泪。）地送他上轿。进来时，看见父亲的脸色很异样，（病人本身打击更大。）和大家谈论，大意是说自己的病大概没有希望的了；他因为看了两年，毫无效验，脸又太熟了，未免有些难以为情，所以等到危急时候，便荐一个生手（不是高水平的，而是"生手"。）自代，和自己完

---

①周作人著，止庵编《关于鲁迅》，新疆人民出版社 1997 年，P76
②周建人口述，周晔整理《鲁迅故家的败落》，福建教育出版社 2017 版，P163－164
③《鲁迅作品精华》，杨义选评，三联书店 2014 年 8 月，P226

全脱了干系。但另外有什么法子呢？本城的名医，除他之外，实在也只有一个陈莲河了。明天就请陈莲河。（病急乱投医，而医生之挣钱，就在此时也。）

　　陈莲河的诊金也是一元四角。（神医都一个价格，并无区别。）但前回的名医的脸是圆而胖的，他却长而胖了：这一点颇不同。（这句话最幽默，读之喷饭。一个"圆而胖"，一个"长而胖"，就这一点"颇不同"，那其他的，就没有本质不同了，鲁迅奇笔！）还有用药也不同。前回的名医是一个人还可以办的，这一回却是一个人有些办不妥帖了，因为他一张药方上，总兼有一种特别的丸散和一种奇特的药引。（周作人云，伯宜公尚吃过埋在地下化为清水的腌菜卤和屋瓦上经过三年霜雪的萝卜菜。莫非亦此公之药引？① ◎周建人说，何廉臣曾开出药引，用十年的仓米。结果全家都寻觅不得。最后寿镜吾自己气喘吁吁穿着长衫扛来。入门即说："樟官，樟官，你要的陈仓米我寻来哉！"鲁迅大为感动。②）

　　芦根和经霜三年的甘蔗，他就从来没有用过。（确是不一般。）最平常的是"蟋蟀一对"，旁注小字道："要原配，即本在一窠中者。"（如何确定蟋蟀是原配？他们也没有结婚证啊。◎《本草纲目拾遗·卷十·虫部》："性通利，治小便闭。"何廉臣以之对付伯宜公的水肿，是对症的。③）似乎昆虫也要贞节，续弦或再醮，（续弦者，亡妻而续娶；再醮者，夫死而改嫁。这两个词用在这里，幽默非凡，既讽刺名医，顺便讽刺一下儒家思想，此所谓搂草打兔子。）连做药资格也丧失了。但这差使在我并不为难，走进百草园，十对也容易得，将它们用线一缚，活活地掷入沸汤中完事。（痛快！）然而还有"平地木十株"呢，这可谁也不知道是什么东西了，问药店，（一问）问乡下人，（二问）问卖草药的，（三问）问老年人，（四问）问读书人，（五问）问木匠，（六问）都只是摇摇头，（神秘的药引）临末才记起了那远房的叔祖，（此叔祖在《阿长与〈山海经〉》中亦曾出现，乃是鲁迅得知《山海经》之处。）爱种一点花木的

六　父亲的病

---

①周作人《鲁迅的故家》，北京十月文艺出版社2013年8月，P131
②周建人口述，周晔整理《鲁迅故家的败落》，福建教育出版社2017版，P97，周作人《鲁迅的故家》也说到这个事情。
③中国中医科学院张立平《"药引"漫谈——从鲁迅先生"父亲的病"说起》，载《中国中医药报》2018年3月9日第008版

老人，跑去一问，他果然知道，是生在山中树下的一种小树，能结红子如小珊瑚珠的，普通都称为"老弗大"。（绍兴话中不用"不"，而用"弗"。我们说"弗去""弗好看"等。老弗大，大概形容其生长缓慢，植株矮小。◎周作人《知堂回想录》："《朝花夕拾》说寻访平地木怎么不容易，这是一种诗的描写，其实平地木见于《花镜》，家里有这书，说明这是生在山中树下的一种小树，能结红子如珊瑚珠的。……扫墓回来，常拔了些来，种在家里，在山中的时候结子至多一株树不过三颗，家里种的往往可以多到五六颗。用作药引，拔来就是了，这是一切药引之中，可以说是访求最不费力的了。"① ◎读这些文字，理解鲁迅可以，据此评价中医则大可不必。我读现代医生所写的材料，才知道《父亲的病》所用之药引，都是靠谱的。鲁迅挖苦陈莲河的药引，一个窝里的蟋蟀，在江南农村并不稀奇，不足为怪，农民在冬天挖地时随处可以挖到冬眠在一起的蟋蟀。至于"原配"之说，那不过是国人爱以形象化词汇比附而已，并不影响实质内容，正如把人胞说成"紫河车"［胎儿是由衣胞在血道里运载而来］，把鸡蛋内衣说成是"凤凰衣"［把未出壳的鸡胎比喻作为凤凰］一样。中医习惯于把某些用作中药的物体用华丽词汇加以美化，如把头发烧灰说成"血余炭"［头发为"血之余"］，把人的排泄物说成"人中黄"［粪］、"人中白"［尿］，把动物骨化石说成"龙骨"，把蜂螂说成"灶马"，把娱蛤说成"天龙"等。鲁迅在愤激之下未免将中医的落后部分过于夸张了。②）

"踏破铁鞋无觅处，得来全不费工夫。"药引寻到了，然而还有一种特别的丸药：败鼓皮丸。（偏方）这"败鼓皮丸"就是用打破的旧鼓皮做成；水肿一名鼓胀，一用打破的鼓皮自然就可以克伏他。（相生相克的道理，再比如蟾蜍表皮发皱，可以治疗皮肤病；青蛙生活在清凉的水里，可以治疗火气旺盛。同样道理，儿童吃鸡爪子会导致撕书。③ ◎周作人：伯宜公最初症状是吐血，"中国

---

①周作人《知堂回想录》，北京十月文艺出版社 2013 年 8 月，P41
②《朝花夕拾》专门的研究专著并不多，魏洪丘的《〈朝花夕拾〉研究》（中央编译出版社 2020 年 3 月）可能是唯一的一本。可惜此书守旧无创见，多拘泥于以前的浅薄见解，对最新的研究成果几乎毫无吸收，极为失望。此书云："所谓的'药引'，与药的本身连用会产生特殊的药效，是没有科学根据的。"（P131）既没有中医常识，连中医学者所写的论文几乎都没有读过，遂拘泥旧说，而无所发明。
③见林语堂《中国人》，学林出版社 2007 年

相传陈墨可以止血,取其墨色可以盖过红色,于是赶紧在墨海里研起墨来,倒在茶杯里,送去给他喝。"① ◎此药见于《重订通俗伤寒论》,应该属于对症下药。鲁迅认为此药的原理,是荒谬的相生相克之理,显然属于业余浅见。)清朝的刚毅因为憎恨"洋鬼子",预备打他们,练了些兵称作"虎神营",取虎能食羊,神能伏鬼的意思,也就是这道理。(再讽刺"相生相克"之说。)可惜这一种神药,(讽刺)全城中只有一家出售的,离我家就有五里,但这却不像平地木那样,必须暗中摸索了,陈莲河先生开方之后,就恳切详细地给我们说明。(按先生的行文,估计陈莲河与此药店有一定的经济关系,否则此"恳切详细"的态度颇不同寻常。)

"我有一种丹,"有一回陈莲河先生说,"点在舌上,我想一定可以见效。因为舌乃心之灵苗……。(骇人的中医理论,如同做一个足疗可治肾亏。◎其实提出"灵丹"的医生并非何廉臣,而是冯医生,是鲁迅家请的第一个医生。因为当时周作人也有疾病,乃请冯医生一起诊治。此人来看病时肥胖的脸上常醉醺醺的。有一次论断"老兄的病不轻,令郎的没有什么",但下次来,论断正好相反。鲁迅家人认为此人极不靠谱,两三回后就不再请了。此人说"舌乃心之灵苗",说有一种灵丹,但大家没有上当。"舌乃心之灵苗"一句,鲁迅安在了陈莲河身上,与事实不符。②) 价钱也并不贵,只要两块钱一盒……。"(在神医看来,两块钱并不贵。)

我父亲沉思了一会,摇摇头。(父亲放弃了。独立成段,妙。)

"我这样用药还会不大见效,"有一回陈莲河先生又说,"我想,可以请人看一看,可有什么冤愆……。医能医病,不能医命,(巫医不分。◎《韩非子·扁鹊见蔡桓公》:"司命之所属,我无如何矣。")对不对?自然,这也许是前世的事……。"(上辈子做了什么孽,这辈子才吐血的?医生推卸责任法:①推荐别人取代自己;②归咎于上辈子造的孽。)

我的父亲沉思了一会,摇摇头。(又摇头;独立成段,妙。)

凡国手,都能够起死回生的,我们走过医生的门前,常可以看见这样

---

① 周作人《知堂回想录》,北京十月文艺出版社 2013 年 8 月,P36
② 《鲁迅生平史料汇编》第一辑,天津人民出版社 1981 年,P98

的扁额。（"起死回生""妙手回春"。）现在是让步一点了，连医生自己也说道："西医长于外科，中医长于内科。"（终于退了一步。）但是S城那时不但没有西医，并且谁也还没有想到天下有所谓西医，（言外之意，若有西医，父亲不至病重不治。）因此无论什么，都只能由轩辕岐伯的嫡派门徒包办。轩辕时候是巫医不分（中医的问题）的，所以直到现在，他的门徒就还见鬼，而且觉得"舌乃心之灵苗"。这就是中国人的"命"，连名医也无从医治的。

不肯用灵丹点在舌头上，又想不出"冤愆"来，自然，单吃了一百多天的"败鼓皮丸"有什么用呢？依然打不破水肿，父亲终于躺在床上喘气了。（在神医的治疗之下，父亲终于只剩一口气了。）还请一回陈莲河先生，这回是特拔，大洋十元。（再花大钱）他仍旧泰然（可恶，再照应第一部分之"从容"。）的开了一张方，但已停止败鼓皮丸不用，药引也不很神妙了，所以只消半天，药就煎好，灌下去，却从口角上回了出来。（药都吃不下去了）

从此我便不再和陈莲河先生周旋，只在街上有时看见他坐在三名轿夫的快轿里飞一般抬过；（大约是愧疚了。）听说他现在还康健，一面行医，一面还做中医什么学报，（故意不提报纸名字，讽刺之。）正在和只长于外科的西医奋斗哩。（深度嘲讽。此段说明鲁迅写的并非一二庸医，而是整个中医。）

（四）父亲病逝

（光绪二十二年，公元1896年阴历九月初六，周伯宜病逝，这是鲁迅一生的大转变。周建人云："在九月初六的夜里，我母亲不知预感到什么，叫我们四兄弟不要再睡了，守候在我父亲的身边，和我们在一起的，还有长妈妈。我母亲安慰了我的祖母，要她去睡觉。我四弟才四岁，还不懂事，他熬不住夜，已经睡熟了……"①）

中西的思想确乎有一点不同。听说中国的孝子们，一到将要"罪孽深重祸延父母"（把父母的病，归咎于自己的罪孽。）的时候，就买几斤人参，煎

---

① 周建人口述，周晔整理《鲁迅故家的败落》，福建教育出版社2017年，P98

汤灌下去,希望父母多喘几天气,即使半天也好。(让他的痛苦延续半天,是为孝顺。)我的一位教医学的先生却教给我医生的职务道:可医的应该给他医治,不可医的应该给他死得没有痛苦。——但这先生自然是西医。(西医原则:一、能治好一定要治好;二、治不好直说,在治不好的情况下会告诉你,如何减少其痛苦,比如服用止疼片之类,再比如让他想吃什么吃什么。所以,西医无神医,中医才有"神医"。◎鲁迅《明天》中有一段描写年轻守寡的单四嫂子,带着患病的孩子,慕名求诊于名医何小仙的场面,此何小仙应该暗讽何廉臣:何小仙伸开两个指头按脉,指甲足有四寸多长,单四嫂子暗地纳罕,心里计算:宝儿该有活命了……便局局促促地说:"先生,——我家的宝儿什么病呀?""他中焦塞着。""不妨事吗?他……""先去吃两帖。""他喘不过气来,鼻翅子都扇着呢。""这是火克金。"何小仙说了半句话,便闭上眼睛;单四嫂子也不好意思再问。)

父亲的喘气颇长久,(死的痛苦)连我也听得很吃力,(看着人死更痛苦)然而谁也不能帮助他。我有时竟至于电光一闪似的想道:"还是快一点喘完了罢……"(从西医的角度讲,这是对的;从中医的角度讲,这是大逆不道。此则不仅反思中医,更反思中国的"孝"文化。)立刻觉得这思想就不该,就是犯了罪;但同时又觉得这思想实在是正当的,我很爱我的父亲。便是现在,也还是这样想。

早晨,住在一门里的衍太太(《朝花夕拾》多次见到此人,然这里实为长妈妈,不知道鲁迅为什么安在了衍太太身上。鲁迅父亲周伯宜去世的时候,衍太太并不在场。但确实有人催促鲁迅叫父亲,这个人是鲁迅敬爱的长妈妈,那个懂得许多礼节的人。①)进来了。她是一个精通礼节(讽刺)的妇人,说我们不应该空等着。于是给他换衣服;又将纸锭和一种什么《高王经》烧成灰,用纸包了给他捏在拳头里……。(父亲既然是因上辈子的冤孽而死,则下地狱可能被折磨,带着《高王经》,可减少痛苦。衍太太果然"精通礼节"。)

"叫呀,你父亲要断气了。快叫呀!"衍太太说。(礼节)

---

①周建人和周作人的回忆都认为是长妈妈,周作人《知堂回想录》、周建人《鲁迅故家的败落》中的回忆和鲁迅自己作于1919年的《自言自语》可以互证。张梦阳《鲁迅全传·会稽耻》(华文出版社2016年,P232)亦以为是长妈妈。

六 父亲的病

"父亲！父亲！"（一个感叹号）我就叫起来。

"大声！他听不见。还不快叫？！"

"父亲！！！父亲！！！"（三个感叹号）

他已经平静下去的脸，忽然紧张了，将眼微微一睁，仿佛有一些苦痛。（"起死回生"，这样的呼唤，把死人都惊醒了。）

"叫呀！快叫呀！"她催促说。

"父亲！！！"（三个感叹号）

"什么呢？……不要嚷。……不……。"（父亲的临终遗言是"不要嚷"。可笑乎？可叹乎？可气乎？鲁迅的幽默，并非一定带着批判、讽刺，实际内涵非常丰富，所谓"不带笑意的幽默"。）他低低地说，又较急地喘着气，好一会，这才复了原状，平静下去了。

"父亲！！！"（三个感叹号）我还叫他，一直到他咽了气。（一直叫。《论语》曰："慎终追远，民德归厚矣。"◎周建人："父亲断气后，长妈妈把一对红烛点起来，把香也点好，分给我们兄弟每人三支，我们捧着香跪在地上哭送。"又云："我父亲生前和我祖父一样，是'同'字形的脸，病中消瘦，死后却成为'日'字型（形）了。"① ◎张建生："'我'既扮演希望父亲不死的角色，把父亲叫回来，又扮演着实际上让父亲在大喊大叫中加速死亡进程的角色。"②）

我现在还听到那时的自己的这声音，每听到时，就觉得这却是我对于父亲的最大的错处。（伯宜公死于丙申年九月初六，得病约两年四个月。父亲死时的痛苦，给童年的鲁迅以极大的打击，有人以弗洛伊德理论，认为《药》《明天》等文章，乃是受此影响而写，颇有道理，这些故事中病人都有吐血的症状。◎周建人："这件事成了我大哥一个不可补救的悔恨，他后来哭着对母亲说：'我对不起爹爹呀！'"③ ◎周作人："父亲……在丙申年（一八九六）九月初六日去世了。时候是晚上，他躺在里房的大床上，我们兄弟三人坐在里侧旁边，四弟才只四岁，已经睡熟了，所以不在一起。他看了我们一眼，问道：'老四呢？'于是母亲便将四弟叫醒，

---

①周建人口述，周晔整理《鲁迅故家的败落》，福建教育出版社 2017 年，P99
②张建生《鲁迅的创作与父亲的病》，载《中国现代文学研究丛刊》1990 年 12 月，P192
③周建人口述，周晔整理《鲁迅故家的败落》，福建教育出版社 2017 年，P99

也抱了来。未几即入于弥留状态，是时照例有临终前的一套不必要的仪式，如给病人换衣服，烧了经卷把纸灰给他拿着之类，临了也叫了两声，听见他不答应，大家就哭起来了。这里所说都是平凡的事实，一点儿都没有诗，没有"衍太太"的登场，很减少了小说的成分。因为这是习俗的限制，民间俗信，凡是'送终'的人到"转䠙"当夜必须到场，因此凡人临终的时节只是限于并辈以及后辈的亲人，上辈的人决没有在场的。'衍太太'于伯宜公是同曾祖的叔母，况且又在夜间，自然更无特地光临的道理了，《朝花夕拾》里请她出台，鼓励作者大声叫唤，使得病人不得安静，无非想当她做小说里的恶人，写出她阴险的行为来罢了。"① ◎鲁迅父亲的遗体暂时放在龟山头的殡屋，时间竟然达到二十四年，1919年鲁迅移居北京，始安葬在逍遥溇坟地。② ◎此文有多处不可信者：①鲁迅将冯医生事情按在何廉臣身上，显然是错误的；②平地木难找，不符合事实；③蟋蟀要贞洁、败鼓皮丸之原理，显然不可信；④衍太太当时并不在场，又不可信。甚至连鲁迅父亲得病时间，亦众说纷纭。鲁迅父亲死亡时间比较确定，乃是光绪二十二年，1896年。但患病时长，鲁迅经常自相矛盾。见下表）

作者	出处	时间
鲁迅	《呐喊·自序》	四年多
鲁迅	《集外集·俄文译本〈阿Q正传〉序》	三年多
鲁迅	《著者自叙传略》	三年多
鲁迅	《朝花夕拾》	大约两年半
周作人	《鲁迅的故家·病》	父亲曾亲自吊小姑母暗，则可推断发病在1894年冬
周作人	《鲁迅的故家·童书》	大概发病于1895年
周作人	《知堂回想录·父亲的病》	1895年春，至早提前到1894年的冬天，并说很难确定

十月七日

---

①周作人《知堂回想录》，北京十月文艺出版社2013年8月，P41—42
②《鲁迅生平史料汇编》第一辑，天津人民出版社1981年，P100

附　　录

【为何廉臣正名】

伯宜公患病两年多后去世，期间有三位大夫诊治。第一位：冯医生。此人有醉酒习惯，医术一般，故存而不论。第二为姚芝仙，乃太医院之医生，医术应该不错。此人医方花样最多。而且给慈禧太后治过病，绍兴人称之为"姚半仙"。第三位：陈莲河，即"何廉臣"。需要指出的是，鲁迅的爷爷周福清、远方叔祖周藕琴均死于何廉臣之手。周藕琴曾批评过何廉臣：

"……何廉臣呢，他是红极一时的名医，大家都佩服他，我却死不相信，如果打算去请他，我想还是自己去寻死的好，自己寻死，自己有抉择，'投河、吞金、上吊'可以自己决定，你去请教他，那么，只好听他摆布，你的'寻死自由'就给他剥夺了。"①

但这种少数人的私人评价对何廉臣很不公平。何廉臣，乃一代名医，影响力很大，对中医的贡献也非常大。何廉臣出身于世医家庭。自幼攻读诗书，早年考取秀才后，两次落第。于是绝意仕途，学习医学。行医五十余年，"以医学闻世，群推泰斗"。何氏一生著述甚多。先后编辑出版《医药丛书》《国医百家》等以整理中医学术。此外，还校订刊刻古医书110种，名曰《绍兴医药丛书》。著有《重订广温热论》《感症宝筏》《湿温时疫治疗法》《增订通俗伤寒论》《新医宗必读》《新方歌诀》《实验药物学》

---

① 周冠五《鲁迅家庭家族和当年绍兴民俗：鲁迅堂叔周冠五回忆鲁迅全编》，上海文化出版社2006年10月，P29

《新纂儿科诊断学》《肺痨汇编》《勘病要诀》《廉臣医案》《全国名医验案类编》等。

曾先后任中国医学会副会长、绍兴医学会会长、神州医药总会外埠评议员、神州医药总会绍兴分会评议长等。1908年6月与绍兴医界同仁一起组建绍兴医药研究社，创办《绍兴医药学报》。该刊是我国近代最早的中医药期刊，何氏任副总编。

因鲁迅对何廉臣百般嘲讽，致其声誉扫地。但现在的人，可以超越鲁迅的文章，对何廉臣已经有较客观的评价。我查知网，有何廉臣医学方面的论文甚多，足见其被重视的程度。

鲁迅父亲的病延续了两年左右，观其症状——吐血、肺痈、水肿，似乎是肺结核或肝硬化晚期。不管是哪一种，在当时的医疗条件下，不论中医西医，皆所难治。何廉臣延续其两年以上的生命，已属不易。

【晚年鲁迅与中医】

鲁迅父亲、祖父，相继"死"于何廉臣之手，让鲁迅和中医水火不容。

黄舜《〈父亲的病〉与鲁迅的中医观》[①] 云：

> 鲁迅说他从小就是"牙疼党"之一，牙齿或蛀或破，终于牙龈流血，在中国试尽"验方"，投用单方，看中医，服汤药，都不见疗效，被说是患了极难治疗的"牙损"。曾有人建议他，将栗子风干，日日食之，有奇效。结果什么效果都没有。鲁迅看中国的医学书，忽而发现触目惊心的学说：齿是属于肾的，"牙损"的原因是"阴亏"（肾主骨，而牙齿为骨之余）。结果鲁迅不仅有了身体疾病，还有了心理阴影——肾亏。但后来到日本的长崎，只花了两元的诊金，用了一小时的时间，医生刮去了牙后的"齿垽"，此后便不再出血了。（《从胡须说到牙齿》）

这件小小的经历更是让鲁迅觉得中医荒诞。但此后，鲁迅渐渐改变了

---

① 黄舜《〈父亲的病〉与鲁迅的中医观》，载《许昌学院学报》1985年7月

对中医的观点，至少修正了过于偏激的态度。

1932年，许广平回忆，自己白带很多，去医院治疗无效后，乃服用中医之乌鸡白凤丸和白带丸，竟治愈了数月的疾病。（《许广平忆鲁迅》）

1933年，鲁迅写《经验》一文，肯定了《本草纲目》的价值。《本草纲目》虽然也有错误记载，但"瑕不掩瑜"。可见，此时的鲁迅已经对年轻时将中医一概否定的观念进行了修正。

有意思的是，鲁迅死时年仅56岁，而治疗的方法，就是西医。其死因非常有争议。

鲁迅的医生是一个名叫须藤五百三的日本西医，起初一直当慢性支气管炎和胃病（消化不良）治疗，使用激素治疗，但病情逐步恶化。宋庆龄等介绍美国的邓肯医生，邓肯认为是肺结核晚期。可以说，鲁迅到死，都没有搞清楚死于何病。

鲁迅死后48年，1984年2月，上海组织7个医院23位著名医学专家、教授重新检查鲁迅的胸部X光片，得出结论：

（1）慢性支气管炎，严重肺气肿，肺大疱；

（2）二肺上中部慢性肺结核病；

（3）左侧结核性渗出性胸膜炎。①

如果这个诊断没错，则鲁迅就是被西医所误。

我看过广东省卫生厅副厅长廖新波《医生的诊断有三成是误诊》一文，他研究调查，门诊误诊率为50%，住院会诊误诊率为30%，美国为15%—40%，英国为50%。可见，西医的误诊率是很高的。

也就是说，不管西医中医，皆有其缺陷，唯有放弃成见，无论中医西医，皆大力发展，如此推动医学进步，方是人类之福。

---

① 周海英《一桩解不开的心结——须藤医生在鲁迅重病期间究竟做了些什么》，载《鲁迅研究月刊》2006年11期

总　评

- 鲁迅："中医不过是一种有意的或无意的骗子。"(《呐喊·自序》)
- 鲁迅："我小的时候，因为家境好，人们看我像王子一样了，但是，当我家庭发生变故后，人们就把我看成叫花子都不如了。我感到这不是一个人住的社会，从那时起，我就恨这个社会。"(林楚君《鲁迅热切关怀文艺青年》)
- 张建生："构成他（鲁迅）许多小说创作的核心情节的'病'，都是对父亲的'肺病'的转借，比如《孤独者》中的魏连殳，因肺病在死前'哑了喉咙'，《药》中华小栓因患'痨病'而死，《明天》中的宝儿'绯红带青，热，喘'，分明是肺病的征兆，《狂人日记》中也有用'人血馒头'治'痨病'的细节。鲁迅反复写病，而且都写肺病，这一选择的系列化，从他对肺病特殊兴趣和关注的角度，显示了父亲的病在他创作中所具有的原型意义。"[①]
- 张建生："在鲁迅的创作中，某些具有浓厚的'自叙传'成分的作品，如《在酒楼上》《孤独者》《狂人日记》（它是鲁迅最真实的精神自传），都是一种残破性的家庭格局的表述，有的有母无父，有的无母无父，总之，'失父'是其首要的特征，强调对母亲的依赖是其第二个特征。"[②]
- "'嫌人穷，恨人富'，毫无疑问，构成了善于起哄的中国群众的一贯嘴脸。……'子曰诗云'里边杜撰过的温情脉脉的好世界，在鲁迅那

---

① 张建生《鲁迅的创作与父亲的病》，载《中国现代文学研究丛刊》1990 年 12 月，P192
② 同上，并参吴铜虎《鲁迅小说"父亲缺失"现象的精神分析》，载《学术交流》2015 年 6 月

里无可挽回地坍塌了。"（敬文东，P227）

- 杨义："父亲的病和死，是少年鲁迅经历百草园、三味书屋，而思想感觉第一次遭遇偌大的一个社会，因而他感觉到的痛和恨、希望和绝望，潜在地植入了他的世界观、人生观和文化观。……在一定意义上说，父亲的病所引发的精神反应，经过不断发酵，成为他后来文学开拓的潜在的原动力之一。"[1]

- 鲁迅反中医，国家则竭力弘扬中医。为了解决这种矛盾，很多学者都在竭力调和。比如发掘鲁迅日记，寻找鲁迅支持中医的证据。或者如周海婴所说："我父亲并不反对中医，反对的只是庸医。"[2] 但这种无谓的努力意义不大：鲁迅本就偏激，以鲁迅的一篇散文，去论断中医，本就荒谬。故读《父亲的病》，欣赏其妙文可以，据此理解鲁迅内心的创伤亦可以，据此评价中医，则太荒谬。

- "周伯宜的疾病发展到最后，大概是肝硬化……本就难治，又加之情志抑郁、酗酒、吸食鸦片等，换做任何高明的医生恐怕都难以妙手回春了。"[3]

- 李城希："鲁迅批判中医的理由之所以难以成立，最为重要的原因就是他回避了一个无法回避的客观情况，那就是他父亲自身的病情。"[4]

- 李城希："鲁迅对中医批判的理由之所以难以成立，其原因还在于他的批判主要依据是少年时代替父寻医问药的个人经历及体验，无论经验的范围还是体验的深度都有限，从逻辑论证来看近乎孤证，批判的依据显然不足。同时，鲁迅对中医的批判更多的是久经压抑的个人情绪情感的宣泄而不是历数千百年来中医故意误人性命的案例，深入分析其原因并与西医展开严格的科学实验与比较，由此对中医展开深刻

---

[1]《鲁迅作品精华》，杨义选评，三联书店 2014 年 8 月，P230
[2] 周海婴《鲁迅并不反对中医》，载《知识就是力量》2008 年第五期
[3] 张立平《"药引"漫谈——从鲁迅先生"父亲的病"说起》，载《中国中医药报》2018 年 3 月 8 日
[4] 李城希《祖父之死与鲁迅对中医的批判》，见《绍兴鲁迅研究》2021 年 8 月

的理性认识和批判。"①

- 魏兴海:"因为鲁迅的光环,遮蔽了何廉臣的学术成绩;在中学生的眼中,何廉臣成了'庸医'的代名字,这是不公平的。"②

---

①李城希《祖父之死与鲁迅对中医的批判》,见《绍兴鲁迅研究》2021年8月
②魏兴海《鲁迅和中医的纠葛——以鲁迅〈父亲的病〉为例》,载《绍兴文理学院校报》2013年5月

七、琐记

鲁迅写《父亲的病》的次日,写了《琐记》。《父亲的病》以衍太太终,此以衍太太起。《琐记》名为《琐记》,写的却完全不是琐事,实际是鲁迅走出绍兴的心路历程,极为重要。在鲁迅的成长中,《琐记》的故事承前启后,是沟通绍兴和日本求学间的关键节点,不可忽视。

(一) 妙人衍太太

(衍太太,17岁出嫁周家,丈夫是鲁迅叔祖周子传。周子传是家中二子,所以衍太太就是"二太太"。又因为周子传在周家大族中排行二十五,故称为"廿五太"。按道理讲,鲁迅应该称呼为"叔祖母"。但鲁迅既不说"叔祖母"也不说"廿五太太",是讥笑她与周衍生"乱伦",一起吸食鸦片。周冠五在书中,还是称呼她为"廿五太太",并说和一带"ian"字的人同居,非常隐晦。但鲁迅毫不隐晦,足见其心中厌恶。)

衍太太现在是早已经做了祖母,也许竟做了曾祖母了;那时却还年青,只有一个儿子比我大三四岁①。她对自己的儿子虽然狠,(严于律己)对别家的孩子却好的,(宽以待人)无论闹出什么乱子来,也决不去告诉各人的父母,(这一点和长妈妈正好相反。)因此我们就最愿意在她家里或她家的四近玩。(写衍太太好。)

举一个例说罢,冬天,水缸里结了薄冰的时候,我们大清早起一看见,便吃冰。有一回给沈四太太(周家的房客,年龄约五六十岁,大约是寡妇,

---

① 周作人《鲁迅的故家》云,衍太太儿子大鲁迅五岁。按辈分,鲁迅应该叫"叔叔"。

有三岁的孩子叫"八斤"。）看到了，大声说道："莫吃呀，要肚子疼的呢！"这声音又给我母亲听到了，跑出来我们都挨了一顿骂，并且有大半天不准玩。我们推论祸首，认定是沈四太太，于是提起她就不用尊称了，给她另外起了一个绰号，叫作"肚子疼"。（写沈四太太可恨。◎周作人云，沈四太太说的是东北话，在绍兴人听起来，颇为别扭，又怪她多事，故叫她"肚子疼"。[①] ◎鲁迅喜欢给别人取外号。因周建人向父亲打小报告，鲁迅给他外号"馋人"，还给取过"眼下痣"的外号；和钱玄同一起听章太炎讲课，钱玄同喜欢在席子上爬来爬去，就称他为"爬来爬去"或"爬翁"；因章廷谦的发型新颖，鲁迅呼之为"一撮毛哥哥"；鲁迅给许广平的外号是"害马"；还给翻译家严复起了一个外号，叫"不佞"；讽刺顾颉刚，在《理水》说他是"鸟头先生"……）

衍太太却决不如此。假如她看见我们吃冰，一定和蔼地笑着说，"好，再吃一块。我记着，看谁吃的多。"（读到这里，发现被骗，才知道前面都是反话。鲁迅之讽刺技巧，炉火纯青。有人当面评价鲁迅的话是"毒奇"，很有道理。原来衍太太的好是"这样"的好。对自己家的儿子狠，是不让做傻事；别人家的孩子越做傻事越好。◎绍兴人有此特点。如有3岁小孩懵懵懂懂，邻居常教他干坏事、说脏话，以此为乐。我的孩子，第一个会说的单词，是爸爸；第二个词是傻子；第三个词是我老丈人的名字。——皆邻居所教也。）

但我对于她也有不满足的地方。（此转折，却是并列。）一回是很早的时候了，我还很小，偶然走进她家去，她正在和她的男人（注意，是"她的男人"，而不是"她的丈夫"或"我的叔祖"。可见，此男人是周衍生，俩人同居，却有点超越辈分，有"乱伦"之感。）看书。（注意，衍太太是和她的男人一起看的。）我走近去，她便将书塞在我的眼前道：（奇人衍太太，不是收起书，而是立即"塞"在我的眼前。）"你看，你知道这是什么？"我看那书上画着房屋，有两个人光着身子仿佛在打架，但又不很像。（语言妙不可言。哈。两人正发生不可描绘的事情。）正迟疑间，他们便大笑起来了。这使我很不高兴，似乎受了一个极大的侮辱，不到那里去大约有十多天。（曾见过一篇奇文，乃山东师范大学现代文学博士生所写，名为《母亲的缺席与隐秘的伤痛——再读〈朝花夕

[①] 周作人《鲁迅的故家》，北京十月文艺出版社 2013 年 8 月，P54

七

琐记

拾》》，其根据弗洛伊德学说，认为："母亲在鲁迅童年生活中的'缺席'，一方面使得他将恋母的情感不自觉地移向衍太太——对方温柔可亲和轻佻活泼的个性使她具备了代理母亲与准情人的双重特征，从而成为少年鲁迅隐秘的移情对象，并最终对其人生产生了巨大影响；另一方面，也为日后有所隔膜的母子关系埋下了伏笔，并经由包办的不幸婚姻而使得鲁迅对母亲怀有爱怨纠结、复杂难辨的感情。因此，即使对于'解剖自己并不比解剖别人留情面'的鲁迅，他也很难正视自己对母亲的感情，这种隐秘的伤痛使得他在临终那年才说要专门写一篇'谈母爱'的文章，但最终也还是没有写出。"按照其说法，衍太太竟然是鲁迅"梦中情人"，简直笑喷荒谬透顶！）一回是我已经十多岁了，和几个孩子（周建人云，周连元、鲁迅、阿祥三人。①）比赛打旋子，看谁旋得多。她就从旁计着数，说道，"好，八十二个了！再旋一个，八十三！好，八十四……"但正在旋着的阿祥，忽然跌倒了，阿祥的婶母也恰恰走进来。她便接着说道，"你看，不是跌了么？不听我的话。我叫你不要旋，不要旋……。"（衍太太形象，跃然纸上。）

虽然如此，孩子们总还喜欢到她那里去。假如头上碰得肿了一大块的时候，去寻母亲去罢，好的是骂一通，再给擦一点药；坏的是没有药擦，还添几个栗凿和一通骂。衍太太却决不埋怨，立刻给你用烧酒调了水粉，（这哪里是治疗方法，不仅疼，而且容易感染。）搽在疙瘩上，说这不但止痛，将来还没有瘢痕。（衍太太妙人！）

父亲故去之后，我也还常到她家里去，不过已不是和孩子们玩耍了，却是和衍太太或她的男人谈闲天。我其时觉得有许多东西要买，看的和吃的，只是没有钱。有一天谈到这里，她便说道，"母亲的钱，你拿来用就是了，还不就是你的么？"我说母亲没有钱，她就说可以拿首饰去变卖；我说没有首饰，她却道，"也许你没有留心。到大厨的抽屉里，角角落落去寻去，总可以寻出一点珠子这类东西……。"（衍太太循循善诱。）

---

①周建人口述，周晔整理《鲁迅故家的败落》，福建教育出版社 2017 年，P11

这些话我听去似乎很异样，便又不到她那里去了，但有时又真想去打开大厨，细细地寻一寻。大约此后不到一月，就听到一种流言，（衍太太之心机如此。◎周冠五评衍太太："善狐媚，工挑拨，手法两面，殷勤一弄"，"和她交接，无不被其迷惑"。①◎《华盖集·并非闲话（三）》中，鲁迅说："我一生中，给我大的损害的并非书贾，并非兵匪，更不是旗帜鲜明的小人，乃是所谓'流言'。"）说我已经偷了家里的东西去变卖了，这实在使我觉得有如掉在冷水里。流言的来源，我是明白的，倘是现在，只要有地方发表，我总要骂出流言家的狐狸尾巴来，但那时太年青，一遇流言，便连自己也仿佛觉得真是犯了罪，怕遇见人们的眼睛，怕受到母亲的爱抚。（王冶秋引明末王思任云："会稽乃报仇雪耻之乡，非藏垢纳污之地！"春秋时期，有勾践卧薪尝胆；东汉有董黯，因家贫母病，被邻居王寄所欺侮，待到母亲亡故，董黯杀王寄，做了母亲的祭礼。徐锡麟、秋瑾等现代革命者，皆快意恩仇。鲁迅一生，睚眦必报，恩怨分明，亦会稽文化之体现。②）

（二）走异路

（鲁迅离开绍兴，去"水师学堂"，实际是走了一条非常规的路——"走异路"。同在三味书屋学习的同学，出路如下：高幼文，家里开机房织丝绸，辍学回家继承祖业；章翔耀，辍学去了慎余钱店做学徒，学习做生意；胡昌训做衣店衣倌；吴书绅远走保定做师爷；周梅卿，鲁迅的堂叔，去了杭州当铺做朝奉；李孝谐，参加科举考中秀才，并和鲁迅大舅父之女结婚；周兰星，读书后在家做帐房，即会计；莫守诚、莫守忠两兄弟家是开丝行的，莫守忠考中秀才；王福林，到诚余钱店学钱业；唯鲁迅本家周寿生在家闲居，唱唱平调。③ 以上足以证明鲁迅去南京求学的确是"走异路"。鲁迅母亲送别时引用一句绍兴俗语，叫"穷出山"。◎鲁迅在南京求学，日子比较艰苦。冬天尚穿一条夹裤，连基本温饱尚无法保证；南京放假回来，母亲

---

①周冠五《鲁迅家庭家族和当年绍兴民俗：鲁迅堂叔周冠五回忆鲁迅全编》，上海文化出版社 2006年10月，P28
②王冶秋《民元前的鲁迅先生·序》，峨眉出版社1947年，P1
③张能耿《鲁迅早期事迹别录》，湖北人民出版社1981年，P62—64

发现鲁迅的黑棉袄破了，为了防止白棉絮漏出来，鲁迅在破处糊了一张纸，用墨把纸涂黑，而两个肩部，都已经没有一点棉絮了。① 为了避寒，只能多食辣椒，渐成癖好，乃至伤及胃的健康，"为毕生之累"。许寿裳说："他发胃病的时候，我尝见他把腹部顶住方桌的角上而把上身伏在桌上，这可想见他的胃病的厉害呀！"② ◎敬文东："鲁迅年轻的时候，也像渴望'生活在别处'的小青年一样，向理想打了数十个传呼。"③)

　　好。那么，走罢！（鲁迅出走家乡的原因：一者，是家族的没落、乱伦、鸦片、疯癫、流言，实在混乱不堪。但这些人，毕竟是鲁迅的叔叔伯伯，鲁迅不好直说。只说了"衍太太"之事，实在是故意不说。比如周玉田，这个可爱的老头，《阿长与〈山海经〉》有记录，本来是鲁迅的"小友"，但鲁迅家道中落后，某次族中开会，写一张议单，鲁迅说要询问狱中的祖父方可定夺，但周玉田居然强迫鲁迅签字，鲁迅特别生气，此事一直到鲁迅在北京工作，其母亲尚对人谈起，足见内心的刺痛；二者，是列强有瓜分中国之势。鲁迅5月动身之前，曾于3月21日把《知新报》的一张图寄给周作人，名为"瓜分中国图"，说英、日、俄、法、德五国密谋瓜分中国，而浙江将归属英国云云。足见鲁迅去南京求学前已萌生爱国主义思想。④ 周建人云，此阶段鲁迅刻过两枚印章：一曰'文章误我'，一曰'戛剑生'——戛然而剑生，意思是弃文从武。⑤ 故从三味书屋学习后，参加"水师学堂"，即从军。）

　　但是，那里去呢？S城人的脸早经看熟，如此而已，连心肝也似乎有些了然。（绍兴的一切，从外表到灵魂，皆所厌恶。）总得寻别一类人们去，去寻为S城人所诟病的人们，无论其为畜生或魔鬼。（杨义引清代小说《女娲

---

①张能耿《鲁迅早期事迹别录》，湖北人民出版社1981年，P68，许寿裳《亡友鲁迅印象记》也讲到此事。许广平《鲁迅先生的日常生活》，载《中苏文化》1939年10月同。
②许寿裳《亡友鲁迅印象记》，岳麓书社2011年2月，P86
③敬文东《失败的偶像——重读鲁迅》，花城出版社2003年，P55
④见周作人日记，转引自《鲁迅生平史料汇编》第一辑，天津人民出版社1981年，P179-180。又据说此图原见于日本《时事新报》，报道的题目是《法国照会瓜分中国事》。
⑤周建人《鲁迅——中国文化革命的先驱》，由北京大学文革资料组出版，1967年。两枚印章在鲁迅搬家到北京时，放在周作人家中。抗战后，傅作义宪兵队抄过周作人的家，印章未见出现，已经遗失。见张能耿《鲁迅早期事迹别录》，湖北人民出版社1981年，P68

石》云:"我本想在畜生道中,普渡一切亡国奴才。"①)那时为全城所笑骂的是一个开得不久的学校,(建校仅一年)叫作中西学堂,(全称"绍郡中西学堂",绍兴徐树兰创办的一所私立学校,一八九七年成立,一直被当地人嘲笑。周建人云,其实当时别的学堂所教课程与"中西学堂"相似。但只有"中西学堂"受攻击。1899年秋改名"绍兴府学堂",去掉了"西"字,但课程照旧。国人狭隘的爱国主义,可发一笑!)汉文之外,又教些洋文和算学。(学校可以说是非常开放的。)然而已经成为众矢之的了;(但绍兴人完全不接受,被守旧的文化所束缚,此所谓"S城的心肝"也。◎周建人:"教些洋文和算学,已经成为众矢之的,受尽嘲笑,更何况江南水师学堂是去当兵的?"②)熟读圣贤书的秀才们,还集了"四书"的句子,做一篇八股来嘲诮它,这名文便即传遍了全城,人人当作有趣的话柄。我只记得那"起讲"的开头是:

"徐子以告夷子曰:吾闻用夏变夷者,未闻变于夷者也。(语出《孟子·滕文公上》)今也不然:鴃舌之音,闻其声,皆雅言也。……"(这句话直译过来意思就是:只听说用中原的文明去改变蛮夷的,没听说过被蛮夷改变的。现在则不同了,即使是一些鸡啼鸟语,也都可以成为雅正之音了。——显然这是一种讥诮的口吻,把西学讽刺为野蛮人的文明,把外语说成是鴃舌之音,可见人们当时对新式学堂的敌视,另一个方面也看出当时社会上的禁锢守旧。)以后可忘却了,大概也和现今的国粹保存大家(顺便讽刺)的议论差不多。但我对于这中西学堂,却也不满足,因为那里面只教汉文、算学、英文和法文。(值得一提的是,几个月以后,在1898年12月,蔡元培被聘请为中西学堂的总理,主持校务,为提高学堂教学质量,蔡元培对学堂进行了一系列改革,包括聘请教员,改变教学方法,而其中非常有意义的一件工作就是增设课程,专门开设了一些西洋学科,如物理、化学、动植物学等等,使学生们接触到了近代自然科学知识。在中西学堂念过书的蒋梦麟在自传性作品《西潮》③中就回忆说:"中西学堂教的不但是我国旧学,而且有西洋科学……现在我那充满了神仙狐鬼的脑子,却开始与思想上

---

①《鲁迅作品精华》,杨义选评,三联书店2014年8月,P239
②周建人口述,周晔整理《鲁迅故家的败落》,福建教育出版社2017年,P114
③蒋梦麟《西潮》,云南人民出版社2008年4月

的舶来品接触了。"于是，学到了"不可思议"的地圆学说，以及"基本物理学"的闪电原理、下雨原理、燃烧原理等等，"这是我了解一点科学的开端，也是我思想中怪力乱神信仰的结束"。最后他颇为感怀地说："我在绍兴读了两年书，知识大增。"可见这些新学科在当时对学生的影响之深。中西学堂也就此培养了一批人才，不只是蒋梦麟、许寿裳以及地质学家王烈、剧作家寿昌田等都曾就读于中西学堂。从学堂后来的这些发展来看，鲁迅当时对学堂课程的"不大满足"也确是合理的，只是"阴差阳错"，再晚几个月待到蔡元培执掌中西学堂，说不定鲁迅就去了这个学校。不过颇有意思的是，鲁迅与这个学校也有一定的缘分，虽然此时没有做成中西学堂的学生，但十多年后鲁迅日本留学归来，却做了这个学堂的老师。）**功课较为别致的，还有杭州的求是书院**（浙江大学前身），**然而学费贵。**（求是学院创办之初，学院的每个学生除自缴膳费外，还要缴纳学费24元。24元在当时是一个什么概念？相当于一个农民一年的收入，也就是现在的两万多元，而当时家道中落的鲁迅显然无力承担这一高昂学费。）

（三）南京水师学堂

（光绪二十四年，戊戌年，1898年，是年发生维新变法。鲁迅即于此年5月离家，年18岁。鲁迅写有《水学入门》笔记，至今保存。此学堂管理者非常保守，鲁迅极为厌恶。鲁迅在此学习仅仅半年有余。◎入学南京水师学堂同年，即1898年12月18日，他与堂叔周伯文、周仲翔，弟弟周作人一起参加了会稽县考。鲁迅137名，成绩也不算差。当时鲁迅四弟夭亡，鲁迅无心应考，而且本也不喜欢科举。鲁老太太乃请枪手替考，结果枪手不太靠谱，仅仅380名。后绍兴录取秀才40人，第一名为文化大儒马一浮。[①]◎鲁迅在《呐喊·序》中讲到他1898年决定去南京水师学堂的心路历程："我要到N进K学堂去了，仿佛是想走异路，逃异地，去寻求别样的人们，我的母亲没有法，办了八元川资，说是由我的自便；然而伊哭了，这正是情理中的事，因为那时读书应试是正路，所谓学洋务，社会上便以为是一种走投无路的人，只得将灵魂卖给鬼子，要加倍的奚落而

[①]周作人日记，转引自《鲁迅生平史料汇编》第一辑，天津人民出版社1981年，P373

且排斥的,而况伊又看不见自己的儿子了,然而我也顾不得这些事,终于到N去进了K学堂……"按:绍兴传统观念中,第一条出路是考取科举,鲁迅没有走;第二条出路,是教书、行医、做幕僚等,鲁迅也没有走。故母亲默默垂泪。◎周庆蕃晚年尚记得水师学堂门口有一副沈崇林所撰的对联:大江东去,浪淘尽千古英雄,见楼外青山,山外白云,何处是唐宫汉室;小院春回,氤氲起一庭佳丽,望堤边绿树,树边红雨,此中有舜日尧天。① 大门两柱一边写:"中流砥柱",一边写"大雅扶轮"。)

无须学费(不仅不需要学费,每月发赡银一两②。)的学校在南京,自然只好往南京去。(周作人云,鲁迅的"庆爷爷"——周庆蕃,远房叔祖周玉田的兄弟——在江南水师学堂教汉文,兼监督。周庆蕃是举人,新台门和老台门都挂有他的"文魁"匾额。因此之故,鲁迅和周作人等四人都入此学堂。鲁迅母亲感激他,待他回绍兴,总会炖一只鸡感谢。因学校初办,被人歧视,考入极其容易,"只要有人肯去无不欢迎"。周作人又说,学校的工作人员,很多都是帮派上的黑社会人员。上学一般要改名,因为那是"把灵魂卖给鬼子",如果用了家谱上的本名,非常丢人。周庆蕃于是给鲁迅取名为树人,因为鲁迅的字是"豫才",意思相合。早于鲁迅入学的周凤岐改名"行芳",周庆蕃自己也改名为"文治",甚至连学堂的听差也有改名之风。最有趣的是,周庆蕃自己反对洋务,思想保守,对买军舰、建海军等极其反感。他写信的习惯是,落款为"文魁第周宅"。据说,周庆蕃最害怕的是,托他关系进入学校的本家去搞革命。1903年,周庆蕃被新来的总办免职,乃担任绍兴府中学堂的监督,徐锡麟是副手。③ 周冠五云,"一个是醉心革命,一个是痛恶革命"④,堪称绝配。后又免职,改教私塾。◎又据周冠五所说,周庆蕃一生道学风范,然晚节不保,曾对老妈子动手动脚。其二儿媳从楼窗望见,大声说:"打得好,打死这老昏虫。"⑤)第一个进去的学校,目下不知道称为什么了,(此鲁迅

---

①《鲁迅生平史料汇编》第一辑,天津人民出版社1981年,P300
②周作人《知堂回想录》,北京十月文艺出版社2013年8月,P117
③周作人《鲁迅的故家》,北京十月文艺出版社2013年8月,P114—119
④周冠五《鲁迅家庭家族和当年绍兴民俗:鲁迅堂叔周冠五回忆鲁迅全编》,上海文化出版社 2006年10月,P45
⑤周冠五《回忆鲁迅房族和社会环境35年间(1902—1936)的演变》,见《鲁迅生平史料汇编》第一辑,天津人民出版社1981年,P302

的母校，但名字都不提，鲁迅的性格如此。真应了那句玩笑话："母校以你为荣，你却以母校为耻。"）光复以后，似乎有一时称为雷电学堂，（民国四年，1915年，改名为"雷电学校"；民国六年，1917年，改名为"海军鱼雷枪炮学校"。绍兴鲁迅纪念馆藏有大门石狮一对，汉白玉门额上有"鱼雷""枪炮"等。）很像《封神榜》上"太极阵""混元阵"一类的名目。（不仅不提母校的名字，尚要挪揄嘲讽，"雷电学堂"似乎是封神榜中的怪学校，鲁迅真是毒奇。）总之，一进仪凤门，（南京的城垣建于明初，规模宏大，共有城门十三座。仪凤门是城西面北头第一门，乃交通要道，太平天国攻克南京即从此进入。现已拆除，甚为可惜。）便可以看见它那二十丈高的桅杆和不知多高的烟通。（此烟囱是机器厂的烟囱。"水师学堂"需要制造水师的武器装备。◎周作人《知堂回想录》："烟通终年到头不冒烟。"① 说明这只是摆设。）功课也简单，一星期中，几乎四整天是英文："It is a cat.""Is it a rat?"（洋务派水师主张学习英国，陆师学习德国。所以江南水师学堂的主要课程都由英国人教授；陆师学堂的主要课程都由德国人教授。◎鲁迅写这两句极其简单的英语来嘲讽，其实并非如此。所谓"英文"，不仅英语、物理、数学等科学内容，皆以英文教学，哪怕是少量的中国教师，也用英语教。但周作人又云，教师教授英语，颇为马虎，而学生刚一毕业，也立即丢弃英文，并不重视。②）一整天是读汉文："君子曰，颍考叔可谓纯孝也已矣，爱其母，施及庄公。"（《左传》篇目，亦《古文观止》第一篇。说明课程依然保守。）一整天是做汉文：《知己知彼百战百胜论》，《颍考叔论》，《云从龙风从虎论》，《咬得菜根则百事可做论》。（文章依然有浓浓的八股文习气。◎鲁迅入学题目"武有七德论"。◎周作人云，入学初试题目为"云从龙风从虎论"，复试题目为"虽百世可知也论"。有十足的八股气息。月考题目为"问孟子曰，我四十不动心。又曰，我善养吾浩然之气，平时用功，此心此气究如何分别，如何相通，试详言之。"可见当时教学的风气，还是传统、保守。③ ◎有学生名为胡鼎，写《颍考叔纯孝论》一文，痛骂西太后。后被开除，

---

① 周作人《知堂回想录》，北京十月文艺出版社2013年8月，P113
② 周作人《知堂回想录》，北京十月文艺出版社2013年8月，P117
③ 周作人《知堂回想录》，北京十月文艺出版社2013年8月，P114—115

令其退学。周作人又云有一个教汉文的老夫子认为，地球有两个，一个自动，一个被动，一个叫东半球，一个叫西半球云云，可笑至极。①◎鲁迅形容此学校是"乌烟瘴气"，而且颇为专制，无理压制甚多。比如有一吴姓学生因为购买新式鞋，行走时吱吱有声。因此"响鞋"之故，该生被扣罚赡银。又一叫陈保康的学生，因为作文中有"老师"二字，意存讽刺，挂牌革除；②鲁迅因讽刺一个势派很大而又不学无术的职员，两天之内，就和十多个同学连续被处以两个小过，两个大过，只差一个小过即可开除。③鲁迅《华盖集·忽然想到·八》："大堂上还有军令，可以将学生杀头的。"◎据汪仲贤回忆，教员不仅保守专制，而且学习内容混乱，很多数学已有相当知识的学生，亦要连讲三天的阿拉伯数字1234。抗议后，教员就以开除相威胁。④）

初进去当然只能做三班生，（学制共9年，前三年为"三班"，然后是"二班"，最后三年为"头班"。鲁迅所学为"管轮班"，或称"机关科""轮机科"。江南水师学堂鼎盛时期分驾驶、管轮、鱼雷三科，后来，鱼雷科被裁撤，就剩下驾驶和管轮两科，也就是后来所说的航海和轮机两个专业。当时，学驾驶的毕业后可以升任舰长以至担任海军最高官职；学管轮的不能当舰长，最高官职也有限制。所以，考进海校的学生绝大数想学驾驶专业。但是学生学什么专业不是按学生报什么志愿来决定的，而是由校方分配。分配专业的方法各学校没有统一规定。有的学校甚至采用"相面分科"的荒唐办法，由校长给每个学生看一看面相，分出"优劣"，"优"者入驾驶科，"劣"者进管轮科。江南水师学堂还算公平，新生分专业采取的是抓阄的办法。不知是"手气不好"，还是因为叔祖在管轮科任监督便于照顾的原因，鲁迅分在了管轮科。⑤）卧室里是一桌一凳一床，床板只有两块。头二班学生就不同了，二桌二凳或三凳一床，床板多至三块。不但上讲堂时挟着一堆厚而且大的洋书，气昂昂地走着，决非只有一本"泼赖妈"（Primer，初级读

---

① 此事汪仲贤《十五年前的回忆》亦有记录，见周作人《雨天的书·13章·怀旧之二》附录部分，北京十月文艺出版社 2011年
② 周作人《鲁迅的青年时代》，十月文艺出版社 2013年8月，P35
③ 南京师范大学附属中学鲁迅纪念室《鲁迅在南京求学时期活动简表》，见《鲁迅生平史料汇编》第一辑，天津人民出版社 1981年，P463
④ 汪仲贤《十五年前的回忆》，见周作人《雨天的书·13章·怀旧之二》附录部分，北京十月文艺出版社 2011年
⑤ 唐宏、王红《从三味书屋到水师学堂——鲁迅短暂的海军生涯》，载《航海》1997年2月

本也。)和四本《左传》的三班生所敢正视；便是空着手，也一定将肘弯撑开，像一只螃蟹，低一班的在后面总不能走出他之前。（新式学校，却等级森严。今天一个小学，也必设置大量官僚——组长、课代表、学习委员、纪律委员、副班长、班长。诚可笑也。◎汪仲贤回忆，不仅头班、二班、三班等级森严，连驾驶堂和管轮堂都隔膜严重，互相敌视，曾在桅杆下斗殴，殴伤多名学生，学堂总办无法阻止。① ◎周作人云，即使是吃饭，也三六九等。头班学生，在吃早饭的时候，有人专门送餐，此时的食堂，低年级学生可以尽情享用早餐；午餐和晚餐，则大部分桌子被头班学生所占据，而且八个人的桌子，最多坐六个。低年级的学生一座难求，只能拼命奔跑抢座。遇到螃蟹步的高年级学生在前面迈着方步大摇大摆前进，后面的人不敢僭越超过，只能尾随……② ◎周作人《雨天的书》又记一事，云二班以下的学生，用一张桌子，头班则两张以上。汪仲贤回忆："比我们上一辈的同学，每人占着一个大房间，里面挂了许多单条字画，桌上陈设了许多花瓶、自鸣钟等东西，我们上海去的学生都称它们为'新婚式房间'。"③ 周作人又讲了一个决斗的故事：W和头班同学同住，因此每人有桌子两张。后来W搬出，按照规定只有一张桌子。就企图把原房间的3张桌子再搬一张。结果，头班同学说："你们即使讲革命，也不能革到这个地步。"后来，这个头班同学的朋友要来打抱不平，挑衅说："我便打你们这些康党！"几乎要斗殴。④）这一种螃蟹式的名公巨卿，现在都阔别得很久了，前四五年，竟在教育部的破脚躺椅上，发现了这姿势，然而这位老爷却并非雷电学堂出身的，可见螃蟹态度，在中国也颇普遍。（顺便讽刺一下"名公巨卿"。◎鲁迅甚爱写螃蟹的题材。《今春的两种感想》提到"第一次吃螃蟹的人"，《论雷峰塔的倒掉》也提到了螃蟹，鲁迅还写了一则寓言，叫《螃蟹》。)

可爱的是桅杆。（周作人云："每星期中爬桅一次，这算是最省事，按着名次两个人一班，爬上爬下，只要五分钟了事，大考时要爬到顶上，有些好手还要虾蟆似的

---

① 汪仲贤《十五年前的回忆》，见周作人《雨天的书·13章·怀旧之二》附录部分，北京十月文艺出版社2011年
② 周作人《知堂回想录》，北京十月文艺出版社2013年8月，P123—124
③ 汪仲贤《十五年前的回忆》，见周作人《雨天的书·13章·怀旧之二》附录部分，北京十月文艺出版社2011年
④ 周作人《雨天的书·13章·怀旧之二》，北京十月文艺出版社2011年

平伏在桅尖上,平常却只到一半……"①鲁迅:"我很喜欢爬桅杆,在桅杆的上面可以藉着看一看四处的风景。那桅杆是埋在学堂里的院子里的,很高,人在上面还可以做各种花头,比方'凤凰展翅'之类……掉下来也不要紧,下面是有一个大网子接着的。"②)但并非如"东邻"的"支那通"所说,因为它"挺然翘然",又是什么的象征。(象征什么?不可说也,鲁迅先生调皮。◎据说,鲁迅家餐桌上的老三样是素炒豌豆苗、黄花鱼和笋炒咸菜。有个日本人安冈,说中国人喜欢吃竹笋是因为竹笋的形状与某物相似,"挺然翘然"。鲁迅先生讥笑他说,那"街上的电线杆里的竹子"作何解释。)乃是因为它高,乌鸦喜鹊,都只能停在它的半途的木盘上。人如果爬到顶,便可以近看狮子山,远眺莫愁湖,——但究竟是否真可以眺得那么远,我现在可委实有点记不清楚了。而且不危险,下面张着网,即使跌下来,也不过如一条小鱼落在网子里;况且自从张网以后,听说也还没有人曾经跌下来。(庚子年,爆发义和团运动,要杀洋人和二毛子。该学堂的老师很多都是洋人。乃严密提防,此桅杆成为最好的瞭望台。)

  原先还有一个池,给学生学游泳的,这里面却淹死了两个年幼的学生。(一直未读出此处之妙。直到读到汪仲贤的文章《十五年前的回忆》。有人问同为水师学堂毕业的汪仲贤:"你是海军出身的人,跳到黄浦江里总不会淹死了吧?"汪仲贤答曰:"……吃唱戏饭的梅兰芳未必会打真刀真枪。南京水师出身的学生不会泅水,大概是受那位淹死在游泳池里小老前辈的影响罢。"③堂堂水师学堂的学生,那是未来的海军啊,居然在水池子里淹死了。淹死后,不是反思学生的游泳能力,加强教学,反而填埋游泳池,一劳永逸彻底解决了问题。可笑可笑。鲁迅先生的嘲讽,有直接怒骂者,有巧言讽刺者,有双关暗语者,有反讽归谬者,此处则不同,真深藏不露也。若非苦心搜罗,几乎被先生骗过。)当我进去时,早填平了,不但填平,上面还造了一所小小的关帝庙。(这是哪门子现代学校?学习物理化学英语,然后拜关公,这也不配套啊。)庙旁是一座焚化字纸的砖

七

琐记

---

①周作人《知堂回想录》,北京十月文艺出版社2013年8月,P130
②萧军《时代——鲁迅——时代》,见《鲁迅诞辰百年纪念集》,湖南人民出版社1981年
③汪仲贤《十五年前的回忆》,见周作人《雨天的书·13章·怀旧之二》附录部分,北京十月文艺出版社2011年

炉,炉口上方横写着四个大字道:"敬惜字纸"。只可惜那两个淹死鬼失了池子,难讨替代,(绍兴人迷信,劝阻小孩子游泳,总说水里有"淹死鬼",常在正午活动,有人游泳,就招为替代品,淹死鬼成人,而落水者成新一任的淹死鬼了。)总在左近徘徊,虽然已有"伏魔大帝关圣帝君"镇压着。(两个小学生好可怜,被"伏魔大帝关圣帝君"所镇压。)办学的人大概是好心肠的,所以每年七月十五,(鬼节)总请一群和尚到雨天操场来放焰口,(和尚为饿鬼诵经超度)一个红鼻而胖的大和尚戴上毗卢帽,(绣有毗卢佛像的帽子。)捏诀,念咒:"回资罗,普弥耶吽,唵耶吽!唵!耶!吽!!!"(这句话,未详出处。或云出自《瑜伽焰口施食要集》中咒文的梵语音译。检索之,似乎不一致。1929年1月6日鲁迅《致章廷谦》信函对此有解释,云:"'回资罗……'我也不懂,盖古印度语,是咒语,绍兴请和尚来放焰口的时候,它们一定要念好几回的,焰口的书上也刻着,恐怕别处也一样。"可见,鲁迅先生本人也不太清楚这个口诀的含义。◎堂堂水师学堂,如此迷信。其"乌烟瘴气"可以想见。周冠五评价周椒生:"性顽固又复刚愎,迷信甚深,每晨跪诵《金刚经》、《太上感应篇》、《觉世经》"云云①,则迷信亦当时普遍现象否?)

我的前辈同学被关圣帝君镇压了一整年,(笑喷!"同学"被关羽"镇压"!)就只在这时候得到一点好处,——虽然我并不深知是怎样的好处。所以当这些时,我每每想:做学生总得自己小心些。(一段长文,总要配一个好的结尾,所谓"立意深刻"是也。但我完全没料到,结局居然是"做学生总得自己小心些",实在出乎意料,冷幽默非常。◎江南水师学堂旧址,现在是海军724研究所。为了盖一个十层楼,擅自破坏文物。1982年拆除了总提督楼、轿厅、长廊八间和大教室八间。拆下的木料被当柴烧掉,砖瓦也变卖。据统计,木料与砖瓦,合计处理费共1432元6角3分。到此为止,本来就不断被破坏的历史遗迹,幸存的大部分建筑也被拆除了,一座珍贵的江南水师学堂就此毁掉了。②在此之前,1973年,楼北有一个天井,天井东南角有一口井,石井栏上阴刻"江南水师学堂"六字,这是保存下来唯一有学堂名称的文物,但被人敲钢筋的时候砸

---

① 周冠五《鲁迅家庭家族和当年绍兴民俗:鲁迅堂叔周冠五回忆鲁迅全编》,上海文化出版社2006年10月,P44—45
② 纪维周《江南水师学堂破坏纪实》,载《鲁迅研究月刊》1982年6月

碎了。①)

(四)矿路学堂

（鲁迅于光绪二十四年，1898年农历九月初一参加考试，农历九月十二日发榜录取，但因等待外籍，迟迟未入学，至1899年正月②，鲁迅入矿路学堂，矿路学堂是江南陆师学堂附属的，教员也是陆师学堂教师兼任，为"江南第一矿"青龙山煤矿设立，仅仅招生一届，学员24人。鲁迅年十九岁，是矿路学堂最小的学生。因为是陆师，所以学校养马，长官出去都骑马。学生也可以骑。鲁迅曾说，自己每天要骑马一两小时，还因此断了一颗门牙。是年阿长死；鲁迅毕业时，年二十一。毕业之年，其祖父周介孚释放出狱。◎1901年，俞明震任江南陆师学堂校长，他是维新派，思想先进。鲁迅在此接触到基础自然科学，并到句容青龙山煤矿考察一次。此学校最大的弊端是没有外语。但矿路学堂的进步气氛使鲁迅非常兴奋。鲁迅不喜欢传统四书五经的教育，喜欢读杂书。但现在"非正统"学问成了主业，鲁迅学习非常认真。绍兴鲁迅纪念馆1956年从旧书店寻得鲁迅用过的课本一部：《金石识别》，书的空白处，有不少笔记。③另鲁迅纪念馆从绍兴乡下杨舫村长梓生家，找到鲁迅1919年搬家的两箱书籍。内有鲁迅教材手抄本：几何、开方、八线、开方提要。字迹工整，画图清晰，一丝不苟，这是迄今所见鲁迅的最早墨迹。另，北京鲁迅博物馆藏有《地质学笔记》9页，乃是从许寿裳藏书中发现，但已经残缺，内容不相连属。④这些笔记字迹之端正，画图之精美，条理之清晰，不亲见不敢相信，真值得我们学习。◎周建人云，鲁迅寒假回家，穿着矿路学堂的校服，酱紫色的粗呢，黑绒镶边，显得朝气蓬勃。但五十伯说："这是兵！"伯文叔说："这是兵！"大家都觉得"好铁不打钉，好男不当兵。"重文轻武的倾向很明显。⑤但鲁迅不以为意，除了

---

① 徐昭武《追寻鲁迅在南京》，中国画报出版社2007年，P8
② 以上考试和入学日期，见鲁迅在仙台入学时的履历表。参见《鲁迅生平史料汇编》第一辑，天津人民出版社1981年，P444
③ 张能耿《鲁迅早期事迹别录》，湖北人民出版社1981年，P69
④ 南京师范大学附属中学鲁迅纪念室《鲁迅在南京读书时期的几件文物》，见《鲁迅生平史料汇编》第一辑，天津人民出版社1981年，P415
⑤ 周建人口述，周晔整理《鲁迅故家的败落》，福建教育出版社2017年，P128

"夏剑生"外,还自号"戎马书生"。)

总觉得不大合适,可是无法形容出这不合适来。现在是发现了大致相近的字眼了,"乌烟瘴气",庶几乎其可也。(所谓乌烟瘴气,一者教学水平不高,学生进步缓慢;二者,管理者态度保守专治。◎鲁迅《忽然想到》:"我在N的学堂做学生的时候,……一个新的职员到校了,势派非常之大,学者似的,很傲然。可惜他不幸遇见了一个同学叫'沈钊'的,就倒了楣,因为他叫他'沈钧',以表白自己的不识字。于是我们一见面就讥笑他,就叫他为'沈钧',并且由讥笑而至于相骂。两天之内,我和十多个同学就迭连记了两小过两大过,再记一小过,就要开除了。但开除在我们那个学校里并不算什么大事件,大堂上还有军令,可以将学生杀头的。做那里的校长这才威风呢,——但那时的名目却叫作'总办'的,资格又须是候补道。")只得走开。(鲁迅自己对这"走异路"的选择一开始也并不是很有信心的,水师学堂的课程松散,主事者思想保守,鲁迅用"乌烟瘴气"来形容明显表现出了他心中的不满和失望。鲁迅于同年还被家里引诱回去参加科举。而真正让他坚持"异路",结束走"正途"想法的就是下面讲到的矿路学堂,矿路学堂的学习为鲁迅打开了一个新世界,那里进步的气氛真正使他受到了感染和鼓励。◎鲁迅曾说,当时的实习,一般学生只能在内舱机器间,只有福建人才可以在甲板上工作。鲁迅开玩笑地说:"照这样下去,等到船沉了还钻在里面不知道呢!所以我就不干了。"①◎当时不满水师学堂者,非鲁迅一人。赵伯先、杨曾诰、秦毓鎏等人,均自行退学。②)近来是单是走开也就不容易,"正人君子"者流会说你骂人骂到聘书,或者是发"名士"脾气,给你几句正经的俏皮话。(这是讽刺古史辨派领袖顾颉刚的。)不过那时还不打紧,学生所得的津贴,第一年不过二两银子,(试习期四个月,只与饭食,不给赡银;第一年,月给赡银二两。岁考后成绩合格,增加一两,三年增加到四两。③)最初三个月的试习期内是零用五百文。于是毫无问题,去考矿路学堂去了,也许是矿路学堂,(此句不通顺,但长江文艺的《鲁迅大全集》亦是如此。似乎应作"去考矿务学堂去了,也许是矿路学堂"或"去考矿路学堂,也许是矿务学堂"。此学校全称为"江南陆师学堂附设矿物

---

① 杨霁云《琐忆鲁迅》,载《逸经》1936年12月5日
② 周作人《知堂回想录》,北京十月文艺出版社 2013年8月,P142
③ 《江南陆师学堂招募章程》,载《时务报》1897年10月26日

铁路学堂"，简称为"矿务"或"矿路"皆可。）已经有些记不真，文凭又不在手头，更无从查考。试验并不难，录取的。（张协和："入学考试分初试及复试两场，都只是作文章，初试的题目我已忘却，复试的题目是'不以规矩不能成方圆论'，我和鲁迅就是经过这样的考试而入学的。"①）

这回不是 It is a cat 了，是 Der Mann, Die Weib, Das Kind。汉文仍旧是"颖考叔可谓纯孝也已矣"，但外加《小学集注》②。（除了德文，看起来和水师学堂一样保守。）论文题目也小有不同，譬如《工欲善其事必先利其器论》，（向西方学习技术，这种思想比水师学堂稍微开放。）是先前没有做过的。

此外还有所谓格致，地学，金石学，……都非常新鲜。（张协和："当时读的都是纸上谈兵，并且在讲堂上抄讲义，每天仅上下午各上两堂课，每课约一小时余，讲解是很少的，只是抄书而已。而鲁迅在下课后从不复习课业，终日阅读小说，过目不忘，对《红楼梦》几能背诵，由于他的聪慧过人，所以在考试时，总是他第一个交卷出场，而考的成绩又是名列前茅。"③ 按：当时的老师常常把书整本写在黑板上，中间还有插图，让学生抄。足见当时中国的教育实际，既缺乏教员，也谈不上实际的教学。鲁迅不可能凭借这些知识挖矿，但足以开阔其视野，增长其见识。这些科目的意义，也正在于此。◎鲁迅每逢假期，常带矿石标本，放在木匣里，有铁矿石、石英石、三叶虫化石等。④ 但是还得声明：后两项，就是现在之所谓地质学和矿物学，并非讲舆地（传统地理学只是读古籍的工具）和钟鼎碑版（所谓"金石学"）的。只是画铁轨横断面图却有些麻烦，平行线尤其讨厌。（李欧梵："这些新项目显然和当年强加于他的旧学大不相同。西方科学是新奇的，正规的课程不再可厌，'非正统'兴趣成为合法的培训。鲁迅学得认真热情，甚至抄下了莱尔《地理学》的两卷全文，包括图表在内。他用自幼就有的绘画才能来画铁路图。一位同学后来回忆，他画得既好又快，常常考得高分。"⑤ 但第二年

---

① 张协和《忆鲁迅在南京矿路学堂》，见《鲁迅生平史料汇编》第一辑，天津人民出版社 1981 年，P400
② 共六卷，宋代朱熹辑，明代陈选注，旧时学塾中所常用的一种初级读物。内容系辑录古书中的片段，分类编成四内篇：《立教》《明伦》《敬身》《稽古》；二外篇：《嘉言》《善行》。
③ 张协和《忆鲁迅在南京矿路学堂》，见《鲁迅生平史料汇编》第一辑，天津人民出版社 1981 年，P400
④ 周建人《回忆鲁迅》，上海人民出版社 1976 年，P45
⑤ 李欧梵著，尹慧珉译，《铁屋中的呐喊》，浙江大学出版社 2016 年 10 月，P10，并参王冶秋《民元前的鲁迅先生·序》，峨眉出版社 1947 年

的总办是一个新党，（俞明震，爱国有担当的革新派，台湾被割让后他曾组织抵挡日本，又于戊戌变法时支持康有为、梁启超。其妹妹俞明诗即陈寅恪的母亲。鲁迅对他很尊敬，在日记中称为"俞师"。也是他，亲自送鲁迅一行赴日留学。俞明震去世，鲁迅赠送幛子表示吊唁。◎以我的经验，一个校长要思想开放，且有个性，才能让一所学校有特色，有味道。但现在的校长，大多都是四平八稳的官僚，《赵普传》所谓"龌龊循墨"者也。）他坐在马车上的时候大抵看着《时务报》，（《时务报》，旬刊，梁启超等主编，当时宣传变法维新的主要期刊之一。）考汉文也自己出题目，和教员出的很不同。有一次是《华盛顿论》，（深受维新变法影响，思想开放。）汉文教员反而惴惴地来问我们道："华盛顿是什么东西呀？……"（他们所知道的，颇考叔、汉高祖也。）

　　看新书的风气便流行起来，我也知道了中国有一部书叫《天演论》。（此书为严复所译，1898年正式出版。严复是当时最负盛名的翻译家，与林纾齐名，翻译自称"达恉"，意思是只符合原书的意思，但不纠结于词句。严复会大段增加自己的观点，也可能随时削减原文，翻译极其"随意"。比如《进化论与伦理学》原书的一个小节，严复扩展为一整篇。尤其有趣的是，《天演论》文笔极好，用典雅的文言文翻译西方图书，居然极有感染力。其用语之古雅，据说凡汉代以下词语不选。◎《天演论》作者赫胥黎，达尔文主义者。此书当时社会影响极大，"物竞天择，适者生存"八字深入人心，胡适在《四十自述》中也说他取名"适"也是受此风气的影响，他还有两个同学，一个叫"孙竞存"，一个叫"杨天择"，像民国时期粤系军事将领陈炯明也是号"竞存"。还有如中国现代的一个风云学者张江流，他是在1912年年底赴法留学前更名"张竞生"，说明这种影响持续到了民国。① 特别需要指出的是，物竞天择、适者生存，赫胥黎认为不可用于人的社会，但当时的中国对《天演论》是明显的误读，大家都把这种观念用于社会中、政治中，既然植物、动物在演化，人的社会也应该演化、改革；既然动物、植物有竞争，那国家也要竞争，才能生存立足。这种社会达尔文主义显然很不科学，但这是一种有趣的误读，对当时的中国来说，的确是进步的思想。◎周作人："三年间的关于开矿筑路的讲义，又加上第三年中往句容青龙山煤矿去考察一趟，给予鲁迅的利益实在不小，不过这不

---

① 何怀宏《试析〈天演论〉之双重"误读"》，载《北京大学学报》2013年11月

是技术上的事情，乃是基本的自然科学知识，加上一点《天演论》，造成他唯物思想的基础。"①　星期日跑到城南去买了来，白纸石印的一厚本，价五百文正。（鲁迅何年购买《天演论》，乃是学术界的一个小小争论点。因为购买《天演论》，是鲁迅思想的巨大转变，问题虽小，干系甚大。一般学者认为是1898年，即《天演论》出版之年，也有人认为是1899或1900年。有学者推定是1902年2月。②此后，周作人笔记中，涌现很多读新报、新书的记载，可见鲁迅和周作人的阅读范围在2月之后明显改变。）翻开一看，是写得很好的字，开首便道：

"赫胥黎独处一室之中，在英伦之南，背山而面野，槛外诸境，历历如在机下。乃悬想二千年前，当罗马大将恺彻未到时，此间有何景物？计惟有天造草昧……"（如此优美的文笔，用文言文写成，读之如观明人散文。◎许寿裳云，《天演论》一书，鲁迅好几篇皆能背诵，可见影响之大。又云，鲁迅到仙台后，第一次和许寿裳通信，还提到《天演论》。1902年2月2日，周作人日记显示，鲁迅把《天演论》推荐给周作人。鲁迅到仙台后，曾写信给许寿裳，云仙台浴室，男女之隔仅为一道低矮木壁，信中有句云："同学阳狂，或登高而窥裸女。"自注："昨夜读《天演论》，故有此神来之笔！"足见到仙台尚在重温旧书，而且模仿严复文笔在写污段子。③）

哦，原来世界上竟还有一个赫胥黎坐在书房里那么想，而且想得那么新鲜？（打开了一扇窗户。）一口气读下去，"物竞""天择"也出来了，苏格拉第、柏拉图也出来了，斯多噶也出来了。（一个全新的世界。◎杨义："这番读书，如闻雷鸣电闪，如见霁月光风，眼前突然出现鲁迅苦苦追寻的别样异类的新的天地和人，称得上一次精神奇遇，鲁迅的精神受到震撼可想而知。"④）学堂里又设立了一个阅报处，《时务报》不待言，还有《译学汇编》，（鲁迅写错了，应该是《译书汇编》，创刊于1900年的日本，主办者是留学日本的学生，内容涉及政治、经济、法律等，是"留学界杂志之元祖"。⑤）那书面上的张廉卿（名

---

① 周作人《鲁迅的青年时代》，北京十月文艺出版社2013年8月，P36
② 蒙树宏《关于鲁迅购读〈天演论〉的时间》，载《云南社会科学》1981年3月
③ 许寿裳《亡友鲁迅印象记》，岳麓书社2011年，P9
④ 《鲁迅作品精华》，杨义选评，三联书店2014年8月，P240
⑤ 张静庐《中国近代出版史料》，中华书局1957年，见《鲁迅生平史料汇编》第一辑，天津人民出版社1981年，P497

裕钊，清代古文家、书法家。）一流的四个字，就蓝得很可爱。（李欧梵："在当时严复、梁启超等人的著译和他们所办的报刊，对鲁迅的思想知识发展是撞击得最大的。他对严复译的《原富》和《天演论》给予极高的评价，对那些优美的译文也很欣赏。直到许多年后他还能背诵'赫胥黎独处一室之中……'那一整段文字，并栩栩如生地回忆当时自己读后的新奇感。可以说，这个新奇的世界唤起了鲁迅追求知识的好奇心，也必然地点燃了他年轻的想象力。在严复的译笔下，赫胥黎《天演论》的序文读来真像小说一样，展示了一片异国奇幻的景色。鲁迅一定被他们洋溢着的那种勃勃生机所激动，读时一定也和儿时读那些幻想的中国传说同样愉快。这个社会达尔文主义的世界给青年鲁迅的头脑打开了一片明亮的新景色，而中国传统世界则已被排除到背后的阴影去了。"①）

"你这孩子有点不对了，拿这篇文章去看去，抄下来去看去。"一位本家的老辈（管轮堂监督周庆蕃公。◎前一段读之甚爽，鲁迅山穷水尽，终于到了柳暗花明的时刻。但鲁迅的世界中岂能没有敌人和顽固派。此公一出，那个熟悉的鲁迅又回来了。）严肃地对我说，而且递过一张报纸来。接来看时，"臣许应骙（广东番禺人。光绪年曾任礼部尚书，反对维新，思想保守。鲁迅和许广平恋爱，鲁迅曾开玩笑，问许广平是否与许应骙属于同宗，说自己是吃过许家的亏的。鲁迅可能不知道，许应骙是许广平的祖父……）跪奏……"，那文章现在是一句也不记得了，总之是参康有为变法的；（全称为《明白回奏并请斥逐工部主事康有为折》②）也不记得可曾抄了没有。（我们总是嘲讽过去的老顽固老封建，却不知道现实中的父母，其实也代表顽固一方。而所谓的顽固，总是以"正能量"的面目出现。试想，在清朝的子民看来，所谓的顽固思想，岂不是正当的代名词？故所谓的革新，就是从反对理所当然的思想开始。）

仍然自己不觉得有什么"不对"，一有闲空，就照例地吃侉饼，花生米，辣椒，看《天演论》。（颜回处陋巷不改其乐，鲁迅则"吃侉饼、花生米、辣椒，看《天演论》"，妙哉！◎周作人云，鲁迅自读《天演论》开始，就极其佩服严复。凡是严复所翻译的书，都花钱买来。一直到日本，章太炎说严复翻译尚有浓厚

---

① 李欧梵著，尹慧珉译，《铁屋中的呐喊》，浙江大学出版社 2016 年 10 月，P11
② 见《申报》，1898 年 5 月 24 日

的八股习气，鲁迅恍然大悟，才不佩服严复。许寿裳亦云，鲁迅深受严复、林琴南影响，后来却都不大佩服了。）

（五）学堂倒闭

但我们也曾经有过一个很不平安的时期。那是第二年，听说学校就要裁撤了。这也无怪，这学堂的设立，原是因为两江总督（大约是刘坤一罢）（刘坤一，湖南新宁人，数任两江总督，是当时官僚中倾向维新的人物之一。《清史稿》有传。）听到青龙山的煤矿出息好，所以开手的。（实际情况是，此处煤的蕴藏呈藕节和鸡窝状，碰到煤多的藕节和鸡窝，就产煤较多，否则，就一无所获。当时勘测的矿师估计是刚好碰到产煤较多之地，故有"江南第一矿"之称。①）待到开学时，煤矿那面却已将原先的技师辞退，（卸磨杀驴）换了一个不甚了然的人了。理由是：一、先前的技师薪水太贵；二、他们觉得开煤矿并不难。（中国工人待遇始终很低，因为人才并不被尊重。）于是不到一年，就连煤在那里也不甚了然起来，终于是所得的煤，只能供烧那两架抽水机（蒸汽抽水机，需用两个大锅炉）之用，就是抽了水掘煤，掘出煤来抽水，结一笔出入两清的账。（好买卖！笑喷。）既然开矿无利，矿路学堂自然也就无须乎开了，但是不知怎的，却又并不裁撤。到第三年我们下矿洞去看的时候，情形实在颇凄凉，抽水机当然还在转动，矿洞里积水却有半尺深，上面也点滴而下，几个矿工便在这里面鬼一般工作着。（这就是中国第一代产业工人。）

毕业，（按照规定，一等学生毕业，总督发给《执照》，二、三等学生则发给《考单》。◎鲁迅成绩不错，第一等第三名。北京鲁迅博物馆藏鲁迅毕业证，云："计开学生周树人，现年十九岁，身中面白无须，浙江省绍兴府会稽县人，今考得一等第三名。矿学捌分陆厘，地质学捌分柒厘，化学捌分柒厘，熔炼学捌分陆厘，格致学捌分柒厘，测算学捌分柒厘，绘图学捌分伍厘。曾祖父以埏，祖父福清，父用

---

① 许祖云《关于鲁迅所到青龙山煤矿和所下矿洞的初步调查》，见《鲁迅生平史料汇编》第一辑，天津人民出版社1981年，P424

吉。右照给壹等学生周树人收执。"可见鲁迅成绩不错，单科都在八分以上。◎矿路学堂每周六下午有课，偶尔写作文，排名前三者有奖励，称为"膏火费"。① 另外，每月还有其他科目小考，优秀者奖励一个三等银质奖章。而四个三等银质奖章可兑换一个二等奖章，二等奖章若干个可兑换一个头等的，若干头等奖章可兑换一个金质奖章。"全班中，得过这种金质奖章的惟有鲁迅一个人。"鲁迅以此奖励购买图书，请同学们吃饭。② ◎鲁迅曾说："……金牌充其量只能表示当时我的学习成绩，它不能证明我将来学习成绩的好与坏；况且把金牌保存起来，它永远只是一块金牌，金牌再也变不出什么其它的东西来。弄得不好，反会使人增加虚荣心，滋长傲气，从此不再上进。而从书本里却可以得到知识。"③）自然大家都盼望的，但一到毕业，却又有些爽然若失。爬了几次桅，不消说不配做半个水兵；听了几年讲，下了几回矿洞，就能掘出金银铜铁锡来么？实在连自己也茫无把握，没有做《工欲善其事必先利其器论》的那么容易。（故中文系毕业，真的是百无一用。故鲁迅之弃医从文，不仅仅是内心的召唤，也是客观条件使然。）爬上天空二十丈和钻下地面二十丈，（据实地考察，现象山矿区新斜井，地表＋30米。在这口井的巷道－70米处碰到古井采掘过的老洞，可见古井当年距地表已有100米深。这与鲁迅所说'钻下地面二十丈'，十分吻合。④）结果还是一无所能，学问是"上穷碧落下黄泉，两处茫茫皆不见"了。所余的还只有一条路：到外国去。（人的出路，需要拼尽全力去寻找。鲁迅百折千回，终于走出一条路；而绝大部分人，恐怕只能浑浑噩噩中度过。◎周建人云："在我们台门里，大哥出洋是异端。我大哥到三台门各房族去告别的时候，人们惊奇、惋惜、鄙视，伯文叔甚至还得把我大哥使劲推一下，我大哥没有防备，不由得向后退，幸亏背后有墙，人就贴在墙上了。……他也没有进一步的举动，只是恨恨地掉头走了。那神情似乎是国家

---

① 南京市文管会《江南矿路学堂遗迹和鲁迅求学情况的调查》，见《鲁迅生平史料汇编》第一辑，天津人民出版社1981年，P412。另王治秋《民元前的鲁迅先生》一书中许寿裳《序》说当时国文每周一次，记录略有差别。
② 以上资料出自王治秋《民元前的鲁迅先生》一书中许寿裳《序》，然据陆师学堂第二期学生茅迺封回忆，当时满10个银质奖章可以换一个五钱重的金牌。
③ 俞芳《我记忆中的鲁迅先生》，浙江人民出版社1981年。这些话是鲁迅对母亲讲的。
④ 许祖云《关于鲁迅所到青龙山煤矿和所下矿洞的初步调查》，见《鲁迅生平史料汇编》第一辑，天津人民出版社1981年，P427

之所以弄不好,全在像大哥这样的新党身上。洋人这么可恨,还要去留学?……仲翔叔倒是很赞成,认为应该去学点东西回来,中国太弱了,人家为什么强?"①)

(六)日本留学

（光绪二十八年二月,壬寅,1902年,年二十二岁。在东京弘文学院学习两年,考入仙台医专。两年后,又返回东京。鲁迅本来可进入成城学院②,但因不懂日文,进入专门学习日语和普通科的弘文学院③。日语老师是松本龟次郎,亲授数万名中国留学生日语,桃李满天下,且受聘清代京师法政学堂教师。周恩来、胡风、葛祖兰等亦是其高足。最为难得的是,松本极力反对侵华战争。）

留学的事,官僚也许可了,派定五名（有误。实际是六人:张邦华、顾琅、伍崇学、周树人、刘乃弼、徐广铸。④）到日本去。其中的一个因为祖母哭得死去活来,不去了,只剩了四个。（此处有误,据伍崇学的回忆,徐广铸也同去日本了。这种错误,可能是鲁迅记忆错误,更大的可能是鲁迅刻意为之,借此讽刺中国人之保守与愚蠢。◎日本外务省外交史料馆保存有八十二号公信,可知这次留学由江南陆师学堂总办江苏候补道俞明震带领,一行共34人。有学生28人,水师学堂22人,矿务学堂6人。随行教师2人,翻译1人,书记2人。陈寅恪的哥哥陈衡恪也在同行之列,担任书记,后来自费日本留学。陈衡恪是鲁迅矿务学堂、弘文学院的同学,后来同在北京教育部任职,与鲁迅成为同事,关系甚笃。鲁迅在

---

①周建人口述,周晔整理《鲁迅故家的败落》,福建教育出版社2017版,P142

②成城学院:日本陆军士官学校的预备学校,根据清朝公使与日本政府所订的"定例",鲁迅等虽然附属江南陆师学堂,学的却不是陆军而是采矿,因此,不准进入成城。当时清廷怕青年学了军事搞武装革命,对进士官学校限制很严。于是鲁迅一行六人于1902年4月20日,一同进了东京弘文学院。

③弘文学院:原是私塾学校,称弘文馆,后设立弘文学院,专门收不懂日文的中国留学生。1906年1月15日,申请改名"宏文学院",据说是为了避讳(爱新觉罗·弘历)。《日本异文化中的鲁迅》根据东京都公文书馆的资料,确定弘文学院获官方批准,在1902年4月12日,时间在鲁迅到日本之后。

④见张邦华《忆鲁迅在南京矿路学堂》(1956)。《日本异文化中的鲁迅》一书,考辨甚为详细,可参看。另外"徐广铸"的名字,清朝、日本的公文中尚出现"徐庆铸""徐广钰"等,因繁体字字形相近,错误甚多。另《鲁迅早期事迹别录》中顾琅写作"顾浪",不知何据。此人在南京叫"芮体乾",语言极为啰嗦,纠缠不清。(见《鲁迅生平史料汇编》第一辑,天津人民出版社1981年,P479)

日本出版《域外小说集》，封面题字即为陈衡恪所写。① ◎周伯宜死后，鲁迅母亲鲁瑞就挑起了一家生活的重担。虽家庭破产，生活贫困，但她仍一心要培养自己的儿子成材。所以，当鲁迅提出自己的求学要求，她就变卖首饰，顶住来自各方面的责难，送鲁迅去南京的洋务学堂读书。临行前，她对鲁迅说："我们绍兴有句古话，叫作穷出山。"鼓励鲁迅要争口气，好好读书。不久，她又让鲁迅东渡日本去留学。②）

日本是同中国很两样的，我们应该如何准备呢？有一个前辈同学在，比我们早一年毕业，曾经游历过日本，应该知道些情形。跑去请教之后，他郑重地说：

"日本的袜是万不能穿的，要多带些中国袜。我看纸票也不好，你们带去的钱不如都换了他们的现银。"

四个人都说遵命。别人不知其详，我是将钱都在上海换了日本的银元，还带了十双中国袜——白袜。

后来呢？后来，要穿制服和皮鞋，中国袜完全无用；一元的银圆日本早已废置不用了，又赔钱换了半元的银圆和纸票。(这个前辈同学，查资料未能考证出到底系何人。而且这一段放在文章末尾，未知有何深意。)

十月八日

---

① 北冈正子著，王敬翔、李文卿译，《日本异文化中的鲁迅》，麦田出版社 2018 年，P55
② 《鲁迅家庭成员及主要亲属》，见《鲁迅生平史料汇编》第一辑，天津人民出版社 1981 年，P101

附　　录

【衍太太其人】

衍太太，姓陈，1852年出生，家住绍兴东南不远的平水山乡，小名"阿凤"，外号"阿疯"。父亲是小地主兼小商人。

17岁出嫁周家，丈夫是鲁迅叔祖周子传。（周子传的父亲和鲁迅的曾祖是亲兄弟）周子传是家中二子，所以衍太太就是"二太太"。又因为周子传在周家大族中排行二十五，故称为"廿五太太"。按道理讲，鲁迅应该称呼为"叔祖母"。

衍太太和周子传都吸食鸦片，因为鲁迅的父亲经常过去聊天，遂被劝说，从此染上烟瘾，但自己不会煮鸦片，乃请子传夫妇代劳。鲁迅讨厌衍太太的一个原因，就是因为鸦片。不过当时的周伯宜，因为父亲代人行贿，被革去了秀才的功名，内心郁闷。而衍太太更热情邀请周伯宜聊天，也是为了宽慰，并无恶意。

衍太太长期不孕，至1878年26岁生有一子，取名凤歧，比鲁迅大三岁。（从辈分上讲，鲁迅应该叫他叔叔）

周子传生性体弱多病，又喜欢鸦片，身体很虚。其得病之因乃是带着五百两银子去疏通关系，好为鲁迅的祖父周福清脱罪。晚上走夜路，突闻身后有声音，以为有人追他，加上担心钱财，就走得快了些，后来发现身后是狗。一个长期吸食鸦片的人，在晚上受了惊吓，且急于赶路，就病倒了。后来肚子胀，非常难受。衍太太将蟑螂放在铁罐中，烤着给子传吃……

最后，周子传 40 岁就死了。

族中有一个叫周衍生的，即周五十，死了老婆，就来二太太家寄食。两人都是 40 多岁，而且都是满脸笑容，但"鬼主意"很多，真是"巧言令色，鲜矣仁"。鲁迅的族叔周冠五则直言不讳地说："廿五太太和族中一侄辈名字中带一 Yan 的借'阿芙蓉'的媒介结不解之缘。"所谓的"Yan"就是周衍生的"衍"。二太太的儿子凤歧发现此"乱伦"之事后以死相逼，最后被美国医生所救。

但二太太见事已如此，索性公开关系。

所以，鲁迅称之为"衍太太"，是含有极大讽刺的。

鲁迅的祖父周福清曾在前堂讲《西游记》中猪八戒游盘丝洞的故事，指桑骂槐，讽刺衍太太。

衍太太的性格，最喜欢挑拨离间。周作人《知堂回想录》云：

"虽然明知他们是怎样的人，而独深信他们的说话，这实在是不可理解的一个矛盾。"

1902 年，衍太太 50 岁，周衍生在 11 月 18 日病逝。他因为长期吸食鸦片，所以人瘦得皮包骨头，一到夏天，赤着膊，肋骨一根根露在外面，数得清。周作人闻讯，在日记里写道：

闻之雀跃，喜而不寐，从此吾家可望安静，实周氏之大幸也。

自从周衍生死后，鲁迅好骂人的祖父也不再骂人，因为没有了周衍生夫妇的挑拨。鲁迅的祖母，一个信奉佛教而心地善良的人都情不自禁地念了一句"阿弥陀佛"。（《知堂回想录》）

她走投无路，只好变卖新台门的房产。不久，因为衍太太拒绝帮助，她的侄子凤桐沿门乞讨，倒在绍兴塔子桥下的雪地里，死了。

儿子凤歧，原来在江南水师学堂，结果因校方对周庆蕃不满，就牵连开除了凤歧；凤歧回家后，母子不睦，老婆被婆婆折磨劳累而死，自己也自杀过两次；凤歧好不容易到乡下教小学，因为和寡妇翠姑恋爱，又因有伤风化而开除。从此，凤歧就开始赌博，堕落了。后来，凤歧就死了。

衍太太只有两个孙子和儿媳妇翠姑奶奶（因为是续弦，而且门第不对，所以只承认是小妾，叫他"翠姑奶奶"）一起生活。长孙阿维，因为小孩子的时候摔过，从此残疾。只有一只脚可以踏在地上，另一只脚，膝盖肥大，但小腿很细，只有大脚趾可以着地，走路的时候，就靠一只脚跳跃，很像单腿站立的仙鹤，所以叫"鹤膝风"。

后来，长孙阿维也投井死了。

衍太太说，阿维是因为和继母（翠姑）有不可告人的关系，她批评后投井了。（但周建人完全不相信，衍太太对侄子和儿子都不好，何况这个残疾的孙子呢？）

1921年，她和翠姑奶奶相继去世，葬于绍兴周家祖坟。

总　评

- 鲁迅："那时候，人是看不起学堂的。办学堂的人也还是带着辫子，穿公服的。"①
- 鲁迅《而已集·革命时代的文学》："我首先正经学的是开矿，叫我讲掘煤，也许比讲文学要好一些。"
- 甲午海战，北洋海军几乎全军覆没，鲁迅的父亲对妻子说："我们有四个儿子，我想将来可以一个往西洋去，一个往东洋去留学。"②
- "这篇回忆散文，题曰'琐记'，但它不是生活琐事的记载，而是比较完整地叙述了作者离开故乡绍兴到南京求学的一段重要生活，它是青年鲁迅开始探索救国救民道路的艺术记录。"③
- 杨义："本篇虽名《琐记》，但所记载在鲁迅思想形成和发展上至为关键，甚至可以说他第一次经历了异质思想的奇遇，因而琐记绝非琐屑。"④
- 杨义："透入一层的分析可以发现，鲁迅标示'想走异路，逃异地，去寻求别样的人们'，……是将地、路、人综合而言，重点在人，而且寻求的是异类别样的样式和类型。这是一种根本性的颠覆和再生，哪怕被诟病为'畜生或魔鬼'。"⑤
- 杨义："读《天演论》，是鲁迅接触西方思想之始，使他获得开启西

---

① 萧军《时代——鲁迅——时代》，载《鲁迅诞辰百年纪念集》，湖南人民出版社 1981 年
② 周作人《鲁迅的故家》，北京十月文艺出版社 2013 年 8 月，P66
③ 绍兴鲁迅纪念馆、厦门大学中文系编著《〈朝花夕拾〉浅析》，福建人民出版社 1978，P119
④ 《鲁迅作品精华》，杨义选评，三联书店，2014 年 8 月，P237
⑤ 同上，P239

思想库藏的第一把钥匙。鲁迅于此建立了自己思想原点的重要一元，就凭这一点，可将本篇作为鲁迅的思想笔记来读。"①

- 日本东北大学教授丸山升："一方面上'新式学堂'，另一方面参加科举考试，显然是矛盾的。这说明对鲁迅来说，与旧社会诀别也并非一次行动就可以轻而易举地实现的，需要经历一个不断反复和曲折的过程。"②

- 魏洪丘："鲁迅人生的重要阶段，是他离开家乡，赴南京读书的人生历程。在这个阶段，他的个性从幼稚到成熟，眼界由闭塞到开放，知识面由狭窄到宽阔。"③

- "南京，是鲁迅生平中的第一个驿站，鲁迅从这里走向世界！"④

---

①《鲁迅作品精华》，杨义选评，三联书店，2014年8月，P240
②鲁迅·日本东北大学留学百周年史编辑委员会编，解泽春译，《鲁迅与仙台》，中国大百科全书出版社 2005年9月，P20—22
③魏洪丘《〈朝花夕拾〉研究》，中央编译出版社 2020年3月，P139
④徐昭武《追寻鲁迅在南京》，中国画报出版社 2007年，P22

八、藤野先生

　　本文写于1926年10月12日，发表于《莽原》第一卷第二十三期。本文批读与其他篇目不同。其他篇目重在阐述，本文则重在搜集日本学界之研究成果。日本学者之考证，精微无比，读此资料，当可以敬佩日本文科研究之精神。他们甚至可以考证出鲁迅第一堂课所上的内容、教师名字、具体教室以及鲁迅所坐的位置。鲁迅的同学，还有藤野先生，只要在世，亦一一访谈，绝不缺漏。我读北冈正子《日本异文化中的鲁迅》，全书数百页，就为考证里面的一句话，"东京也无非是这样"，作者询问，那到底怎么样？北冈正子把学界忽略的鲁迅东京两年经历，将各种散乱的史料加以整理，以图恢复鲁迅生活的面貌。鲁迅的笔记，则由专门的医学教授进行详细研究、评价，对藤野之修订更是放在显微镜下观察。连幻灯事件中的幻灯机都找到了。其实证精神令人感动。今日语文之教育，毫无学术之修养，理性推理分析的能力更在教学中几近无缘，故我国民众多群情激奋，甚少理性态度。满脑子是观点，却鲜有支撑观点的认知。仿佛只有中国的大学学者，才需要理性，而普通的国民，甚至基础教育，只需要结论，不需要推理一般。故此部分，实可作为实证精神、理性研究方法的案例。任何一种研究，应该具有三个部分：基础部分，是一手资料之发掘；主体部分，即运用基础史料，分析问题；发展部分，即在基础和主体部分之外，延展到更深层次的研究。日本学者之素养，在于三部分的密切合作和没有缺漏。但今日之学生，唯知道"弃医从文"的鸡汤故事，仿佛爱国主义教育的一针廉价的鸡血。而我理想的教育，是要把思想和结论，放在理性的基础上。以认知为基础，方有真正的爱国主义。本人苦心，学生和教育者，不可不知。◎有一个很少人知道的事实就是《藤野先生》的题目其实是经过修改的。事情缘起于2002年，日本学者佐藤明久访问上海鲁迅纪念馆时看到了《藤野先生》手稿的复制件，该手稿以黑墨书写在印有红线条的便签纸上，他注意到手稿中，鲁迅在标题位置涂去了几个字，只留下"先生"二字，而在右边另起一行写上"藤野"，这就发现《藤野先生》

的题目原来是有修改的。而后经过近十年的调查，于2012年，佐藤明久利用高清照相机，先后试用红外滤镜、背面打光等方法，最后使先书写的笔记从后涂抹的笔画中显露出来，可以清晰地看到被涂抹的是"吾师藤野"四个字。可见，本文的原名是"吾师藤野先生"。①

（一）结缘仙台

（仙台医专一年有三个学期，鲁迅在仙台医专学习一年零两个学期。时间是1904年9月—1906年3月。）

东京也无非是这样。（并不喜欢东京。◎最有趣的是，"也无非是这样"到底是什么样。北冈正子《日本异文化中的鲁迅》②一书，详细考订了鲁迅在东京两年生活的具体情况，把鲁迅在东京生活的时代背景细致勾勒出来，令人叹为观止。）上野（鲁迅不喜欢游览，许寿裳云："他平生极少游玩，对于东京上野的樱花，泷川的红叶，或杭州西湖的风景，倒并不热心嘉赏。在杭州教书一年，真真的游湖只有一次，还是因为我作东道，讌新亲，请他作陪的。"③又：鲁迅在日七年，仅两次去上野观樱花，且有一次是为了买书。）的樱花烂熳的时节，望去确也像绯红的轻云，但花下也缺不了成群结队的"清国留学生"的速成班，（求学而欲速成，则此留学，镀金而已。◎我读《日本异文化中的鲁迅》才知道，所谓"速成班"也不是如此不堪。松本龟次郎等人认为，要改变中国，先要改变教育。但中国教育最大的问题，是缺乏有新思想的老师。故只有开办"速成班"，短期培养老师，才能解一时燃眉之急。等中国第一批速成老师足以应付，再按正常时间培养更好的老师来替换。鲁迅看问题独到而偏激，读者既要入其内又当出其外，否则只能当读书之愚人，此不可不知。）头顶上盘着大辫子，（辫子者，臣服的表示。则此速成班的学生，不过镀金后回国做官而已。）顶得学生制帽的顶上高高耸起，形成一座富士山。（他乡遇故知，乃人生四大乐事之一；今人留学，第一件事，就是加

---

① 王锡荣《鲁迅手稿校勘四题——以〈朝花夕拾〉校勘为例》，载《中国现代作家手稿及文献国际学术研讨会论文集》，上海文化出版社2016年，P231
② 北冈正子著，王敬翔、李文卿译，《日本异文化中的鲁迅》，麦田出版社2018年
③ 许寿裳文，见王冶秋《民元前的鲁迅先生·序》，峨眉出版社1947年，P11

入华人的朋友圈。但鲁迅的性格的确孤僻,他不以故知为喜,反而最讨厌这些人。)也有解散辫子,盘得平的,除下帽来,油光可鉴,宛如小姑娘的发髻一般,还要将脖子扭几扭。实在标致极了。(鲁迅1902年到日本,次年即剪去辫子,距离清朝倒台尚有八年。当时每个省都派一名监督随行日本,禁止留学生剪辫。对此许寿裳有记忆,云:"这天,他剪去之后,来到我的自修室,脸上微微现着喜悦的表情。我说:'阿,壁垒一新!'他便用手摩一下自己的头顶,相对一笑,此情此景,历久如新。"又云:"鲁迅剪辫是(弘文学院)江南班中的第一个。"① ◎周作人云,1903年3月4日,鲁迅寄过来一张"断发照相"。◎周建人:"我大哥剪发的消息传遍三个台门,他成了周家的逆子,有人由此得出结论说:'洋学堂的确万万进不得呢!进去以后,就要迷了心窍。'"又云,鲁迅回家后花了两元钱买了一条假辫子。又云:鲁迅学成归国,一上街,人们就"呆看,张着嘴,露出了牙齿,很出神的样子",也有人议论鲁迅是勾搭有如之夫,被本夫割取头发,甚至有人说他是里通外国。② ◎1903年,周作人从绍兴到日本,在上海短住,也去剪了辫子。"那时上海只有一个剃头匠,他有一把'轧剪',能够轧平而不是剪光,轧发的工钱只要大洋一元,但是附带有一个条件,剪下来的辫子是归他所有,由他去做成假发或假辫,又有二三元的进益。"③)

中国留学生会馆(1903年2月—3月在东京成立,早于鲁迅入学弘文学院时间。根据冯自由的回忆,此会馆模仿美国费城的独立厅——美国独立宣言正式签订之地——而建造。驻日公使蔡钧担任会馆总长,留学生监督钱恂为副总长。为了向清政府索要经费,妥协称为"清国留学生会馆",但很多学生不认可。鲁迅称之为"中国留学生会馆",则表明自己对满清的态度。◎许寿裳云,鲁迅在住旅店的时候写履历说:"周树人……支那。"拒绝称呼自己是"清国人"。④)的门房里有几本书买,有时还值得去一转;("有时"可以一转,则大多数时候没有意思可知也。)倘在上午,里面的几间洋房里倒也还可以坐坐的。但到傍晚,(会馆开放时间:7:00—22:00。)有一间的地板便常不免要咚咚咚地响得震天,

---

① 许寿裳《亡友鲁迅印象记》,岳麓书社2011年2月,P2—4
② 周建人口述,周晔整理,《鲁迅故家的败落》,福建教育出版社2017年,P152
③ 周作人《知堂回想录》,北京十月文艺出版社2013年8月,P225
④ 许寿裳文,见王冶秋《民元前的鲁迅先生·序》,峨眉出版社1947年,P11

兼以满房烟尘斗乱；问问精通时事的人，答道，"那是在学跳舞。"（拿着官费留学，却如此混乱不堪。这些留学生在学习上和道德上都非常松弛，经常出入茶肆，甚至与日本艺伎厮混。他们拿着日本混来的文凭，在中国出人头地。）

到别的地方去看看，如何呢？（虽然同为中国人，但鲁迅深深地厌憎在日中国留学生，于是他就去仙台，仙台地处偏僻，去那里的主要原因是可以躲避中国人。1904年4月，鲁迅毕业于弘文学院。据说清政府所指定的是东京帝国大学采矿冶金专业，但鲁迅听从弘文学院教师的建议决定学习医学。迄今为止，围绕着鲁迅转向医学的动机，下述各点已为人们所知：一，他发现父亲生病时医生的诊断和药方只不过是一种"欺骗"；二，他了解到明治维新时西洋医学发挥了作用；三，通过西洋医学来挽救缠脚女性的脚；四，少年时代体验了牙疼的痛苦，深感中医的荒谬；五，改良人种形成"强种"等。但是，弘文学院教师的建议，是促使鲁迅转向医学的一个重要原因。那时候，医学专门学校有仙台、金泽、千叶、冈山、长崎等5所学校，是从旧制高中的医学部分离出来，作为近代西洋医学的教育机关刚刚成立的。据说，他向金泽医专的留学生打听，哪个医专没有中国留学生，人家劝他去仙台。①）

我就往仙台的医学专门学校去。（1904年9月1日得到录取通知书，并告诉免交学费。但鲁迅没有收到通知，去交学费的时候被拒绝，乃以学费买一块表。②）从东京出发，不久便到一处驿站，写道：日暮里。（本文第一个错误。◎当时这个站不叫"日暮里"，1905年才改名，鲁迅记忆有错。日暮里是东京府北丰岛郡的一个村，从上野到仙台的火车经过这里，以前没有车站，恰恰是鲁迅入仙台医专这年才设车站。日暮里这个地名很有诗意，游子过此也许会想到陈子昂的诗"故乡杳无际，日暮且孤征"；但其实，这个名字是按照谐音后改的，它原来的名字叫新堀，新堀村这一带是旅游胜地。在日语中，"新堀"与"日暮里"读音相近，可能是文人墨客嫌原名不风雅，利用谐音改了个诗情画意的名字，这情况很像北京的"狗尾巴"胡同被写作"高义伯"胡同一样。③◎日本学者甚至对鲁迅到仙台的交通

---

① 渡边襄《鲁迅与仙台》，载鲁迅·日本东北大学留学百周年史编辑委员会编，解泽春译，《鲁迅与仙台》，中国大百科全书出版社2005年9月，P44—46
② 鲁迅写给蒋抑卮的信有说明，参渡边襄《鲁迅与仙台》，载鲁迅·日本东北大学留学百周年史编辑委员会编，解泽春译，《鲁迅与仙台》，中国大百科全书出版社2005年9月，P46—48
③ 马力《与鲁迅在日本有关的地方》，见《鲁迅生平史料汇编》第二辑，天津人民出版社1982年3月，P281—282

工具都感兴趣。他们研究发现,到仙台有两趟车,如果坐东北本线,耗时18小时20分钟,则到达仙台的时间为早上7:45或19:45,如果坐海岸线,则需要10小时05分,到达时间6:40。① **不知怎地,我到现在还记得这名目。其次却只记得水户了,这是明的遗民朱舜水先生客死的地方。**(本文第二个错误。◎朱舜水,明末大儒,发誓"非中国恢复不归",故最终客死日本,其学术在日本极受重视,甚至直接影响了明治维新,鲁迅极为崇拜朱舜水的人格。朱舜水拒绝降清,而只身飘零异国,以图保留中国文化。而鲁迅对满清也非常反感,故对朱舜水尤其崇敬。◎"尽管鲁迅当时只是路过而并未下车游水户,但也许在东京期间有关舜水的事迹实在听得太多之故,致使水户这个地名被深深地印刻在他的脑海中。所以没过多久,鲁迅便利用假期去了趟水户。据许寿裳回忆当时曾发生了一段饶有趣味的插曲,由于到水户下车是在夜里,鲁迅就去投宿旅店。起初店主把鲁迅看作是日本学生,便领到一间极平常的房间。在填写履历时,了解到鲁迅是中国人,便'大起忙头了,以为有眼不识泰山,太简慢了贵客,赶紧来谢罪。'殷勤地请鲁迅住到陈设讲究、寝具华贵的大房间里去。这是当地人出于对朱舜水的敬仰,而对来自舜水故乡的客人表示特别的热情友好。"②◎事实上,朱舜水终老于江户,即东京,而葬在水户,今日本茨城县,两地相隔几百里。他曾在水户逗留过几次,总共加起来时间不足一年。鲁迅以为朱舜水客死水户,应该是误听传言。)**仙台是一个市镇,**(两万户,10万人口。)**并不大;冬天冷得利害;还没有中国的学生。**(本文第三个错误,但此错误存疑。◎事实上鲁迅并非唯一的中国学生,当时同在仙台留学的还有一个中国学生施霖,施霖比鲁迅大一岁,和鲁迅同为浙江人,同年到日本留学,同为弘文学院浙江班学生。从弘文学院毕业之后又是同时去仙台,在同一校园内读书,并曾住在同一民间旅馆。③两人关系如此密切,不知在这里鲁迅为何说还没有中国学生,两人关系颇耐寻味,学界对施霖以及他和鲁迅的关系也颇有兴趣,无奈目前没有详细考证文字出现。◎据日本学界"仙台鲁迅的记录"调查委员会的调查结果,施霖,字雨若,浙江仁和人。1902年官费留日,先入东京弘文学院,1903年

---

① 渡边襄《评注〈藤野先生〉》,见《鲁迅与藤野先生》,解泽春译,中国华侨出版社2008年9月
② 钱明《胜国宾师——朱舜水传》,浙江人民出版社2008,P291,并参《鲁迅瞻仰朱舜水遗迹轶事》,载《宁波大学学报》,1984年第3期
③ 北冈正子《鲁迅与弘文学院学生"退学"事件》,中文译文发表于《鲁迅研究月刊》,2002年11、12期

进入正则学校学习，1904年转学到仙台第二高等学校二部工科二年级学习，研学工兵火药。1905年7月，施霖没有通过进升二年级的考试，被"留在原级"。考试成绩中，除了体操得满分，英语、代数、几何、图画全部不及格。到了下一年的七月，也是以大体同样的成绩，未能升级。从那以后施霖的名字就从二高名簿上消失了。在施霖进校的第二年新学期，二高又来了三个中国留学生，分别是张毅、毛毓源、胡仁源三人。二高校长在报纸上发表欢迎三人的谈话。谈话也提到了施霖，说上年度的留学生这次落地不是本人之过，因为原来没有"素养"，为了让他多学一年，不得已才这样做的。另外，对于新来的三个人，他说这次的留学生入学考试成绩好，也通日语，授课大概也要容易，则可估计施霖的日语等项恐怕都不太得心应手。1906年7月至1908年，他上了大阪高中补习学校，1908年7月上了大阪工业学校，1910年7月毕业于该校应用化学科，回国后，在浙江中等工业学堂当教师。① 从实际到达仙台的时间上说，鲁迅早于施霖，不久后鲁迅与施霖相识。鲁迅这里所说"还没有中国留学生"是指他刚去仙台的时候还没有，说法应该是准确的。◎根据日本学界"仙台鲁迅的记录"调查委员会委员渡边襄的考证，开学后鲁迅和施霖到达仙台是寄宿在同一家民间旅馆。现存鲁迅仙台时期的照片仅有六张，而两张上面有施霖。不仅是《朝花夕拾》，在鲁迅的任何文字中，都没有关于这位室友的记录，鲁迅为什么要如此刻意地回避施霖呢？鲁迅从东京来到小镇仙台留学，也许就是为了远离给他带来屈辱的"低能"中国留学生，而施霖在校时，成绩的确极差。或许是同乡施霖这份令人尴尬的成绩有意无意地证明了日本人所认为的中国人"低能"，自尊心很强的鲁迅才刻意在文章里回避这位老乡。）

　　大概是物以希为贵罢。北京的白菜运往浙江，便用红头绳系住菜根，倒挂在水果店头，尊为"胶菜"；福建野生着的芦荟，一到北京就请进温室，且美其名曰"龙舌兰"。（鲁迅骂人太狠，狠起来连自己都骂。）我到仙台也颇受了这样的优待，不但学校不收学费，几个职员还为我的食宿操心。（山形校长曾亲自在开学典礼当天委托给鲁迅找一个"经营中国饭菜的公寓"。②◎鲁迅是仙台医专的首位外国留学生，作为当时极少数的外国留学生，可以说受到很

---

① 渡边襄《鲁迅与仙台》，载鲁迅·日本东北大学留学百周年史编辑委员会编，解泽春译，《鲁迅与仙台》，中国大百科全书出版社2005年9月
② 仙台鲁迅的记录调查会编，《鲁迅在仙台的记录》，平凡社1978年

大关注，其入学的一些食宿问题颇受学校重视，根据"鲁迅在仙台的记录"调查会的研究，当地报纸更是对鲁迅入学进行了一系列跟踪式报道，比如9月10日鲁迅到仙台，开始寻找公寓。这天当地的报纸，发表了以《医专新到的中国留学生》为题的新闻，报道说"因找不到中国菜的公寓而大感困惑"，还有评价鲁迅"是个自如地操用日语而异常活泼的人物"等等。再如9月12日，举行入学典礼和开学典礼。鲁迅开始到校，但公寓仍未找定，与施霖一道暂住片平丁五十四番地田中龙家。第二天当地报纸就报道了两人暂住田中家的事。所以鲁迅说"大概是物以稀为贵"，才受到了这些"优待"。而以"白菜""芦荟"作喻则是一种自嘲，受到优待不是因为实力而是因为这样的原因也是颇有几分好笑。鲁迅到仙台一月后，于1904年10月8日写给同乡友人蒋抑卮的信《仙台书简》中说道："惟日本同学来访者颇不寡。"可见，鲁迅到仙台还颇受欢迎。医专的学生们和鲁迅以各种形式交朋友。同学们很快就到片平丁的公寓来拜访鲁迅。《仙台鲁迅书简》中谈到对他们的印象时写道："此亚利安人亦殊懒与酬对。"另一方面通过观察认为在"思想、行为"方面，中国青年超过了他们，而在"社交活动"方面，日本学生比中国青年强。有个叫古屋长藏的同学回忆说，鲁迅自己吸不带过滤嘴的香烟，还劝同学吸；在联欢会上喝多少酒也不醉；鲁迅还说，甲午战争中打败的不是中国，而是清朝；鲁迅对此并不苦恼，反倒说他喜欢日本。几个同学问鲁迅，"在中国最赚钱的生意是什么？"他回答说"是造反"，让同学们大吃一惊。① 我先是住在监狱旁边一个客店里的，（名字是佐藤屋。其实条件也不差，房租很低，每月8元，而鲁迅的奖学金有400之多。后来，也就是1907年又有中国学生庄绍周，他也住在佐藤屋。② 目前尚保存佐藤屋主人和夫人的照片，佐藤屋也保存完好，并且有"鲁迅故居遗址"纪念碑。③）初冬已经颇冷，蚊子却还多，后来用被盖了全身，用衣服包了头脸，只留两个鼻孔出气。在这呼吸不息的地方，蚊子竟无从插嘴，居然睡安稳了。（睡法绝妙。）饭食也不坏。（鲁迅给蒋抑卮的信中抱怨伙食不好，每天净让吃鱼。）但一位先生（据鲁迅当时班级的班长铃木逸太推测，此人当亦是藤野。）却以为这客

---

① 渡边襄《鲁迅与仙台》，见鲁迅·日本东北大学留学百周年史编辑委员会编　解泽春译《鲁迅与仙台》，中国大百科全书出版社2005年，P56
② 解泽春译，《鲁迅与藤野先生》，中国华侨出版社2008年9月，P109
③ 解泽春译，《鲁迅与仙台》，中国大百科全书出版社2005年9月，P49

店也包办囚人的饭食，我住在那里不相宜，几次三番，几次三番地说。（可能还有一个原因，就是藤野觉得鲁迅的日语不太好，学习吃力。所以建议从只有两个中国人的公寓中搬出来，便于学习日语。①）我虽然觉得客店兼办囚人的饭食和我不相干，然而好意难却，也只得别寻相宜的住处了。于是搬到别一家，（宫川宅。同住尚有学长矶部浩策，同班同学有两人，大家武夫和福井胜太郎。一直到离开仙台，鲁迅未离开此公寓。宫川家保存着鲁迅1905年9月与同住者的合照。）离监狱也很远，可惜每天总要喝难以下咽的芋梗汤。（我从童年起就喜欢种植山芋，也喜食山芋。蒸、炒、炖鸡，皆美味可口。绍兴老家尚有美食名"芋饺"，以蒸起来的芋头当水来和面，包上肉，滑溜鲜美，乃人间美味。可惜中国其他地方皆未流行。但我从不知道山芋的梗亦可食用。查资料得知，方法是去皮、晒干后煮食。◎此部分写去仙台的原因，并写自己的"意外顺境"，因物以稀为贵，鲁迅受到四方关心；后面则不断被歧视，又酿出泄题风波。两者对比，可见不如意者常八九，实在不是假话。）

（二）初见藤野

　　从此就看见许多陌生的先生，听到许多新鲜的讲义。（日本学者清晰地研究出1904年9月的课表，则"许多新鲜的讲义"，应该包括组织学、解剖学、化学、物理学、德语的相关讲义等。）解剖学是两个教授（敷波重次郎和藤野先生。敷波教授当时是鲁迅这一学级的级长，他不仅教授解剖学，还讲组织学；藤野先生则是副级长。这两个教授讲课都有一个特点，善于画图。藤野先生画解剖图，用红蓝粉笔分别画出筋肉和血管的图形，经常让学生照画下来，敷波教授也善于两手拿着粉笔板书。）分任的。最初是骨学。（本文第四个错误。◎日本学者根据鲁迅的笔记，把解剖学的具体内容及两个老师的分工搞清楚了。但这里要指出，骨学是敷波教授负责，非藤野负责。则鲁迅此处有错误。②）其时进来的是一个黑瘦的先

---

①解泽春译，《鲁迅与仙台》，中国大百科全书出版社2005年9月，P50
②敷波教授负责骨学、韧带学、内脏学、感觉器学，藤野负责肌学、血管学、神经学、局部解剖学。
　解剖学总论是二人共担。见《鲁迅与藤野先生》，解泽春译，中国华侨出版社2008年9月，P54

生，八字须，（本文第五个错误。◎藤野先生在1904年7月以前不曾蓄胡子，1905年7月期间留胡子，有东北大学图书馆医学分馆医专毕业生合影，以及1909年以后的在校纪念册可以确认。并且，后来所留也非八字须。①）戴着眼镜，挟着一叠大大小小的书。一将书放在讲台上，便用了缓慢而很有顿挫的声调，（藤野受过系统的汉学教育，此"缓慢"而"顿挫"的声调，即我们私塾老师摇头晃脑之阅读法也。）向学生介绍自己道：

"我就是叫作藤野严九郎的……。"（此处信息明确：①鲁迅上课第一节为骨学；②教师为藤野。日本学者补充了细节，根据《河北新报》，可知当年的开学典礼在1904年9月12日星期一。根据安排，这一节骨学课在次日举行，应该是9月13日星期二，上课地址是4号阶梯教室。当天，鲁迅给全班同学自我介绍，开始上课。最常坐的位置是第2、3排靠中间的座位。◎日本顺天堂大学医学部教授坂井建雄发现了一个严重的问题：第一堂课是骨学，但骨学的教授不是藤野，而是敷波。后文说，藤野讲了解剖学的历史，但鲁迅的课堂笔记没有任何记录。这是为何？坂井建雄对比了鲁迅同学的两三本笔记，经过考证，结论如下：①鲁迅记忆错误，骨学非藤野所上内容。②解剖学历史为敷波和藤野共上内容。至于鲁迅为何笔记缺少授课老师的记录，并缺失相关内容，则原因未详。②）

后面有几个人笑起来了。（藤野先生讲课的腔调似乎是非常独特的。不仅是鲁迅这样讲，鲁迅当时的同级同学半泽正二郎、铃木逸太都讲过初见藤野先生时的印象。半泽正二郎在其著作《鲁迅·藤野先生·仙台》中说，藤野先生"以旧时汉学师傅的腔调说'解剖分脏之事，为初学者进入医学之门户，乃须臾不可分离者也'，这种极有抑扬的开场白'使他吓了一跳'，而这种文言似乎是先生的日常惯用语"。铃木逸太也说，藤野先生在讲课开始自我介绍的时候，由于那抑扬的声调很有趣，大家都扑哧扑哧地笑起来。◎中国学者对"发笑"的原因一般是这么以为的：后面的几个人大概是留级的学生，藤野对这些学习不努力的人特别严格。故这些人

---

① 渡边襄《评注〈藤野先生〉》，见《鲁迅与藤野先生》，解泽春译，中国华侨出版社2008年9月
② 详见坂井建雄《关于鲁迅的第一堂解剖课》，见《鲁迅与藤野先生》，解泽春译，中国华侨出版社2008年9月，P76

故意嘲讽藤野，以示不满情绪。①但这种说法未必正确，此处鲁迅介绍藤野的腔调并不形象，所以引人误解。我感觉以这种"之乎者也"的腔调上课，我如果在场，也会大笑。）他接着便讲述解剖学在日本发达的历史，（鲁迅的笔记没有这部分内容，见上。）那些大大小小的书，便是从最初到现今关于这一门学问的著作。起初有几本是线装的；（藤野严九郎 1874 年诞生在福井县坂井郡五代行医的"兰医"世家，兰医指的是十七世纪由荷兰人传入日本的欧洲医学。藤野祖上好几位祖先曾到大阪跟随兰学大师学医，解剖学对于藤野来说就是"家学"，《藤野先生》提到"有几本是线装的"，那是他当医生的祖先们传下来的常用医书。②）还有翻刻中国译本的，他们的翻译和研究新的医学，并不比中国早。（现代医学产生于西方，日本因为其举国上下现代化的决心而能快速超过中国，鲁迅说日本翻译和研究新的医学并不比中国早，言下之意，中国要是也能普及新医学，成就必不输于日本。事实上，鲁迅说中国人是低能儿是一时愤懑之语，在《仙台书简》中，鲁迅说"近数日间，深入彼学生社会间，略一相度，敢决言其思想行为决不居我震旦青年上"，意为中国人的思想和行为并不比日本人差，民族自豪之情溢于言表。）

那坐在后面发笑的是上学年不及格的留级学生，（鲁迅同学半泽正二郎云："正如名字叫严九郎，他办事无比严格，以打分严出名，一年级留级的大半是因为解剖学不及格。"据查，鲁迅一年级为 148 人，新生 111 名，则留级生有 37 人。）在校已经一年，掌故颇为熟悉的了。他们便给新生讲演每个教授的历史。这藤野先生，据说是穿衣服太模胡了，有时竟会忘记带领结；冬天是一件旧外套，寒颤颤的，有一回上火车去，致使管车的疑心他是扒手，叫车里的客人大家小心些。（李欧梵引细谷草子文章，说他冬天也戴着草帽，一次坐火车被认为是乞丐。与此不同。③ ◎藤野被同学们戏称为 gong 先生，逸闻趣事很多，是学生最喜欢讨论的话题。有同学记住了这么一个故事：有次在理发店，一个学生说先生坏话，藤野假装打盹就听见了，结果上学期考试就没给这个学生及格。学生大受其辱，乃暗自用功，下期考试，全文以德语作答，藤野万分折服，给打了个

---

① 谷兴云《鲁海求索集》，百花文艺出版社 2017，P107
② 吴真《被鲁迅记忆抹去的敷波先生》，《读书》2017 年 11 期新刊
③ 李欧梵《铁屋中的呐喊》，浙江大学出版社，2016 年 10 月，P16

120分。他还有一个毛病，就是喜欢让自己不喜欢的学生把考试题抄写在黑板上。一次，他给的纸条竟然是西服店分期付款的收据。①◎或许是受到了老师的影响，鲁迅自身也是这样，鲁迅平素穿着也常常不修边幅，给人的第一印象就是穷困寒酸，因此曾遭到过理发师、银行职员、商店伙计以及警察的歧视和怀疑。鲁迅还讲过这样一件事：有一次在一个食品店，当"我"为八盒夹心面包付完账后，店员却撑开五指罩住了其余所有的夹心面包，这使"我"感到，无论怎样的表白，"也不能证明我决不是一个偷儿，也不能自己保证我在过去现在以至未来决没有偷窃的事"。这样看下来也是颇有趣，鲁迅这方面的遭际和他的老师藤野先生十分相似。②）

　　他们的话大概是真的，我就亲见他有一次上讲堂没有带领结。（在武侠中，武林高手经常是其貌不扬，并且疏于整理，外形邋遢。同理，大师往往低调，如李小文院士，一身黑衣，一双布鞋，没有袜子。而衣冠楚楚者，肚子里未必有货也。◎李力："至于藤野先生的形象，根本没必要由清国留学生来反衬。文中最初对藤野先生的表现不明朗，其实正是鲁迅先生表现人物的一种手法，一种欲扬先抑，它恰恰是一种反衬，为后文充分表现藤野先生作铺垫。也就是说，后文随着对藤野先生的深入描写，才让读者与鲁迅一起对藤野先生有了更全面的认识，这不仅符合鲁迅与藤野先生的交往过程，也符合认识的规律，而且更为重要的是，这一处道听途说的'不修边幅'作为伏笔有力地反衬了藤野先生在后文表现出来的严谨治学、生活俭朴，从而使人产生崇敬之情。"③）

（三）修订讲义

　　过了一星期，（本文第六个错误。◎经日本学者坂井建雄的考证，不是过了一星期，而是肌学课结束后两个月。鲁迅此处又有误。）大约是星期六，他使助手（日本学者找到了6年后校庆运动会奖品部委员合影照片，背后有"解剖学教师杉田助手"字样，则此助手为杉田利一。）来叫我了。到得研究室，见他坐在

---

①见岛途建一《所谓相遇》，见《鲁迅与藤野先生》，解泽春译，中国华侨出版社2008年9月，P143—144
②鲁迅杂文集《热风》中《无题》一篇
③李力《〈《藤野先生》中几处闲笔的作用〉之商榷》，载《语文建设》2008年第7期

人骨和许多单独的头骨中间，——他其时正在研究着头骨，后来有一篇论文在本校的杂志上发表出来。(此文日本学者已经找到，题目是《关于增生的茎状突起》。)

"我的讲义，你能抄下来么？"(《中学语文阅读词典》认为，此"抄"字应该是记录的意思，即教师授课，学生做好记录。谷兴云据《鲁迅在仙台的记录》一书，认为《词典》解释有误。当时的教学既无参考书，也无讲义。需要教师写到黑板上，连图都要描写到黑板上，学生则"抄"下来复习。为此，有后入学的学生向师兄求取笔记的情况。① 因此，这个"抄"不是记录上课内容，而是真的"抄"课本。) 他问。

"可以抄一点。"

"拿来我看！"(藤野之所以让鲁迅抄讲义，是因为这之前，鲁迅都是誊写他人笔记。虽然图画得很漂亮，但缺失很多。比如骨骼图有很多缺失，肌肉图连肌肉的起始和停止都没有画出来。还有一些，画的过于局部，连是哪个部位都不清楚。藤野担心他的学习效果，就要求他"实录"板书，并开始给他修改。时间从一年级入学两个月左右开始到二年级的局部解剖学结束。②)

我交出所抄的讲义去，他收下了，第二三天便还我，(勤勉如此。)并且说，此后每一星期要送给他看一回。我拿下来打开看时，很吃了一惊，同时也感到一种不安和感激。原来我的讲义已经从头到末，都用红笔添改过了，不但增加了许多脱漏的地方，连文法的错误，也都一一订正。(藤野先生代表的，是截然不同于中医的严谨的科学体系。我们联想"医者，意也"的中医思想，这种对比无比强烈。藤野先生以此传授科学的精神和态度。◎鲁迅的笔记一度以为丢失了，但于1951年在绍兴被发现，共有6册1801页，现藏于北京鲁迅博物馆。鲁迅的笔记一丝不苟，器官图也画得非常漂亮。难得的是，日本的本子、墨水和彩色铅笔都质量上乘，没有破坏。③ ◎泉彪之助和百百幸雄等人研究了藤野的修订，发现大部分是语法修辞，甚至标点方面的，专业方面的几乎没有。④) 这样

---

① 谷兴云《鲁海求索集》，百花文艺出版社2017年，P112
② 《鲁迅与藤野先生》，解泽春译，中国华侨出版社2008年9月，P55
③ 《鲁迅与藤野先生》，解泽春译，中国华侨出版社2008年9月，P20
④ 《鲁迅与藤野先生》，解泽春译，中国华侨出版社2008年9月，P62，P64

八

藤野先生

一直继续到教完了他所担任的功课：骨学、血管学、神经学。（前面已经指出，骨学非藤野所教。◎藤野先生在《谨忆周树人君》一文里也谈到修改鲁迅笔记的事，他说："他在课堂上记笔记非常认真，可那总是刚刚入学的时候，还不能熟练地说好或听懂日本语，所以看样子学习是很吃力的。""因此，下了课，我就留下来看看周君的笔记，修改补充他听错、记错的地方"。在给小林茂雄的信里，藤野先生还写道："在同学间之交往、公寓生活之安排，学习方法，日本语之说法、笔记之记法诸方面"，"都曾尽量给予帮助"，可知他对周树人的热心辅导并不仅限于修改笔记。虽然《谨忆周树人君》中说鲁迅的日语似乎不怎么过关，但鲁迅当时的同班生却说，他的日语说得相当自如。也许是记笔记比日常会话困难，所以在经常看鲁迅笔记的藤野先生眼中，大概就觉得鲁迅在日语上是很费力的。）

可惜我那时太不用功，（鲁迅的性格颇为叛逆，思维能力强，但不屑于循规蹈矩的记诵。于三味书屋学习时，读书常不出声，亦可见一斑。当时的课程内容很多，而且以记诵为主，鲁迅苦之。曾于1904年农历八月二十九日写信给蒋抑卮，大倒苦水，云："校中功课，只求记忆，不须思索，修习未久，脑力钝锢。四年而后，恐如木偶人矣。"又云："而今而后，只能修死学问，不能旁及矣。恨事！恨事！"◎关于那时自己的学习情况，许多年后，鲁迅在1934年4月30日写给曹聚仁的信中也有谈到，他说："西医大须记忆，基础学科等，至少四年，然尚不过一毛胚，此后非多年练习不可。我学理论两年后，持听诊器试听人们之胸，健者病者，其声如一，大不如书上所记之了然。"）有时也很任性。（所谓"任性"者，谷兴云认为所指有三：①鲁迅不喜欢记诵，不喜欢课程；②在仙台求学，一直在课外著述翻译。1904年翻译《物理新诠》两章，并翻译《北极探险记》和《世界史》二书；1905年又翻译科幻小说《造人术》；从1903年开始，一直在编写《中国矿产志》，1905年完稿；是年帮助周作人校对《黄金虫》和《侠女奴》，并出版。③1904—1905年爆发日俄战争，日本报纸连篇累牍报道，鲁迅极为关心。总而言之，鲁迅非"两耳不闻窗外事"，此即所谓"很任性"。①）还记得有一回藤野先生将我叫到他的研究室里去，翻出我那讲义上的一个图来，是下臂的血管，指着，向我和蔼的说道：

"你看，你将这条血管移了一点位置了。——自然，这样一移，的确

---

① 谷兴云《鲁海求索集》，百花文艺出版社 2017 年，P109—110

比较的好看些,然而解剖图不是美术,实物是那么样的,我们没法改换它。现在我给你改好了,以后你要全照着黑板上那样的画。"(此图没有确切地找到。有不少说法。有可能是大动脉图或下臂血管图。◎关于藤野先生对鲁迅所抄讲义的批注,后来日本学者专门组织专家对其进行研究解读,有位解剖学专家认为藤野先生的批注有些苛刻和过分,鲁迅与其说是感激实则可能内心反感,该专家认为,也许正是因为藤野先生的批改挫伤了鲁迅的学医积极性,间接导致鲁迅弃医从文,此观点不足为据,但颇为有趣。①)

但是我还不服气,口头答应着,心里却想道:

"图还是我画的不错;至于实在的情形,我心里自然记得的。"(事实上鲁迅画图确实不错,鲁迅当时的同班同学铃木逸太后来就回忆过鲁迅画图"比我们强得多"。也许正如鲁迅所言,他心里是知道怎么画的,只是在这里严谨的医学显然不能用美术的方式来操作。鲁迅的这一心理活动也表现了他性格中自尊执拗的一面。◎这一句心理描写,真实展现了鲁迅的内心;其实更写出中国人普遍的心理障碍——在中国人心中,即使是思想先进如鲁迅者,依然没有达到科学的严谨态度。另外,鲁迅从接触《山海经》等事件对美术极感兴趣。故绘制血管图,依然用的是美学观点,即如何画得好看,而不是如何精准、符合科学的严谨。)

(四)解剖

学年试验完毕之后,我便到东京玩了一夏天,(这年夏天,中国同盟会在东京成立,孙中山为总理。鲁迅参加了欢迎孙中山的活动。)秋初再回学校,成绩早已发表了,同学一百余人之中,我在中间,不过是没有落第。(落第,人教版八年级上册课本注解为"原指科举时代应试不中。这里指考试不及格。"按:此注解错误。鲁迅有未及格科目,"落第"指的是"留级"。前文有"留级学生",鲁迅原来的手稿即写作"落第生"。此种用法,既写鲁迅侥幸过关,也对旧科举表示不满,一举两得,旧瓶而装新酒,颇有创新。鲁迅这一届学生有30人左右留级。②◎

---

①见日本大村泉《〈藤野先生〉是回忆性散文还是小说?》,此文发表于鲁迅诞辰125周年、逝世70周年"鲁迅:跨文化对话"国际学术研讨会
②谷兴云《鲁海求索集》,百花文艺出版社2017年,P115-116,P194

鲁迅各科成绩分别是解剖学59.3分，组织学73.7分，生理学63.3分，伦理学83分，德语60分，物理60分，化学60分。平均65.5分！全班142人中排名第68。当时每科评价用甲乙丙丁戊五个等第表示，100—90分为甲，89.9—75为乙，74.9—60为丙，59.9—50为丁，49.9分以下为戊。根据分数，鲁迅以上每科分获：丁、丙、丙、乙、丙、丙。当时的医专规则是，用甲乙评价的学年成绩总不列戊等，丁等在两种课目以内者以及格论，鲁迅的成绩只有解剖学一个丁，其余都是乙和丙，因此顺利升入了二年级。）这回藤野先生所担任的功课，是解剖实习和局部解剖学。（这里要说明的是，在此之前，一年级解剖学只讲理论，不做解剖实习。但是，多数新生为好奇心驱使，也有跑到解剖实习室去看解剖尸体的。鲁迅当时的同学薄场实就回忆说，他到校不久，就看到了散发冲鼻臭气的解剖尸体，留下了强烈印象。而在入学后一个月左右在鲁迅写给蒋抑卮的信中也有提到"解剖人体已略视之"，并谈了感受云："树人自信性颇酷忍，然目睹之后，胸中亦殊作恶，形状历久犹灼然陈于目前。然观已，即归寓大啮，健饭如恒，差足自喜。"大概是有了前期的准备，待到二年级开始实习解剖时，鲁迅也渐渐能够适应。）

解剖实习了大概一星期，他又叫我去了，很高兴地，仍用了极有抑扬的声调对我说道：

"我因为听说中国人是很敬重鬼的，所以很担心，怕你不肯解剖尸体。现在总算放心了，没有这回事。"（担心中国人的信仰。中日甲午战争之后，日本军国主义思想严重，他们开始鄙视中国，但藤野先生尚如此关心，确实不易。◎许寿裳："他在医学校，曾经解剖过许多男女老幼的尸体。他告诉我最初动手时，颇有不安之感，尤其对于年青女子和婴孩幼孩的尸体，常起一种不忍破坏的情绪，非特别鼓起勇气，不敢下刀。他又告诉我胎儿在母体中的如何巧妙，矿工的炭肺如何墨黑，两亲花柳病的贻害于小儿如何残酷。总之，他的学医，是出于一种尊重生命和爱护生命的宏愿，以便学成之后，能够博施于众。他不但对于人类的生命，这样尊重爱护，推而至于渺小的动物亦然。不是《呐喊》里有一篇《兔和猫》，因为两个小白兔不见了，便接连说一大段凄凉的话吗？从这一点就可以看出鲁迅的伟大之心！"[①])

但他也偶有使我很为难的时候。他听说中国的女人是裹脚的，但不知

---

① 许寿裳《亡友鲁迅印象记》，岳麓书社2011，P16

道详细，所以要问我怎么裹法，足骨变成怎样的畸形，还叹息道，"总要看一看才知道。究竟是怎么一回事呢？"（男子要求女子为夫守贞，于是限制其行动，剥夺她和其他男子交往的机会，为此，缠足是一个"妙法"。《女儿经》上言："为什事，裹了足？不是好看如弓曲，恐她轻出房门，千缠万裹来拘束！"另外，女子缠足最直接的原因竟是为了满足男子官能兴趣。古人认为，女子足小不盈握，惹人怜爱；由于足小而走起路来娉婷扭捏，会使男子浮想联翩，激发男子的性兴趣。苏轼就在作品里大大赞美裹脚女子。可见裹脚的习俗在旧时中国是与男女之事有关的，所以鲁迅才会在藤野先生来询问时感到为难，不知该如何回答。◎鲁迅讲述这一小的细节，实则是表现出了藤野先生对学术研究的热忱。藤野先生能把中国女人裹脚这一个现象当作一个学术问题来探讨，可见其对医学问题的关心。这实际上有助于我们理解鲁迅在文末对藤野先生的"崇高"评价——"大而言之是为学术"，可以理解到藤野先生有学术关怀的初衷。）

（五）试题泄露事件

有一天，本级的学生会干事（本文第七个错误。◎根据鲁迅同学铃木逸太的访谈，不是学生会，是班级会。不是干事，是总代，即班长。）到我寓里来了，要借我的讲义看。我检出来交给他们，却只翻检了一通，并没有带走。但他们一走，邮差就送到一封很厚的信，（本文第八个错误。◎当时未写信。）拆开看时，第一句是：

"你改悔罢！"

这是《新约》上的句子罢，但经托尔斯泰新近引用过的。其时正值日俄战争，托老先生便写了一封给俄国和日本的皇帝的信，（日俄战争开始后，托尔斯泰在伦敦于1904年6月27日的《泰晤士报》上发表了一篇题为《战争论》的文章，并不是给俄国皇帝和日本天皇的信，鲁迅又写错了。托尔斯泰的文章翻译成日文，以《托尔斯泰的日俄战争论》为题，并附有简单的解说，刊载于《平民新闻》第39号，1904年8月7日[①]。）开首便是这一句。日本报纸上很斥责他的

[①] 渡边襄《评注〈藤野先生〉》，见鲁迅与藤野先生出版委员会编，解泽春译《鲁迅与藤野先生》，中国华侨出版社2008年，P116

不逊，爱国青年也愤然，然而暗地里却早受了他的影响了。其次的话，大略是说上年解剖学试验的题目，是藤野先生讲义上做了记号，我预先知道的，所以能有这样的成绩。末尾是匿名。

我这才回忆到前几天的一件事。因为要开同级会，干事便在黑板上写广告，末一句是"请全数到会勿漏为要"，而且在"漏"字旁边加了一个圈。我当时虽然觉到圈得可笑，但是毫不介意，这回才悟出那字也在讥刺我了，犹言我得了教员漏泄出来的题目。

我便将这事告知了藤野先生；有几个和我熟识的同学也很不平，一同去诘责干事托辞检查的无礼，并且要求他们将检查的结果，发表出来。终于这流言消灭了，干事却又竭力运动，要收回那一封匿名信去。结末是我便将这托尔斯泰式的信退还了他们。（本文第九个错误。◎此处鲁迅记录有误，实际上班长根据藤野的要求，把大家都召集起来，予以澄清。而且，鲁迅在这次考试中并未及格，谣言不攻自破。但对事件的起因，有两种完全不同的看法：第一种看法以藤野先生为代表，认为是日本同学看不起中国人鲁迅，故意排挤所致。第二种看法，根据鲁迅在仙台的记录调查会对鲁迅当时同班同学铃木逸太的访谈了解到，事实上是班级里的留级生对严格的藤野先生不满，才制造了这起流言。也就是说，攻击鲁迅的真正目的，是攻击藤野先生。如果后者可信，则这次流言风波不只是针对鲁迅，也是针对藤野先生而起。同时铃木逸太说，作为班干事，是他当时将这件事告诉了藤野先生，并且把大家集合起来为鲁迅对这起谣言专门澄清过。这与鲁迅的说法颇有不同。◎我感觉，是鲁迅"修改"了原来的故事。鲁迅把一起针对藤野的风波，写成了中国人受日本人刁难歧视的情节，以戏剧化的情节渲染民族情绪。）

中国是弱国，所以中国人当然是低能儿，分数在六十分以上，（本文第十个错误。◎事实上，据日本学者渡边襄的调查，藤野先生的解剖课，鲁迅的分数为"丁"，实际得分59.3，并没及格。）便不是自己的能力了：也无怪他们疑惑。（这里要说明下日本人对中国态度的转变。日本人对中国的蔑视，是甲午中日战争之后产生的。它在日本与中国间文化关系"逆转"的基础上形成，在日俄战争时，已在国民中间固定下来。例如，当地报纸在开战后不久的社论中预测说，战胜后的日本将成为"世界上一等国"，与中国的关系，将从半个世纪以来的平等地位，改处于保护者的位置，同时却又描绘了一个远景说，下一个世纪，"觉醒了的中国"则将作为日本的同盟国，共同雄飞于远东①。但是，在战争末期，同一报纸的社论，对中国和中国人却写有如下看法："以中华自居的中国，常受他国的压迫，今日已作为半开化而濒临灭亡的老大国，成为欧美列国轻蔑之的，我同胞亦常嗤笑中国国民之毫无志气。"②鲁迅这一段话也表明了自己当时作为一个中国留学生在日本处境的弱小，他以一种自嘲的方式来说，一方面我们可以感到其中的无奈，另一方面也体现出鲁迅对自己的国家大概也掺杂着一种"怒其不争"的无力。◎藤野先生在《谨忆周树人君》一文中也讲到鲁迅作为中国留学生在当时受歧视的问题，他是这样说的："周君来日本的时候正好是日清战争以后。尽管日清战争已过去多年，不幸的是那时社会上还有日本人把中国人骂为梳辫子和尚，说中国人坏话的风气。所以在仙台医学专门学校也有这么一伙人以白眼看待周君，把他当成异己。"◎竹内好："他并不是抱着要靠文学来拯救同胞的精神贫困这种冠冕堂皇的愿望离开仙台的。我想，他恐怕是咀嚼着屈辱离开仙台的。"③)

（六）幻灯事件

（鲁迅在仙台时正值日俄战争时期，医校许多教师被征入伍，学生被动员，有些人志愿去医院工作。数以千计的俄国俘虏聚集在城市街头。日本侵略气焰高涨。这场战争是在中国领土上打的，仙台的街上还贴着日本在中国战胜俄国的宣传品，1906年签订的《朴茨茅斯条约》中的许多条款也对中国不利。挫折感和愤怒立即传遍全中国，引起了强烈的仇外情绪。正是在这高昂的政治气氛中，出现了著名的决定鲁迅生活方向的"幻灯片"事件。④)

但我接着便有参观枪毙中国人的命运了。第二年添教霉菌学，(细菌学开课时间为1906年1月，时间是每周四的第6、7节课，地点在3或6号教室，由中川爱咲教授授课，这个教授平易近人，同时也是个时髦的有产者，在美国和欧洲

---

①日本《河北新报》1904年4月1日
②日本《河北新报》1905年7月26日
③竹内好著，李冬木、赵京华、孙歌译，《近代的超克》，三联2016年10月，P131
④李欧梵《铁屋中的呐喊》，浙江大学出版社2016年10月，P17

留过学，在学生中很有人缘。细菌学讲课用的幻灯器就是教授从德国买回来的，因为价格昂贵还受到学校会计组的抱怨，教授因此还说扣他的薪俸弥补上，这件事在学生中也成了佳话。）细菌的形状是全用电影（film，即幻灯。）来显示的，（这种幻灯教学，在前一年文部大臣视察教育时，医专首先成为视察的对象，幻灯教学自然作为最新式的教学法而被使用。在课堂上，通过幻灯的实际放映，能够看到细菌的形态及其变化等。细菌学课堂上使用幻灯，鲁迅也感到新鲜，受此启发他还谈到了未来幻灯教学的可能性，鲁迅后来写到他对幻灯教学的印象："我自己曾经有过这样一个小小经验。有一天，在一处筵席上，我随便的说用活动电影来教学生，一定比教员的讲义好，将来恐怕要变成这样的。话还没说完，就埋葬在一阵哄笑里了。""但在我自己，却的确另外听过采用影片的细菌学讲义，见过全部照相，只有几句说明的植物学书。所以我深信不但生物学，就是历史地理，也可以这样办。"①）一段落已完而还没有到下课的时候，便影几片时事的片子，自然都是（当时日本风气如此。）日本战胜俄国的情形。（从日俄战争爆发初期开始，日本各地就兴起了观看战争幻灯的热潮。当时的报纸屡次报导仙台市及宫城县所属各地举办幻灯会的事，报纸广告上也可以看到载有幻灯会所用的幻灯器和幻灯片。学校放映时局幻灯还受到文部省的奖励。医专上映日俄战争幻灯的开始时期虽不明了，但屡次举办此事是很肯定的。铃木逸太就回忆说中川教授讲授细菌学后，如有剩余时间，就看有关于日俄战争的幻灯。）但偏有中国人夹在里边：给俄国人做侦探，（《日俄战争实记》第九十九期《战阵实见录》中有《取缔俄探》就记载，云："中国人通晓彼我军略，从事间谍工作者甚多。因此，我军往往蒙受不测之危害。"可见，中国人可能的确有从事间谍工作的情况。）被日本军捕获，要枪毙了，围着看的也是一群中国人；（日俄战争，战场居然是中国；中国人被杀，居然如此冷漠。龚自珍《明良论二》云："士皆知有耻，则国家永无耻矣。士不知耻，为国之大耻。"◎李欧梵："他现在已明白：病根并不在中国人的身体。"②）在讲堂里的还有一个我。（幻灯事件学界态度一分为二：中国大部分学者认为，这是确定无疑的，并且是鲁迅弃医从文的动因；但大部分日本学者和少部分中国学者则怀疑，此是鲁迅的

---

①渡边襄《鲁迅与仙台》，见鲁迅·日本东北大学留学百周年史编辑委员会编 解泽春译《鲁迅与仙台》，中国大百科全书出版社2005年，P68
②李欧梵《铁屋中的呐喊》，浙江大学出版社2016年10月，P19

"小说笔法",其转变不是这样一蹴而就、慷慨热血。最多,幻灯事件是一导火索而已。争论无法消弭的原因,是当时的幻灯未能找到。关于幻灯片的实物可以从数年前在东北大学医学部的细菌学教室发现的十五枚底板上察知情况,这些底版是从明治三十七年[一九零四年]五月至七月前后日俄战争的场面中取材的。这套底板是否这样用过,未必可以肯定,也可以设想另外还有同样的底版。但就现在剩有的十五张中却没有"枪杀中国人的底版"。另外德国制的幻灯器也和底版一并被发现,但近年已被处理不存在了。中国学者王锡荣则指出,他在韩国出版的一张画册上看到过鲁迅所说的幻灯片。◎如今"幻灯事件"聚讼纷纭,已成谜团。虽然幻灯片没有找到,但鲁迅所说的幻灯片中中国人围观中国俄探被枪毙的事件是确有发生过的,当时的《河北新报》明治三十八年[一九零五年]七月二十八日第二版,载有以《俄探四名被斩首》为题的"风云儿"通讯,这篇通讯就报道过这样的事。① 所以虽然幻灯片没有找到,但并不代表这件事就是虚构的。另外,在《呐喊》中,鲁迅也提到了幻灯事件,这里说是枪毙,那里说是砍头,前后缺乏一贯性,也增加了问题的复杂性。)

"万岁!"他们都拍掌欢呼起来。

这种欢呼,是每看一片都有的,但在我,这一声却特别听得刺耳。(鲁迅:"群众,——尤其是中国的,——永远是戏剧的看客。……北京的羊肉铺前常有几个人张着嘴看剥羊,仿佛颇愉快,人的牺牲能给与他们的益处,也不过如此。"◎李欧梵:这些"看客"不仅是消极被动的,而且有着残暴的恶癖。②)此后回到中国来,我看见那些闲看枪毙犯人的人们,他们也何尝不酒醉似的喝彩,——呜呼,无法可想!但在那时那地,我的意见却变化了。(鲁迅对许

---

① 原文如下:"听说今天(十七日)下午三点,有俄探被斩首,我恰好走在从兵站部回来的路上,就也跑去看。地点在铁岭街市南面约有五丁(约合一华里多)的坟地里……看热闹的还是那些华人("中国佬"),男女老少大约五千多人,挤得风雨不透。酸臭扑鼻而来,令人非常难受,无法可想。不久时刻到了,被定位俄探的四名中国人,看来都四十岁左右,被我宪兵绑着绳,象屠宰场的羊似地的走来了。宪兵又在看热闹人的眼前,拉着转了几遭让人看;这时那四个人脸色变青。没有一点血色。看热闹的人一声不响地凝视着,不消说,罪人更是没有咳嗽一声,一直悄然地向下耷拉着头。一打听他们所犯的罪状……成功后再从某人手里领取约定好的款项……不管怎么说,他们还是被牵回看热闹人的正面,驻兵站部某宪兵拔出宛如秋水的刀,从一侧开始,利落地斩掉了他们的脑袋。可憎的四个家伙,终于象新战场的露珠似的消逝了。"
② 李欧梵《铁屋中的呐喊》,浙江大学出版社 2016年10月,P83

寿裳说："中国的呆子，坏呆子，岂是医学所能治疗的么？"① ◎弃医从文，志向和抱负的转折点，见鲁迅《呐喊》自序："从那一回以后，我便觉得医学并非一件紧要事，凡是愚弱的国民，即使体格如何健全，如何茁壮，也只能做毫无意义的示众的材料和看客，病死多少是不必以为不幸的。所以我们的第一要著，是在改变他们的精神，而善于改变精神的是，我那时以为当然要推文艺，于是想提倡文艺运动了。"◎许寿裳："革命先要革心，医精神更重于医身体。"②)

（进入2年级的第二学期，鲁迅没有特别的变化，仍去学校上医学课。但是在同学们眼里，鲁迅似乎与以前有所不同。据同学说，快到三月时"觉得［鲁迅］不怎么来［学校］了。""一年级以后，鲁迅讨厌学医学，好像上课的热情淡薄了，记笔记、整理笔记的心情也渐渐没有了。"③）到第二学年的终结，（本文第十一个错误。◎应该是第二学期没完，三月份的事。）我便去寻藤野先生，告诉他我将不学医学，并且离开这仙台。（私以为，幻灯事件是导火索，而不是决定性因素。事实上，鲁迅的学科中，伦理学得分最高，可见鲁迅更注重人的内心；而解剖学不及格，本身说明，鲁迅缺乏从事医学的天分。幻灯事件是触发鲁迅转变的导火索。）他的脸色仿佛有些悲哀，似乎想说话，但竟没有说。

"我想去学生物学，先生教给我的学问，也还有用的。"其实我并没有决意要学生物学，因为看得他有些凄然，便说了一个慰安他的谎话。

"为医学而教的解剖学之类，怕于生物学也没有什么大帮助。"他叹息说。（退学申请由李宝巽署名，医专的答复等，皆有实物保存。④ ◎藤野辛苦订正讲义的其中一个原因，是希望鲁迅把讲义拿到中国去出版，推动中国医学事业。藤野的叹息，包含着深深的失望和无奈。）

（七）惜别

将走的前几天，他叫我到他家里去，交给我一张照相，后面写着两个

---

① 许寿裳《怀亡友鲁迅》，见许寿裳《鲁迅传》，东方出版社2009年
② 许寿裳《民元前的鲁迅先生·序》，峨眉出版社1947年，P8
③ 渡边襄《鲁迅与仙台》，见鲁迅·日本东北大学留学百周年史编辑委员会编　解泽春译《鲁迅与仙台》，中国大百科全书出版社2005年，P76
④ 鲁迅·日本东北大学留学百周年史编辑委员会编　解泽春译《鲁迅与仙台》，中国大百科全书出版社2005年，P81

字道:"惜别",(1945年日本情报部门曾出资请当时日本著名作家太宰治创作了一篇以鲁迅的《藤野先生》为蓝本的小说《惜别》,而这是因为日本政府想借青年鲁迅与藤野先生的关系来表现"大东亚亲和",以此来宣传日本侵略中国的合理性。)还说希望将我的也送他。但我这时适值没有照相了;他便叮嘱我将来照了寄给他,并且时时通信告诉他此后的状况。

我离开仙台之后,就多年没有照过相,又因为状况也无聊,说起来无非使他失望,便连信也怕敢写了。(弃医从文后状况无聊,鲁迅真实地写出了自己的心态。的确,翻开鲁迅的探索道路,有哪一步一帆风顺呢?《新生》流产,《域外小说集》只卖出二十套,回国后于寂寞中抄古碑。虽然一九一八年从《狂人日记》起他发表了一系列振聋发聩之作,但这耗费了他多少思想的锐力。紧接着是"五四"运动的落潮,"三·一八"惨案的发生。面对现实,他似乎悲哀地看到文字的无力。国内仍然一片混乱,民众仍然愚昧麻木,当年踌躇满志地弃医从文,而今又如何告慰远在异国的恩师呢?①)经过的年月一多,话更无从说起,所以虽然有时想写信,却又难以下笔,这样的一直到现在,竟没有寄过一封信和一张照片。从他那一面看起来,是一去之后,杳无消息了。

但不知怎地,我总还时时记起他,在我所认为我师之中,他是最使我感激,给我鼓励的一个。有时我常常想:他的对于我的热心的希望,不倦的教诲,小而言之,是为中国,就是希望中国有新的医学;大而言之,是为学术,就是希望新的医学传到中国去(藤野先生在他的亲笔书信中写道:"事族亲孝、忠君爱国诸观念似为日本固有之特产,然无疑亦因受中国儒教之刺激与感化,故总该以中国为道德先进之国而敬重之。吾亲近周君,以为对其殷勤指导乃本人唯一可为之事,此非仅爱周君一人也。"此外,藤野先生在《谨忆周树人君》一文中说:"我小的时候,曾跟福井藩校出身的野坂先生学过汉文,对中国的先贤总是很尊敬,同时也觉得应该高看那一国的人,或许这就是周君感到特别亲切和值得感谢的原因吧。"这里说得很清楚,藤野先生是把中国看作道德先进的国家,他认为应该对中国人表示敬意并加以照顾。热心地指导鲁迅、全面地照顾他的生活,其思想

八

藤野先生

---

① 金红《写他人与写自己——〈藤野先生〉主题倾向辨》,《名作欣赏:文学研究旬刊》2007年第7期

背景之一,就是先生持有这种传统的中国观。另外,在铃木逸太向藤野先生汇报泄露试题流言的时候,据说先生就否定了这种流言,说自己指导周树人是为了中国,也是为了学问。这与鲁迅所说的"小而言之,是为中国;大而言之,是为学术,就是希望新的医学传到中国去"的话是正相符合的。◎日本东北大学教授阿部兼也认为,藤野之所以对鲁迅的讲义进行修辞、标点的纠正,实乃希望鲁迅以此笔记为蓝本,在中国出版医学书。①)他的性格,在我的眼里和心里是伟大的,虽然他的姓名并不为许多人所知道。(20世纪初东西方民族主义思潮翻涌,从日本学生看见本国人打胜仗处死外国人就鼓掌欢呼可以看出来,世界大战已经开始慢慢酝酿,而当时飞速发展的科学技术又为民族主义思潮所利用,用于制造先进的军舰大炮而残害世人。鲁迅所尊敬的,是在日本这样战争思想严重的国家里,藤野先生可贵的超越民族的科学精神,让科学和学术为人类谋福祉而不是发展杀伤力更大的武器,鲁迅在藤野先生身上看到的,是坚守科学本原的超越狭隘民族主义的博爱精神。)

他所改正的讲义,我曾经订成三厚本,收藏着的,将作为永久的纪念。不幸七年前迁居的时候,中途毁坏了一口书箱,失去半箱书,恰巧这讲义也遗失在内了。责成运送局去找寻,寂无回信。(本文第十二个错误。◎这里鲁迅记忆有误,这些讲义在1919年搬去北京时被鲁迅遗落在绍兴,一共六本而不是三本。1951年这些讲义被找到,成为国家一级文物被收藏在北京鲁迅博物馆。)只有他的照相至今还挂在我北京寓居的东墙上,书桌对面。(北京住处,挂的相片不是家人的,而是藤野,足见影响之深。)每当夜间疲倦,正想偷懒时,仰面在灯光中瞥见他黑瘦的面貌,似乎正要说出抑扬顿挫的话来,便使我忽又良心发现,而且增加勇气了,于是点上一枝烟,(据许广平说,离开北京的鲁迅日抽烟30支以上。)再继续写些为"正人君子"之流所深恶痛疾的文字。(钱理群说,如果熟读鲁迅的文字,就会注意到,这样的严正的文字,这样的崇高的评价,在鲁迅文章中是并不多见的。鲁迅多次说过,黑暗的现实,常常"增长了我的坏脾气,——老实说,便是教我一天比一天的看不起人",因此,他总要努力地去挖掘、寻找"理想的人性","将我从坏脾气里拖开","教我惭愧,催

---

① 阿部兼也《关于藤野教授对鲁迅"解剖学笔记"的批改》,见解泽春译《鲁迅与藤野先生》,中国华侨出版社 2008 年,P65

我自新,并且增长我的勇气和希望"。在某种程度上,鲁迅在"写些为'正人君子'之流所深恶痛疾的文字"时,要写这篇《藤野先生》,其实是要从自己青年时代老师的记忆中,发掘出"理想的人性"来和现实对抗,也和自己内心的"坏脾气"对抗。但有些读者仍会隐隐地感到,这样的评价似乎有些小题大做:我们已经说过,藤野先生不过是做了他的本分的工作。但如果放在藤野先生和"我"的关系,放在"我"的精神成长史中来看,就会懂得这些严正和崇高的评价的深意:"我"在日本留学期间的精神困境,是折射了一个时代的觉醒的知识分子的困境的。这样,我们也终于懂得,鲁迅那些似乎与文章主题无关的"闲文",其实并非无关紧要。而且我们还因此发现了这篇《藤野先生》有两种叙述语调:在写自己的生存境遇时,用的是调侃的语调;而在写藤野先生时,如上文所说,用笔就严正起来。①)

十月十二日

---

①钱理群《〈藤野先生〉:鲁迅如何写老师》,载《语文建设》2009 年第 9 期

附　　录

【"幻灯事件"学术争论要点】

鲁迅在表达这个事件的时候，自相矛盾处很多。《鲁迅与仙台》一书概括了所有的疑点，我画了表1以说明：

表1

矛盾处	出处	细节
1 时间	《呐喊·自序》	日俄战争期间上生物学课的课间
	《藤野先生》	第2学年上细菌学课的富余时间
	《著者自叙传略》	日俄战争期间的一个偶然时间
2 地点	《著者自叙传略》	未加说明
	其他作品	仙台医专
3 处死方法	《藤野先生》	枪杀
	其他	斩首
4 旁观者	《著者自叙传略》	没写
	《呐喊·自序》	"一样是强壮的体格，而显出麻木的神情。"
	《藤野先生》	"围着看"
5 同学反应	《著者自叙传略》	没有介绍
	《呐喊·自序》	"我在这一个讲堂中，便须常常随喜我那同学们的拍手和喝采。"
	《藤野先生》	同学们全都拍手，欢呼万岁。
6 鲁迅看法	《呐喊·自序》	"我便觉得医学并非一件紧要事"
	《著者自叙传略》	直接谈起提倡新文艺运动
	《藤野先生》	"但在那时那地，我的意见却变化了。"

还有两个人当面采访过鲁迅，这两个人是朝鲜人申彦俊和日本人山上

正义，鲁迅认为"弃医从文"的主要契机，是幻灯事件，"基本符合事实"。但比较有意思的是，鲁迅说幻灯是在市内的电影院所放映的新闻影片中看到的。

从实物证据方面，从德国购买的幻灯机已经找到；日俄战争的幻灯原片已经找到，是1904年5~7月期间拍摄的战争题材。原来一套共20张，但现在仅存15张，缺少2、4、5、12、16张。售卖幻灯照片的店也确认，是东京浅草区的一家幻灯铺制造的。并且找到了该店在《河北新报》（1905年1月6日）的广告，可以确定该店出售的幻灯有15张、20张、30张等多种规格。我们发现，保存的15张照片基本都是展现日本士兵的勇敢、英勇战斗的作品，有杀间谍的题材，可能性较小。

但是，当时的报道，的确有中国间谍被处斩，中国人围观的场景。比如：

1905年7月28日《河北新报》发文《俄探4名被斩首》，这四个侦探就是中国人，云："旁观者照例是男女老幼5千多清国人。"

战记杂志有《日俄战争实记》（号称发行10万部），则有很多中国人被杀的报道：

（1）1904年10月22日第37编，中国人帮助俄国人切断军用线，被枪杀；逮捕了挥动白旗帮俄国人指出日军动向的4名中国人，后被宣判死刑；

（2）1905年1月3日第47编，中国人为俄国人送粮食弹药被捕，但因住民求情免于处死；

（3）1905年7月23日第83编记载天主教堂的佣人作为俄探被处死；

（4）1905年10月23日第99编记录俄探被捕后被施以刑法。

至于插图，亦有相关内容：

《风俗画报》1904年9月15日有中国侦探被斩首的记载。（仅此一处）

《河北新报》1904年12月22日有插图《押解俄探中国人》。（三名中国人被押解，有日本兵观看）1905年3月20日有《俄探斩首》照片，并附有说明："坑前的俄探被杀了，旁观者中有的士兵笑了。"但没有证据显

示鲁迅在仙台时此照片已经公开发表。(参隗芾《关于鲁迅弃医学文时所见之画片》)

《日俄战争实记》1905年12月13日第108号有中国间谍被处死图片，但围观者都是日本兵，没有中国人。

关于日俄战争的记录影片也在不断寻访中，简·莱达从英国都市商会1904年的目录中，找到了剧照记录影片，题目是《处死满洲马贼头目李丹》。简·莱达认为，这就是鲁迅所看见的。但这一说法未必可信，因为：①该影片记录的是马贼被处死；②1906年1月至3月，仙台没有上映电影。

关于"弃医从文"，普通人和学界的认识如下：

（一）中国的教科书和实际教学中，这是被当作励志故事讲解的。"弃医从文"是爱国主义教育的上佳素材，基本没有提供任何疑问给学生去思考。即使在鲁迅博物馆的展出中，亦没有任何说明。

（二）中国的大部分学者认为这是确定无疑的，但是鲁迅的记忆会有误差。

（三）日本人中，则有比较多的探讨。大部分学者（包括最著名的竹内好）都认为，弃医从文仅仅是导火索，真正的因素非常复杂。（鲁迅的性格、对医学死记硬背的厌恶、他在学习医学的时候本身也在搞文学活动、日俄战争等）

东北大学名誉教授、东洋大学教授阿部兼也《弃医从文》（见《鲁迅与仙台》）指出，"幻灯事件"有明显的疑点：①面对日军暴行，手无寸铁的围观群众又能如何？②冷漠的旁观者在旧中国比比皆是，鲁迅自幼知之，为何会对日本仙台的经历有如此大反应？

我之所以对"幻灯事件"如此重视，一者在于说明日本学者考证的精严，其审慎的态度，非常令人敬佩，二者，一个人的"觉醒时刻"的确至关重要。一个顽皮、懵懂的孩子，突然变得具有责任感，并且有了"知天命"一般的人生方向，这样的觉悟实在太珍贵了。幻灯事件说明，一个人的成长不是渐进式的，往往是突变的。而要有这样的"突变"，是要有漫长的积累的：三味书屋的正统教育、陆师学堂的开阔眼界、家道中落、中国局势的混乱……都是孕育"突变"的土壤。

【藤野修订笔记分析】

（1）缘起

北京鲁迅博物馆将鲁迅六册医学笔记的电子复制版赠送给了日本东北大学。这六册笔记中，解剖学的课堂笔记有3册，其中藤野教授用红笔批改最多的有1册。第1册和第4册中有关解剖学的课堂笔记和第3、5、6册中解剖学以外的笔记上，有的画有下线以示强调，有的稍微做了修改订正，但都不是藤野教授的笔迹。第2册的血管学、神经学和局部解剖学笔记，藤野教授全都做了批改。除了鲁迅医学笔记的电子复制版以外，东北大学鲁迅研究课题组还找到了鲁迅在仙台留学时代的课程表、毕业纪念册，以及其他几位医专学生的课堂笔记等资料。对鲁迅的笔记，日本学者可以说进行了一系列具体而精细的研究。

他们不仅看到了鲁迅的绘画之美，比如笹野百合在文章中情不自禁地赞叹：多好看的图啊！在他看来，这就是绘画作品，可以脱离医学的范畴被人们欣赏。

他们还看到了明治时代日本制造的质量：100多年过去了，纸张平整，没有破损，所有的字迹没有褪色，依然鲜亮。我们知道，用普通圆珠笔写的字估计只能保存7～10年。

还有学者认为，鲁迅的笔记即使在今天，也有参考价值，因为解剖学是医学基础的基础。

还有人单单从书写的美观角度，赞美了鲁迅的一丝不苟。

（2）对藤野修订笔记的分析

一个挺有趣的研究是，日本学者研究了鲁迅的解剖学笔记，发现了一个问题：

藤野先生的纠正大多是标点、修辞和语法上的，在专业方面几乎没有修改。

东北大学名誉教授阿部兼也就列举一系列带有特征性的例子，比如"第1、2腰椎"改为"第一二腰椎间"，"有所局限"改为"正局限着"，"从此膨大，而"改为"于兹膨大而此后"等等，最后他分析指出藤野先生的批改"与解剖学的内容没有什么关系，几乎都是有关日语表达和修辞方面的批改"。①

再比如东北大学人体结构学讲座教授百百幸雄也分析道："批改后的句子，作为日语的确是很准确的，但作为课堂笔记批改前的句子也没有什么问题。藤野先生按自己的性格无论如何也要把它改写成如此准确的日语。""出于一个教师的热情之心他不能不写，藤野先生的心情完全可以理解。但头脑清醒的鲁迅，对此也一定是很清楚的。"因此"藤野严九郎的确可以称得上是严格无比的教师"。②

医学史研究者浦山菊花则对此分析说："藤野先生详细地批改也许使鲁迅了解到，对任何一个用语都不能敷衍了事，以及要养成严谨的科学态度的重要性。这种可能性应该说是存在的。"③

但是，泉彪之助、百百幸雄等人一度认为藤野的批改有点问题，他们认为如果自己的笔记被老师修订，而且都是细枝末节，无关紧要的地方，不仅不会感觉欣慰，甚至会因此不满。泉彪之助甚至认为，鲁迅弃医从文和这个有一定关系。

原东北大学齿学部教授刈田启史郎则逐条考察了解剖学笔记中藤野的"批注"，这些批注以"注意"开头，大部分为竖写，这些内容非常重要，

---

① 阿部兼也《关于藤野教授对鲁迅"解剖学笔记"的批改》，见《鲁迅与藤野先生》出版委员会编 解泽春译《鲁迅与藤野先生》，中国华侨出版社2008年，P61
② 百百幸雄《〈解剖学笔记〉读后感》，见鲁迅·日本东北大学留学百周年史编辑委员会编 解泽春译《鲁迅与仙台》，中国大百科全书出版社2005年，P153－154
③ 浦山菊花《关于鲁迅的解剖学笔记》，见鲁迅·日本东北大学留学百周年史编辑委员会编 解泽春译《鲁迅与仙台》，中国大百科全书出版社2005年，P150－152

可能是上课未曾涉及者。在脉管学笔记中，这样的"注意"共有10条。故藤野并非只订正了枝末细节，对学术问题，亦有修订，只是数量不多。①

（3）为什么要修订笔记？

那为什么藤野先生要如此细致地订正笔记呢？

一种简单的解释，是藤野的热心。坂井建雄指出："人们一般认为，藤野教授对鲁迅抱有好感主动给他批改笔记，是出于对中国文化的尊重和对中国人的亲近。这一点与他小时候跟大同野坂源三郎学过汉学有关系。而且，鲁迅是仙台医学专门学校的第一个中国留学生。"②

坂井建雄则根据讲义的研究发现，藤野订正笔记不在开学一星期后，而是上完肌学后两个月。也就是说，修改笔记是学习中途临时起意的。

为什么是肌学后两个月呢？因为鲁迅的笔记很有问题。比如骨学笔记中，缺少小腿胫骨、腓骨、后头骨、上颚骨、筛骨等。与小野丰三郎笔记相比，头盖骨图数量不足。肌学笔记中，很多肌肉范围太小，几乎看不清楚是什么图，缺乏肌肉的起点和终点。藤野先生看到鲁迅的学习情况，才决定要帮助修订讲义的。

另外，阿部兼也教授进行了更深入地分析，他指出"藤野教授也许考虑到，鲁迅将来有可能以这个笔记为基础，在中国出版解剖学教科书等医学书籍，于是做了如此细致地批改。关于这一点，虽然没有确切的资料或记录可以证实，但客观事实是存在的。这就是鲁迅在作品《藤野先生》的末尾谈到藤野教授指导意义时所说的那段'他的对于我的热心的希望，不倦的教诲，小而言之，是为中国，就是希望中国有新的医学；大而言之，是为学术，就是希望新的医学传到中国去……'实际上，这是当时藤野教授本人经常说的一句话，这个事实已为人们所知。谨严笃实的藤野教授，

---

① 《关于鲁迅"解剖学笔记"中藤野严九郎批注的"注意"》，见《鲁迅与藤野先生》出版委员会编 解泽春译《鲁迅与藤野先生》，中国华侨出版社2008年，P68
② 坂井建雄作，解泽春译《从鲁迅医学笔记看医学专业学生鲁迅》，载《鲁迅研究月刊》2007年第11期

如果没有实际行动的话，他是不会说这番话的。藤野教授忠实地实践了自己的诺言，这就是对中国留学生周树人的解剖学笔记所做的批改，如果把这个看作是藤野教授的指导思想的话，那么，他把日语修辞方面的批改作为主要内容是完全可以理解的。据说，明治时期有过这样的习惯，老师把自己完备的讲稿赠送给即将毕业的学生，从这个角度来看，藤野教授的批改可能具有向鲁迅传授学术的意义。"① 因此，我们可以说，鲁迅所感佩的是，藤野先生具有普遍价值、着眼于近代医学的理念。

（4）疑团：藤野先生未修订的 30 页笔记有何玄机？

刘田启史郎仔细研究了笔记中没有被修订的几页，分别是神经学最后 9 页，局部解剖学最后的 21 页。他统计，血管学的图片被藤野纠正的比例是 47.1%（24/51），神经学是 45.6%（26/57），局部解剖学为 4.2%（1/24）。局部解剖学为什么修改急剧减少呢？那是因为这是二年级了，此时的鲁迅已经决定弃医从文，从笔记中也可以看出鲁迅内心的变化。

但为什么神经学最后 9 页笔记丝毫未修改呢？这部分内容是对 12 对脑神经中第 10、11、12 个脑神经（迷走神经、副走神经、舌下神经）的说明。

为什么没有订正呢？有四种可能：

①期末藤野繁忙；

②鲁迅因故没有上课，笔记是誊抄别人的，无需批改；

③这个部分是别的老师讲授的；

④鲁迅不想让藤野批改这部分笔记。

首先排除②可能。因为这部分鲁迅字迹比较潦草，有几处修改，不可能是誊抄的。再说第③种可能，可能藤野请假了，这部分由别的老师来替代。刘田启史郎查阅了 1905 年 6 月间的大学请假记录，但这部分的信息

---

①阿部兼也《关于藤野教授对鲁迅"解剖学笔记"的批改》，见《鲁迅与藤野先生》出版委员会编 解泽春译《鲁迅与藤野先生》，中国华侨出版社 2008 年，P65

比较缺失。考虑到鲁迅的笔记，对 12 条大脑神经的笔记非常有连续性，天衣无缝，由别人代课的可能性有，但很小。那第①种可能呢，可能性也非常小。藤野的性格是很严谨的，一年半的笔记几乎没有缺漏，持续性很强，即使期末忙，也会在下一次补上。除非鲁迅正好换了一个笔记本，这种可能性也很小很小。最后，只剩下第④种可能性。那就是鲁迅故意躲避批改。刘田启史郎认为这种可能性最大。

那鲁迅为何不愿批改？我们接着分析。

（5）血管图找到了

刘田启史郎找到了《藤野先生》中鲁迅和藤野争执的那张心脏图。原文中藤野说："你将这条血管移了一点位置了。"鲁迅虽然没有直接反驳，但心中不服。他认为，自己的图很好看，但他自己也知道不符合实际，但实际情况自己并非不清楚。就是这张图，刘田启史郎认为，上面有最大的区别，是别的图所没有的特征，就是画了一只手，并且画了一块布，在左上角。刘田启史郎推测，藤野的原图应该没有这个，这是鲁迅改画的。鲁迅知道，这张图给藤野看到，必然会被严厉批评。所以他故意更换了笔记本，有意为之。幸亏那是期末，是最后的一次课，鲁迅轻易就蒙混过关。关于鲁迅的内心，刘田启史郎也有猜测。他认为鲁迅的心理要点有二：①认为自己的图很美观，藤野无法欣赏，非常自信；②一年级学期末，学习态度略微松懈。

那第二学期的局部解剖学为何修改那么少呢？藤野先生仅仅修改了一张图，但对文字部分认真如故。为什么会这样？

不是态度问题，而是鲁迅以后画图更加认真了。原来，鲁迅为图省事，经常不注明部位的名称，藤野一个个辛苦纠正。但二年级开始，都老老实实注解了。所以，藤野先生不必纠正。从这个表现看来，鲁迅应该内心有点愧疚，故加倍努力去补偿了。

日本学者仿佛不在研究学问，而在搞本格推理，鲁迅学习中心态的起伏变化竟然一清二楚。

还有一些日本学者在解读鲁迅医学笔记中传达出另一种信息，西北大学文学院中文系周燕芬教授在《走近"学习时代"的鲁迅——〈鲁迅与藤野先生读记〉》一文中对这些学者的研究进行了总结和分析。

她指出，在仙台医专读书时，鲁迅虽然懂得画解剖图要遵照"实在的情形"，却依然"很任性"地在笔记本上画出了唯美的心脏和血管。岛途健一先生说："周树人的兴趣不在科学的正确性，而是追求美的价值。"而在鲁迅漂亮的解剖图上，藤野教授毫不客气地做了批注、指出其错误，因为藤野先生的严厉和鲁迅表现出的不服气，研究者认为"在周树人和藤野的意识中，很可能存在着微妙的交错"，这未尝不是导致鲁迅弃医从文的原因之一。如果说鲁迅的天职是文学，那么这是理学精神和文人心灵的一种交错吧。

更具体地说，"对鲁迅医学笔记的研究，有一些联系思想家文艺家的探讨。日本作家井上厦先生，从鲁迅被批改的医学笔记中，读出了一个有着出众的审美能力、坚定的个性意志以及世界性思想和胸怀的作家鲁迅。解读志愿者笹野百合女士则看到以娴熟的笔法、能使人感受到画家坚强意志的解剖图，是只能观赏而不能介入的。藤野先生固执己见地批改了鲁迅艺术的自信的'画作'，当然会引发情绪上的逆反，这或许也促使鲁迅认识到自己的天性，成为弃医从文的原因之一。这种深妙的心理解读颇有说服力，也是从解剖学束缚中解脱出来认识鲁迅的有意义的尝试。另一志愿者福田诚先生也是从'解剖学笔记'中欣赏鲁迅的艺术造型，认识文人鲁迅的伟大形象，他认为即使是在学医过程中，鲁迅也非常清醒地意识到自己作为文人的存在，倘若医学本身不能救济一般国民的贫困，这也许违背了鲁迅立志通过医学实现中国近代化的愿望。于是鲁迅的弃医从文就成了他人生的必然选择。"

所以无论如何，这正如岛途健一先生所述："周树人和藤野是通过医学这门学问而相遇的，但两人的想法存在着微妙的交错。从这个意义上说，那是一个交错的相遇。正是这个交错加快了周树人转向文学，才给人类带来巨大的价值。"

从这些研究中我们进一步思考鲁迅的弃医从文，可以尝试从这个角度出发，鲁迅在仙台学医的过程逐渐认识到自身与医学存在着出入，这不仅体现在他学医时的一些心得体会，包括入学不久他曾于1904年农历八月二十九日写信给蒋抑卮，大倒苦水说："校中功课，只求记忆，不须思索，修习未久，脑力钝锢。四年而后，恐如木偶人矣。"又说："而今而后，只能修死学问，不能旁及矣。恨事！恨事！"还有许多年后，鲁迅在1934年4月30日写给曹聚仁的信中也有谈到，他说："习西医大须记忆，基础学科等，至少四年，然尚不过一毛胚，此后非多年练习不可。我学理论两年后，持听诊器试听人们之胸，健者病者，其声如一，大不如书上所记之了然。"这些都表现出鲁迅在仙台学医后心里产生了落差，并且有一定的挫折感。而后又在与藤野先生批改笔记的长久交往中，逐渐意识到自身"文人心灵"与医学"理学精神"的交错，这些都促使他逐渐远离医学而自觉靠近文学，而幻灯片事件则是在这个日积月累过程中的一个"引爆点"，从这个角度来看这个过程也是鲁迅逐渐认识自我的过程。我们可以理解到，通常所说的幻灯片事件只是鲁迅弃医从文的一个导火索，或者是弃医从文的重要原因之一，鲁迅决然告别老师离开仙台，开始他人生道路的关键性转折，是多方面原因合力促成的，而学医的挫折感和出入感可以作为其最终放弃医学的一个重要因素。

(6) 藤野先生为什么伤心？

鲁迅所说的"小而言之，是为中国，就是希望中国有新的医学；大而言之，是为学术，就是希望新的医学传到中国去"，这句话是藤野先生本人说过的话。东北大学研究生院经济学研究科大村泉教授在《"小而言之是为中国……大而言之是为学术……"是藤野先生的话》[①]一文中对这个

[①] 大村泉《"小而言之是为中国……大而言之是为学术……"是藤野先生的话》，见鲁迅•日本东北大学留学百周年史编辑委员会编 解泽春译《鲁迅与仙台》，中国大百科全书出版社2005年，P157—161

问题进行了详细分析。

他指出，鲁迅的同班同学铃木逸太1974年8月曾接受过采访，记者询问他是否记得这句话，铃木逸太回答说"记得，这是因现在所说的笔记事件，我去见藤野先生时，藤野先生说，没有那样的事，现在我所做的，小而言之是为中国，还有一点，就是希望医学能在中国得到普及"，"藤野先生说，我就是那么想的，所以才给他做了批改"。而且藤野先生的话，鲁迅也听到了。这一点不仅铃木逸太，薄场实在仙台接受采访时也谈到了这个内容。

这里铃木逸太提到的"现在的笔记事件"就是鲁迅在《藤野先生》中提到的由于藤野先生热心为鲁迅批改笔记，一部分同学制造谣言说藤野先生向鲁迅泄露了考试题事件。可见是铃木向藤野先生汇报这件事时，藤野先生亲口说了作品《藤野先生》中那段有名的话。

大村泉教授对此分析说："从上述事实，以及当时西洋医学的普及程度来看，鲁迅一定想让藤野先生所讲授的解剖学在中国扎根，但是，那时在日本又买不到教科书和参考书。鲁迅迟早要回国，要是以这个不准确或不完备的笔记为基础，出版有关解剖学的书，其后果不堪设想。为此，就需要给他提供一个尽可能详细准确的笔记，藤野先生有这样的想法是不足为奇的，这与他无论做什么事都非常认真，极其严格，拘泥细节的性格也是吻合的，于是就有了如此细致的批改。"

大村泉教授的这一观点与我们前面提到的阿部兼也教授的观点大抵是一致的。"对藤野先生来说，鲁迅是他教的第一个留学生，想尽可能给鲁迅提供方便，并通过鲁迅使西洋医学——解剖学能在中国得到普及，然而由于当时很难找到有关的参考书，所以对鲁迅的笔记做了大量的批改。"

这样我们也更进一步理解，藤野先生对鲁迅笔记进行了如此细致订正的初衷。一、关于标点符号的修改，这正如大村泉教授的考虑："口述笔记，遇到句号、逗号就跳过去了，讲完一句绝不说句号或逗号，日本人大体明白，外国人就搞不清楚了。翻译时要知道在哪儿断句，标点符号。特别是句号是必不可少的。尽管不会照原样翻译，但利用这个课堂笔记的可能性很大。"二、关于日语修辞与表达的修改，大村泉教授一样认为："尽管鲁迅日语很好，他把藤野先生的讲课内容都准确地记下来了，但藤野先生在看笔记时，认为自己口述得不准确。或者作为书面语不妥当的地方就加以批改，使之成为准确、完善的日语表达，不然的话，将来鲁迅使用这个笔记进行工作时就会出问题。"因此可以想到藤野先生在给鲁迅批改时，他考虑到的都是这本医学笔记可能带来的学术意义。

鲁迅最后决定放弃学医时，他完全能够理解藤野先生的心情，要当医生的话，解剖学笔记还可以使用，但当作家则不同。因此，在与藤野先生告别时，鲁迅"便说了一个慰安他的谎话"，即他是打算学生物，"先生教给我的学问，也还有用的"。可以说，鲁迅心中是怀有未能报答藤野先生好意的内疚之感的，以致分别多年以后他始终记挂着藤野先生，更是把藤野先生这种"小而言之是为中国，大而言之是为学术"的精神作为作品主题，写就了这篇《藤野先生》。

【鲁迅寻找藤野先生】

1934年，日本《岩波文库》准备出版增田涉、佐藤春夫合译的《鲁迅选集》，译者请鲁迅对所选篇目提出意见，鲁迅回信说："《某氏集》请全权处理。我看要放进去的，一篇也没有了。只有《藤野先生》一文，请译出补进去。"

1935年，《鲁迅选集》日译本即将出版之际，《岩波文库》特地派人专程到上海，再一次征求鲁迅意见，鲁迅表示，"一切随意，但请把《藤野先生》选录进去。"

前后两次，鲁迅都只提这一个要求，可见他对这篇的重视。

1935年6月7日，鲁迅在给日本歌人山本初枝女士的信中就吐露："藤野先生是大约三十年前仙台医学专门学校的解剖学教授，是真名实姓。

该校现在已成为大学了，三四年前曾托友人去打听过，他已不在那里了。是否还在世，也不得而知。倘健在，已七十左右了。"

这说明在1931或1932年鲁迅曾寻找藤野的音讯，但未果。那么，藤野先生此时去了哪呢？

原来自1915年，仙台医专改为医科大学后，因藤野先生毕业于名古屋爱知县立医学专门学校，没有进入过正规大学，校方借口其学历不合要求，将其降为讲师，后又指令其辞职。就这样因为所谓的"学历"问题，藤野先生只得离开他已经服务十五年的学校。离开仙台医专后，藤野先生先在东京泉桥慈喜医院工作了一年，后来干脆辞职回到家乡福井市开了家诊疗所自己行医。这一波折，身在中国的鲁迅当然无从知晓。

有趣的是，正当《鲁迅选集》在日本出版，藤野先生的长子藤野恒弥正在第四高等学校读书，该校语文老师菅先生发现他是藤野氏的儿子后，便把《鲁迅选集》送给了他，说《藤野先生》一文写的"该不是你父亲的事吧"。就是在这样的因缘际遇下，藤野恒弥将书拿给了他的父亲藤野先生。据半泽正二郎在《鲁迅与藤野先生》一文中介绍，藤野先生看到书扉页上的照片时就认出了鲁迅，得知曾经的学生周树人现在已经是中国的大文豪鲁迅了，他颇为激动，高声而惊喜地叫道："啊！这是周君，他已经了不起啦！"

然而这一情况，鲁迅并不知晓。1936年，《鲁迅选集》日译本出版的第二年夏天，增田涉来看望鲁迅，鲁迅又问起藤野先生的消息，增田涉回答说调查还没有结果，鲁迅听后异常悲伤，回答说："藤野先生大概已经不在人世了吧。"

令人唏嘘的是，鲁迅于1936年10月19日在上海的家中病逝，年仅55岁，直到生命的最后鲁迅也未能与他所惦记的藤野先生取得联系。后来，一位记者采访了藤野先生，据藤野先生的侄子藤野恒三郎（现为大阪大学医学院教授）回忆，当记者拿着一张鲁迅逝世的照片给他的叔父看时，他叔父这时才知道鲁迅逝世的消息。采访的记者对这次访谈进行了整理，并把它发表在了1937年3月号的《文学案内》上，这就是后来人们常提到的藤野先生的回忆文——《谨忆周树人君》。下面附录上该文——

　　因为是多年前的旧事了，所以记忆不是很清楚。但我可以确定我从爱知医学专门学校转职到仙台医学专门学校是明治三十四年（1901年）末的事。在那之后两年或三年，周树人君作为第一个从中国来的留学生进入了仙台医学专门学校学习。因为是留学生，不需要参加入学考试，周树人君和一百人左右的新入校生以及三十多人的留级生一起听课。周君身材不高，脸圆圆的，看上去人很聪明。记得那时周君的身体就不太好，脸色不是健康的血色。当时我主讲人体解剖学，周君上课时虽然非常认真地记笔记，可是从他入学时还不能充分地听、说日语的情况来看，学习上大概很吃力。

　　于是我讲完课后就留下来，看看周君的笔记，把周君漏记、记错的地方添改过来。如果是在东京，周君大概会有很多留学生同胞，可是在仙台，因为只有周君一个中国人，想必他一定很寂寞。可是周君并没有让人感到他寂寞，只记得他上课时非常努力。

　　如果留下来当时的记录的话，就会知道周君的成绩，可惜现在什么记录也没留下来。在我的记忆中周君不是成绩非常优秀的学生。

　　那时我在仙台的空崛街买了房子，周君虽然也到我家里来玩过，但已没有什么特别的印象了。如果过世的妻子还在世的话，或许还可以回忆起一些事情。前年，我的长子藤野达也在福井中学时，主讲汉文的菅先生对他说"这本书上写了你父亲的事，你拿去看看。如果真是那么回事，给我们也讲一讲那些事情"。于是长子达也借回了周君写的书让我看，这些作品似乎都是佐藤翻译的。

　　这以后大概过了半年，菅先生来和我会面，也谈到了书中所讲的那些事情。从菅先生那里，我知道周君回国之后成了优秀的文学家。菅先生去年去世了。听说在姬路师范当老师的前田先生也说过周君的一些事情。让我再回到前面的话题。周君在仙台医学专门学校总共只学习了一年，以后就看不到他了，现在回忆起来好象当初周君学医就不是他内心的真正目标。周君临别时来我家道别，不过我忘记这次最后会面的具体时间了。

据说周君直到去世一直把我的照片挂在寓所的墙上，我真感到很高兴。可是我已经记不清是在什么时候、以什么样的形式把这张照片赠送给周君的了。

如果是毕业生的话，我会和他们一起拍纪念照，可是一次也没和周君一起照过相。

周君是怎样得到我这张照片的呢？说不定是妻子赠送给他的。周君文中写了我照片的事情，被他一写，我现在也很想看看自己当时的样子。我虽然被周君尊为唯一的恩师，但我所作的只不过是给他添改了一些笔记。因此被周君尊为唯一的恩师，我自己也觉得有些不可思议。

周君来日本的时候正好是日清战争以后。尽管日清战争已过去多年，不幸的是那时社会上还有日本人把中国人骂为"梳辫子和尚"，说中国人坏话的风气。所以在仙台医学专门学校也有这么一伙人以白眼看待周君，把他当成异己。

少年时代我向福井藩校毕业的野坂先生学习过汉文，所以我很尊敬中国人的先贤，同时也感到要爱惜来自这个国家的人们。这大概就是我让周君感到特别亲切、特别感激的缘故吧。周君在小说里、或是对他的朋友，都把我称为恩师，如果我能早些读到他的这些作品就好了。听说周君直到逝世前都想知道我的消息，如果我能早些和周君联系上的话，周君会该有多么欢喜啊。

可是现在什么也无济于事了，真是遗憾。我退休后居住在偏僻的农村里，对外面的世界不甚了解，尤其对文学是个完全不懂的门外汉。前些天从报纸上得知周君鲁迅去世的消息，让我回忆起上面所说的那些事情。不知周君的家人现在如何生活？周君有没有孩子？

深切吊唁把我这些微不足道的亲切当作莫大恩情加以感激的周君之灵，同时祈祷周君家人健康安泰。

1936年12月，当时东北大学医学部的学生饭野太郎为调查仙台医专时代鲁迅的情况，曾向鲁迅当时的同班生小林茂雄发出询问的明信片。小林茂雄知道那位"中国文坛的巨人"鲁迅就是医专时的同学周树人后，也写信给了藤野先生询问情况。藤野先生于1937年2月25日亲笔写了回信。在这封信中，藤野先生谈及了当年鲁迅的一些情况，回顾了当时的生活，他在信中这样说：

"无论周先生是小偷，是学者，抑或是君子，这些我都未介意，在那之前或之后，异国留学生仅有周先生一人，且系从邻邦中国来的留学生，故对其与同学之交往、公寓生活之安排、用功之方法、日语之说法、笔记之写法等，均不揣其微薄，为使其可安乐度日，尽可能提供了便利，而对其中途退学则深感遗憾。然他终能成为友邦之文人，为世界众人所景仰，唯有同样表示敬服。谨吊其远逝并祈祷其冥福。孝养双亲。忠君爱国之观念也许是皇国固有之特产品，然我想受邻邦儒教之刺激感化之处亦不在少。不论发生了什么事情，对彼等皆应作为道德上的先进国家表示敬意实为至要，我以为亲切相待、殷勤向导乃对待彼等之唯一武器，并非对于周君个别人的特别之加以照顾。"

藤野先生的晚景颇为悲哀。藤野先生45岁丧妻，续弦后生恒弥兄弟，但是这两兄弟先后在太平洋战争中阵亡。丧子之痛对藤野先生的打击是非常大的，1945年8月11日，藤野先生也突发脑溢血逝世。第二天，在美国飞机的空袭下，凄凉潦草地举行了葬礼。值得一提的是，藤野先生临终前还曾叮嘱请许广平为他题写"惜别"墓碑。正如鲁迅逝世前始终放不下他的老师一样，他的老师藤野先生在人生的最后时刻也不曾忘记过他，两人跨越民族的师生情着实令人动容。

1956年在藤野先生的故乡建起了一座墓碑，碑上临摹的正是先生题赠鲁迅的"惜别"二字。1964年藤野纪念碑建成，基石铭刻许广平题"藤野严九郎碑"。碑文如下：

明治三十七年周树人来仙台求学，藤野严九郎教授恳切指导二年，周氏改变志向离开仙台，先生对周氏深为惋惜，遂赠署有"惜别"二字之小照一枚。周子即后日之中国文豪鲁迅先生。鲁迅将此小照悬挂壁间以勉励自己，并著小品《藤野先生》一文怀慕旧师曰："先生在世乃无名之人，而于自己则极为伟大之人。"

　　大正五年藤野先生退居故乡福井营医，成为农民之友。昭和二十年八月十一日结束其七十二年之生涯。经有志者共同议定，取上海市鲁迅纪念馆所藏藤野先生小照背面之文字，与仙台市医学专门学校时代先生之小照同镌于此，建立惜别之碑，以纪念两先生不可泯灭之缘。顺记基石上，"藤野严九郎碑"六字乃委托鲁迅夫人许广平女士所写。（一九六四年四月藤野纪念会）

总　评

- 明末陈明德有言："士君子不得为宰相，愿为良医，虽显晦不同，而其济人一也。"①
- 1934年，日本岩波书店计划出版鲁迅的书，译者增田涉询问鲁迅的意见。鲁迅说："我看要放进去的，一篇也没有了。只有《藤野先生》一文，请译出补进去。"
- 李欧梵："鲁迅整个童年缺少父亲的形象，在藤野身上似乎找到了父亲的代替人，虽然他们的年龄只相差七岁。"②
- 孙郁："鲁迅与藤野的故事只是那么短短的一瞬，却变成了精神的永恒。"③
- 张闳："不过，'鲁学'的第一大神话还得算是'幻灯片神话'。该神话的原创者为鲁迅本人。后经由'鲁学家'们不断加工、夸张，成为鲁迅生平中最富于戏剧性的一个片段，也成了现代知识青年精神'出世'、灵魂'升华'的一个'样板'。如果将这一情节当作一个'寓言'来看，还勉强能让人接受。作为一个事实，则未免过于戏剧化了。当时放映的那组幻灯片已经找到，奇怪的是，惟独没有鲁迅所描述的那一张。这不要紧，关键是这张虚构出来的幻灯片具备了'圣人传说'所需要的一些基本要素：示众者/看客；启蒙者/蒙昧的众生；堕落/拯救……接下来的故事就这样被讲述：一个身居异乡的年轻人，

---

① 安东守约《颍川人德碑铭》
② 李欧梵《铁屋中的呐喊》，浙江大学出版社2016年10月，P17
③ 北京鲁迅博物馆馆长孙郁《〈藤野先生与鲁迅〉出版感言》，见《鲁迅与藤野先生》，中国华侨出版社2008年，P10

通过一张幻灯片（真正的'幻相'啊！）看到了众生'麻木的魂灵'，由是翻然彻悟并出走，后几经修炼，终成为民族灵魂的启蒙者和拯救者。一个'神话'诞生了！我们可以从佛陀的'顿悟'传说或其他许多神话传说中找到这一情节的原型。"①

- 敬文东："的确不能怀疑这个道白的真实性，可我们越来越有理由倾向于相信，这件事顶多只能算是鲁迅后来事业的一根导火线。"②
- 李欧梵："幻灯片尚未找到，作者可能虚构。"③
- 竹内好："鲁迅在仙台医专看日俄战争的幻灯，立志于文学的事，是家喻户晓，脍炙人口的。这是他的传记被传说化了的一例，我对其真实性抱有怀疑，以为这种事恐怕是不可能的。然而这件事在他的文学自觉上留下了某种投影却是无可怀疑的。"④
- 周海婴："个别认真细心的日本研究者，发现《藤野先生》一文中一二细节与事实略有出入，因而怀疑《藤野先生》的纪实性，认为《藤野先生》是虚构的小说，甚至连藤野先生和鲁迅的这段友情也受到质疑，这就未免钻了牛角尖。"⑤
- 唐弢："弃医从文是鲁迅生活道路必然发展的结果，绝非突然而来的事情，幻灯事件只是一个导火索，这是对的。许多日本学者认为幻灯事件是诗的虚构，却又不然。按照当时的政治气氛，报上记载，发生这类事件是完全可能的。"⑥
- 竹内好："'藤野先生'对鲁迅来说，和回忆录中的其他人物一样，是一个象征的存在，是在鲁迅从和藤野先生分别到创作《藤野先生》的漫长岁月里，一边与恶劣的环境斗争，一边在战斗中逐渐在鲁迅心中

---

①张闳《走不近的鲁迅》（出处不详）
②敬文东《失败的偶像——重读鲁迅》，花城出版社2003年，P71
③李欧梵《铁屋中的呐喊》，浙江大学出版社2016年10月，P19
④竹内好著，李冬木、赵京华、孙歌译，《近代的超克》，三联2016年10月，P127
⑤周海婴《"惜别"百年感言》，解泽春译《鲁迅与藤野先生》，中国华侨出版社2008年，P16
⑥唐弢《鲁迅传·一个伟大的悲剧的灵魂》。按：唐弢未能写完《鲁迅传》，乃其一生遗憾，其残稿刊于《鲁迅研究月刊》1992年第5期到第10期。

高大、清晰而最终完成的人物。面对《藤野先生》中支撑这种不同寻常之爱的，或者反言之这种所支撑的东西，如果不将其作为问题，而只看到鲁迅对于'藤野先生'之爱，就不能正确理解这种爱本身。……如果只是'漏题'事件，也许鲁迅不会离开仙台，但加之幻灯事件，他就只能离去。离去从鲁迅的方面说是问题的解决，由此《藤野先生》的读者能够理解。但是，到鲁迅解决这个问题之前，即创作《藤野先生》之前，他回顾屈辱将之升华到爱和憎，却耗费了漫长的生活时间。而且，鲁迅确实是为了创作作品而离开仙台的，正如当时乐于助人的好人、心胸狭隘的学生干事。恐怕也包括藤野先生，都不能理解鲁迅离开仙台的原因一样，即使今天也不会理解。……太宰治的《惜别》也没有解决这个问题。《惜别》中的鲁迅，是太宰治式的多嘴多舌；'孔孟之教'是鲁迅思想完全反对的，它只是播布在一部分日本人头脑中的低级的常识观念；理应是嘲笑者却成了'忠孝'的礼赞者等等……但我必须指出：'漏题'事件和幻灯事件是作者个别提出的，因而简单对待在幻灯中途退席则过于轻率；两个事件并未给鲁迅以沉重的打击，因而他的文学志向是受外部影响所致；他对学生干事的憎恶并不清晰，因而对藤野先生的爱也停留在较低的水平，所以不能呈现离开仙台后的鲁迅的姿态。为淡薄对鲁迅所受屈辱的共感，而没有分清爱和憎，因此作者意图提高的爱在这个作品中恐怕没有实现。并且，我想从《藤野先生》冠以'日本人'或者穿上'我'的外衣，使其成为好人的心情，具有共通的基础。为了爱鲁迅之所爱，就要恨鲁迅之所恨。不憎恶使鲁迅离开仙台、离开日本的东西，就不能爱鲁迅本身。鲁迅说：'我从我憎恶的东西中爱被我憎恶的东西。'我所希望的是能够结晶爱的强烈的憎恨。"[①]

[①] 竹内好著，靳丛林译，《从绝望开始》，三联 2013 年，P174

九、范爱农

　　此文写于 1926 年 11 月 18 日，涉及复杂的历史背景，又涉及徐锡麟、王金发等重要历史人物，不理解背景，即不容易理解文章。1926 年 11 月 17 日，也就是写作《范爱农》的前一天，鲁迅还写了一篇小说：《孤独者》。钱理群说："那是关于范爱农的另一种抒写。"① 范爱农和鲁迅，都是历史的见证者，故此文不能粗读，需要细品。细品时代巨变中微小生命的生存搏斗，更细品微小生命生存搏斗中透露出的时代讯息。我不喜欢记忆历史事件，更不爱背教科书上的结论，因为那样的历史仅仅是标本，没有活力；《范爱农》这样的历史，才能容得下一声声的叹息。

（一）徐锡麟：安庆起义

　　在东京的客店里，我们大抵一起来就看报。学生所看的多是《朝日新闻》和《读卖新闻》，专爱打听社会上琐事的就看《二六新闻》。一天早晨，辟头（在国外报纸醒目位置上，说明此事在当时的影响之大。按：1907 年 7 月 8 日和 9 日的《朝日新闻》，都载有恩铭被刺的新闻。）就看见一条从中国来的电报，大概是：

　　"安徽巡抚恩铭被 JoShikiRin（因中文很多发音，英文没有，故需要改写拼音，一般用粤语拼音，以利于对方的拼读。比如"清华"，拼为"Tsinghua"。最有趣者，乃是蒋介石，三个汉字的声母"J""J""Sh"，外国人没有一个读得出来。于是拼写为 ChiangKai—shek。此"JoShikiRin"是谁，亦不容易知道。）刺杀，刺客就擒。"（一条来自中国的爆炸性新闻，时间 1907 年 7 月 6 日，称"安庆事件"。）

---

① 钱理群编著《中学语文教材中的鲁迅作品解读》，漓江出版社 2014 年 9 月，P236

大家一怔之后，便容光焕发地互相告语，("一怔""容光焕发"两词用得妙！看客心态跃然纸上。我们就希望事情恐怖，可以"一怔"，而因为"一怔"，乃能"容光焕发"，鲁迅先生真的太了解中国人了，今日国人尚不改此习性。)并且研究这刺客是谁，汉字是怎样三个字。(国人的探究兴趣都用在这里了。)但只要是绍兴人，又不专看教科书的，(专看教科书者，两耳不闻窗外事，亦另一种看客也。试问，这样"专看教科书"的学生，难道不是主流吗？)却早已明白了。这是徐锡麟，他留学回国之后，在做安徽候补道，办着巡警事物，正合于刺杀巡抚的地位。(徐锡麟赴日留学，学习军事，然后潜伏清朝，伺机革命。他和子英等捐了7个道台，钱是大明电器公司出的。徐锡麟回国后担任安徽警官学校校长。安徽巡抚恩铭倍加欣赏，叫他"抵制革命党"。殊不知徐锡麟即革命党的头。人皆知绍兴出文人，殊不知绍兴也有此骨气人！)

大家接着就预测(从"一怔"到"容光焕发"到"告知"到"研究"到"预测"，这些人对政府的行事逻辑洞若观火，但就是不站出来改变，所谓心照不宣，做个顺民，这正是中国人劣根性。鲁迅太懂得其中悲哀，伟哉先生！)他将被极刑，(1905年4月24日，满清进行改革，宣布废除死刑中的凌迟、枭首、戮尸，但政府是法律的制定者，既是裁判，又是运动员，如何限制？此"法"不过是家法，随时修改，随时当做手中的工具。凡没有反对者而可轻易通过的法律，不是"法"，实乃"刑"耳。)家族将被连累。(谁能想到，做过师爷的徐锡麟的父亲居然有如此应对之策：所有女眷到海上船中居住，一有风吹草动，立即避难日本；另一边，买通官府，倒填年月，状告徐锡麟忤逆，要求断绝父子关系。后来，父亲和弟弟居然被释放了。老爷子神算！绍兴人，多有当师爷者，没有这一点精明，还真干不了这个活！)不久，秋瑾姑娘在绍兴被杀的消息也传来了，(1907年六月初五晚被杀，口供只有"秋风秋雨愁煞人"一句，还卖了人血馒头。鲁迅有名作《药》，以纪念秋瑾。◎周建人云："秋家也是书香门第，……不过大家都说她不守妇道，穿了男装，骑着马，跑来跑去，男不男，女不女的，看不惯。"[①])徐锡麟是被挖了心，给恩铭的亲兵炒食净尽。(现实更加悲惨，徐锡麟活着睾丸被砸碎，挖心取肝，炒食而尽。恩铭的亲兵认为他恩将仇报，天良丧尽。)人心很愤怒。有几个人便秘密

---

①周建人口述，周晔整理《鲁迅故家的败落》，福建教育出版社2017年，P190

九

范爱农

地开一个会，筹集川资；这时用得着日本浪人（日本幕府时代失去禄位、四处流浪的武士。）了，撕乌贼鱼下酒，慷慨一通之后，他便登程去接徐伯荪（徐锡麟，字伯荪。）的家属去。（此人懂中国话，混进绍兴，结果一无所获。所有与秋瑾、徐锡麟相关的人，皆不知去向。他未留辫子，而且穿着和中国人不同，未被抓捕，颇为幸运。那时城中无客栈，不吸鸦片的他在烟馆中过了两晚。◎这里的笔调甚为奇怪，一般人写作，总有一个立场。如果反对看客，则应该歌颂这些"愤怒"的行动者。但鲁迅不同，似乎一边嘲讽看客的"一怔""容光焕发"，一边又对这些"愤怒"的行动者冷嘲热讽。鲁迅的性格，的确不容易被理解，也的确离奇。）

（二）电报事件

照例（好似例行公事，其实对时局并无影响，大抵就是表达悲愤之情罢了。这里我们可以看出鲁迅冷峻的嘲讽。）还有一个同乡会，吊烈士，骂满洲；（钱理群云，鲁迅"从爱国激情中发现了表演"。①）此后便有人（蒋观云，他与黄遵宪、夏曾佑被梁启超并列为"近代诗界三杰"。）主张打电报到北京，痛斥满政府的无人道。会众即刻分成两派：一派要发电，（首领即蒋冠云，因受康有为、梁启超影响，主张君主立宪，不再主张彻底革命，故主张民主，废除极刑。他以主持公道的方式，呼吁加强和政府的接触。②）一派不要发。（此派认为，既然双方已经开战，就要彻底和政府断绝关系。）我是主张发电的，（周作人云，当时主张发电报的并非鲁迅，认为"便是猪被杀时也要叫几声"。鲁迅其实是反对发电报的，反驳说："猪只能叫叫。人不是猪，该有别的办法。"后来还写诗讽刺："敢云猪叫响，要使狗心存。"③鲁迅故意说自己是主张发电报的，目的是为了和范爱农形成对比，突出范爱农的形象，此小说家笔法，非散文常规笔法。《藤野先生》《父亲的病》和这篇文章中，这种故意的篡改事实，并不少见。）但当我说出之后，即有

---

① 钱理群《"白眼看鸡虫"鲁迅笔下的"畸人"范爱农》，见《中学语文教材中的鲁迅作品解读》，漓江出版社 2014 年 9 月，P233
② 周作人《知堂回想录》，北京十月文艺出版社 2013 年 8 月，P257
③ 周作人著，止庵校订《鲁迅小说里的人物》，河北教育出版社 2002 年 1 月，P272—273

一种钝滞（钱理群："钝刀杀人。"①）的声音跟着起来：

"杀的杀掉了，死的死掉了，还发什么屁电报呢。"（范爱农正式出场，一个"屁"字，语言粗俗，来者不善！本来他和鲁迅都反对发电报，但他的理由奇特，所以鲁迅不喜欢。◎钱理群："这是一个十分精彩的人物亮相：先声而夺人，于喧闹中突发冷语，这正是鲁迅《野草》中言：'于浩歌狂热之际中寒。'"②◎鄢朝让："从范爱农这一句冷冰冰的话语里，表现出范爱农性格中最突出的一个特点，那就是'冷'。范爱农的'冷'与当时的鲁迅和其他主张发电报的一派的那种'热'，形成鲜明的对照。范爱农的'冷'是'冷眼看世'……"③)

这是一个高大身材，（貌似伟岸）长头发，（很特别）眼球白多黑少的人，（这能好看？◎《晋书·阮籍传》："又能为青白眼，见礼俗之士，以白眼对之。及嵇喜来吊，籍作白眼，喜不怿而退。喜弟康闻之，乃赍酒挟琴造焉，籍大悦，乃见青眼。由是礼法之士疾之若仇，而帝每保护之。"◎鲁迅《魏晋风度及文章与药及酒之关系》："阮籍年青时，对于访他的人有加以青眼和白眼的分别。白眼大概是全然看不见眸子的，恐怕要练习很久才能够。青眼我会装，白眼我却装不好。"◎钱理群："这就是说，'白眼'的背后，是对礼教、世俗的蔑视，'不承认世界上从前规定的道理'的反抗之心。有意思的是，虽然鲁迅说自己'装不好白眼'，但萧红却另有回忆说：许广平告诉她，鲁迅在北平教书时，从不发脾气，但却常用奇特的眼光看人，接触这种眼光的人就会感到'催逼'的压力；萧红说：'这种眼光鲁迅先生在记范爱农先生的文字里曾自己述说过。'[《回忆鲁迅先生》]那么，鲁迅先生对不以为然的人与事，也是'以白眼对之'了。我们也确实看到过鲁迅'白多黑少'的眼睛的照片。那么，鲁迅和范爱农大概都在不同程度上继承了魏晋文人的蔑视世俗的异端传统。"④◎鲁迅："要极省俭的画出一个人的特点，最好是画他的眼睛。我以为这话是极对的。"⑤）看人总像在渺视。（异于常人）他蹲（要不就坐，要不就跪，要不就站着，"蹲"字看出其"与众不同"，姿势不雅。）在席子上，我发言大抵

---

①钱理群编著《中学语文教材中的鲁迅作品解读》，漓江出版社2014年9月，P233
②同上
③鄢朝让《大圜犹茗艼，微醉自沉沦——读〈范爱农〉》，载《承德师专学报》1983年12月
④钱理群《"白眼看鸡虫"鲁迅笔下的"畸人"范爱农》，载《语文建设》2010年2月
⑤鲁迅《南腔北调集·我怎么做起小说来》

就反对;(偶尔冲着鲁迅来的,还是一向如此呢?可疑。)我早觉得奇怪,注意着他的了,到这时才打听别人:说这话的是谁呢,有那么冷?认识的人告诉我说:他叫范爱农,是徐伯荪的学生。(居然是徐锡麟的学生!老师的心肝都被炒着吃了还能这么冷淡,还不主张发电报痛斥清政府的无人道!太可恶了!)

我非常愤怒了,觉得他简直不是人,自己的先生被杀了,连打一个电报还害怕,(同意!)于是便坚执地主张要发电,同他争起来。结果是主张发电的居多数,他屈服了。(看来是理亏了。)其次要推出人来拟电稿。(周作人云:"'杀的杀掉了,死的死掉了,还发什么屁电报呢!'根本是不错的,鲁迅当然也是这个意思,不过他说话的口气和那态度很是特别,所以鲁迅随后还一再传说,至于意见却原来是一致的。那篇《范爱农》的文章里说,自己主张发电报,那为的是配合范爱农反对的意思,是故意把'真实'改写为'诗',这一点是应当加以说明。关于蒋观云的事,我有一节文章收在'百草园的内外'里,节录于下:当时绍属的留学生开了一次会议,本来没有什么善后办法,大抵只是愤慨罢了,不料蒋观云已与梁任公连络,组织政闻社,主张君主立宪了,在会中便主张发电报给清廷,要求不再滥杀党人,主张排满的青年们大为反对。蒋辩说猪被杀也要叫几声,又以狗叫为例,鲁迅答说,猪才只好叫叫,人不能只是这样便罢。当初蒋观云有赠陶焕卿诗,中云,敢云吾发短,要使此心存,鲁迅常传诵之,至此时乃仿作打油诗云,敢云猪叫响,要使狗心存。原有八句,现在只记得这两句而已。"①)

"何必推举呢?自然是主张发电的人啰……。"(语言尖酸刻薄)他说。

我觉得他的话又在针对我,无理倒也并非无理的。但我便主张这一篇悲壮的文章必须深知烈士生平的人做,因为他比别人关系更密切,心里更悲愤,做出来就一定更动人。(恩师被杀,学生理应站出来,替恩师伸张正义,言辞悲切,又申其民族立场,效果必然不同凡响。电报的起草人,最合适的人,必然是范爱农。)于是又争起来。结果是他不做,我也不做,(既然范爱农不写,鲁迅就应该写。结果两人都不写,可见两人都很固执,也可见争执很激烈。两人水火不容,其实性格非常相似!敌人很多时候,实际是同路人,正如庄子最好的朋友,是惠施。)不知谁承认做去了;其次是大家走散,只留下一个拟稿的和一两

---

①周作人《知堂回想录》,北京十月文艺出版社 2013 年 8 月,P258—259

个干事，等候做好之后去拍发。（学者郭长海发现了1907年7月18日全浙留日学生致"江督"和"浙抚"的两封电报。《致江督电》云："皖案惨戮株连，显背去年谕旨。挑拨祸端，为大局危。乞公三思。——留东全浙学生"；《致浙抚电》云："皖案逮捕株连，显背去年谕旨，祸及学界，尤恐酿成巨变，乞大帅主持。——留东全浙学生六月九日。"① ◎电文显示的日期也间接说明同乡会发生日期当在1907年7月18日，阴历六月初九，即秋瑾就义后第四天。）

从此我总觉得这范爱农离奇，（起初是"愤怒"，现在是"离奇"。"离奇"者，不可用人类的行为方式理解也。）而且很可恶。天下可恶的人，当初以为是满人，这时才知道还在其次；第一倒是范爱农。（愤怒已极！）中国不革命则已，要革命，首先就必须将范爱农除去。（所谓"不与同中国"也。◎乔峰："范的不为人所喜欢和时受社会的压迫的根源，从他的留学时期选择学校的行为里就可以看出来。普通到日本去留学的学生，所选的学校，大都选毕业以后说起来资格很响亮的，又入学以后可以弄到官费的，还要毕业是不十分难的。现在范爱农所选的学校，是什么学校呢？是教做物理学校的一个私立学校。这是一个不容易升级和毕业的学校，然而回到中国，资格却不及别的有些学校；因为是私立的，又没有大学、专门等字样。就这一端，可以知道他的行为和中国的势利的社会习惯不相合。虽然他待人很好，但是社会不欢迎他。……他始终并不愿入日本官立学校，虽然进了官立学校，可以领到中国官费，毕业后回国来，说起资格也很响朗，并且容易找到较好的职业。"② ◎范爱农自小父母双亡，由祖母养育成人。此种性格恐与家庭环境密切相关。）

（三）一笑泯恩仇

（鲁迅到日本留学七年半，至宣统元年，1909年回国，距离电报事件，已经两三年了。）

---

① 郭长海《有关鲁迅研究资料三种》，载《东北师大学报》1987年第4期，电文转引自马蹄疾《关于〈鲁迅和范爱农〉——答陈冠英先生之一》，载《上海鲁迅研究》1995年7月
② 乔峰《略讲关于鲁迅的事情》，见《鲁迅生平史料汇编》第一辑，天津人民出版社1981年，P259

然而这意见后来似乎逐渐淡薄，到底忘却了，我们从此也没有再见面。直到革命的前一年，(辛亥革命前一年，即1910年。)我在故乡做教员，(因周作人尚在求学，且已经结婚，家庭责任迫使鲁迅于1909年八、九月间从日本回到绍兴，年29岁。① 鲁迅短暂就职于浙江两级师范学堂，教授生理学和博物课，于1910年9月兼任绍兴府中学堂监学，相当于教务长。② 刚回国，鲁迅戴假辫子一月，后索性不戴了。当时绍兴府中学堂学生宋崇厚回忆说，当时陈子英都戴假辫子，唯独鲁迅没有。③ ◎金如鉴则回忆，此时鲁迅年不足三十，但已经开始蓄胡。④)大概是春末时候罢，忽然在熟人的客座上看见了一个人，互相熟视了不过两三秒钟，(吵过架，打过仗的人总是印象较深。)我们便同时说：

　　"哦哦，你是范爱农！"

　　"哦哦，你是鲁迅！"

　　不知怎地我们便都笑了起来，(仇人如旧友。)是互相的嘲笑(两个原本互相看不惯的人，原以为再也不会见面，偏偏又再次相遇。)和悲哀。(虽然都看不起对方，然而在现实面前，他们的境遇却如此相同！一个"在故乡做教员"，一个在乡下"教几个小学生糊口"。既为对方悲哀，也为自己悲哀。一对仇人，同是天涯沦落人。◎胡天艺："偌大的城，除了你我，还有谁理解革命呢？"⑤)他眼睛还是那样，(与生俱来，改不了了。今人所谓情商高者，曲意逢迎，丧失骨格而已。)然而奇怪，只这几年，头上却有了白发(无限心酸在内。)了，但也许本来就有，我先前没有留心到。他穿着很旧的布马褂，破布鞋，显得很寒素。(如此境遇！)谈起自己的经历来，他说他后来没有了学费，不能再留学，便回来了。(1907年7月7日徐锡麟被杀。15日两江总督端方密电日本使臣杨枢，云徐锡麟的弟弟招供党羽，沈钧业与范爱农，"均有通逆谋乱确据"。并说，"不论其何时回国，先期电知，以便设法密拿"。则范爱农在日本亦被监视，处境艰难。姜德

---

①《鲁迅年谱》，人民文学1980年，第一卷，P215，详细考证见张志心、王平《鲁迅在浙江两级示范学堂史实探微》，载《杭州师范大学学报》2008年7月第四期
②《鲁迅年谱》，人民文学1980年，第一卷，P228
③《鲁迅先生在绍兴府中学堂》，《宁波师专学报》1979年第二期。转引自《鲁迅生平史料汇编》第一辑，天津人民出版社1981年，P183
④金如鉴《回忆鲁迅先生》，载《文艺月报》1956年10月
⑤胡天艺《革命的星与月——〈范爱农〉导读》，载《上海鲁迅研究》2018年第2期

明《书叶集》中说,"范爱农确因秋案被捕下狱",为当时绍兴府中学堂监学胡钟生保释。① 回到故乡之后,(任职绍兴府中学堂,当监学。)又受着轻蔑,(经济地位低下。)排斥,(性格使然。)迫害,(光复会成员的遭遇。)几乎无地可容。(辛亥革命缺乏群众基础,革命者的孤独无助可见一斑。)现在是躲在乡下,教着几个小学生糊口。(1910年夏,辞职在皇甫庄天锡堂坐馆教书。)但因为有时觉得很气闷,所以也趁了航船进城来。(一个留洋的知识分子沦落到这种田地,可悲!)

他又告诉我现在爱喝酒,(何以解忧?唯有杜康!)于是我们便喝酒。从此他每一进城,必定来访我,非常相熟了。我们醉后常谈些愚不可及的疯话,(在鲁迅看来,是思想;在俗人看来,是"疯话"。◎乔峰:"其实所谓'愚不可及'的话,并非真是'呆话',实际上是放开胸怀,毫无隐瞒,毫无忌讳的各种谈话,夹着笑话,不过这类谈话,鲁迅称为'讲呆话'。"②)连母亲偶然听到了也发笑。(二人还是有很多共同思想与认识)一天我忽而记起在东京开同乡会时的旧事,便问他:

"那一天你专门反对我,而且故意似的,究竟是什么缘故呢?"

"你还不知道?我一向就讨厌你的,——不但我,我们。"(坦诚、耿直。◎范爱农被排挤,向来鲁迅先生亦如此。一对仇人,恰是一对知己。)

"你那时之前,早知道我是谁么?"

"怎么不知道。我们到横滨,来接的不就是子英(此人是徐锡麟同党,密谋刺杀行为。后逃亡日本,常到鲁迅寓所。◎1905年冬天,徐锡麟夫妇率领陈伯平、马宗汉、范爱农、王金发等人赴日本留学,陈子英约鲁迅去横滨迎接。)和你么?你看不起我们,摇摇头,(看来范爱农也是个细心敏感、记仇之人,这样的细节他注意到并记在心里。)你自己还记得么?"

我略略一想,记得的,虽然是七八年前(当在五年前)的事。那时是子英来约我的,说到横滨去接新来留学的同乡。(周建人云,鲁迅为绍兴同乡会的负责人,因此负责接留学生。这些人包括徐锡麟、王金发、马宗汉、陈魏等。共十二三人。事在1905年。)汽船一到,看见一大堆,大概一共有十多人,一上岸便

---

① 转引自王书林《关于鲁迅邀请范爱农一事考辨》,载《成都师专学报》1987年2月
② 乔峰《略讲关于鲁迅的事情》,见《鲁迅生平史料汇编》第一辑,天津人民出版社1981年,P259

将行李放到税关上去候查检,关吏在衣箱中翻来翻去,忽然翻出一双绣花的弓鞋来,(鲁迅亦是一个敏感之人。绣花鞋者,裹脚女人所穿,裹脚女人者,封建之受害者也。一个日本留学生,却要娶一个裹脚女人,则其思想之愚蠢可知。——鲁迅从一双鞋,感悟出范爱农的保守,从而摇摇头,内心细腻敏感如此!但鲁迅一摇头,范爱农则立即注意到,并铭记于心,伺机报复。则范爱农之细腻敏感一如鲁迅,此两者人,虽为仇敌,实为知己。)便放下公事,拿着仔细地看。我很不满,心里想,这些鸟男人,怎么带这东西来呢。自己不注意,那时也许就摇了摇头(范爱农为"畸人",与周围的人格格不入;鲁迅又何尝不是"畸人",鲁迅去仙台,就因为仙台没有中国留学生;迎接时,鲁迅心生不满,且表现在脸上,如同范爱农的"白眼",亦格格不入。两个"畸人",虽有误会,但终究会成为知己,因为他们本质上属于一类人。)。检验完毕,在客店小坐之后,即须上火车。不料这一群读书人又在客车上让起坐位来了,(让座者,讲究长幼尊卑之序也,讲究长幼尊卑,中国文化之荼毒也。)甲要乙坐在这位子,乙要丙去坐,揖让未终,火车已开,车身一摇,即刻跌倒了三四个。我那时也很不满,暗地里想:连火车上的坐位,他们也要分出尊卑来……。(分出尊卑或许没什么不好,但在当时情况下鲁迅把这些都看成是封建思想的遗留,足见其对传统价值观的痛恨。)自己不注意,也许又摇了摇头。然而那群雍容揖让的人物中就有范爱农,却直到这一天才想到。岂但他呢,说起来也惭愧,这一群里,还有后来在安徽战死的陈伯平烈士,被害的马宗汉烈士;(愧对他们!)被囚在黑狱里,到革命后才见天日而身上永带着匪刑的伤痕的也还有一两人。(愧对他们!)而我都茫无所知,摇着头将他们一并运上东京了。(多少惭愧在其中!)徐伯荪虽然和他们同船来,却不在这车上,因为他在神户就和他的夫人坐车走了陆路了。

我想我那时摇头大约有两回,他们看见的不知道是那一回。让坐时喧闹,检查时幽静,一定是在税关上的那一回了,试问爱农,(始称爱农。)果然是的。

"我真不懂你们带这东西做什么?是谁的?"

"还不是我们师母的?"(原来非自己妻子的东西。◎我读《徐锡麟评传》,侧面知道了这位"师母"的情况。徐锡麟年仅16岁,与17岁的柯桥富户王培卿的女儿王淑德结婚。王淑德为大家闺秀,知书达理,为人谦和善良。结婚十年,因王淑德习惯性流产，一直未能生育，但徐锡麟认为"一夫一妻最合理"，从未纳妾。1903年，徐锡麟去日本，父亲不同意，王淑德以私房钱帮助徐锡麟成行。徐锡麟之排满行动，多得其帮助。根据这里的情节，王淑德应该自小裹脚。一双小脚，却有一颗宽大的心，不仅支持丈夫走上排满的绝路，而且一双小脚随丈夫远走日本，令人感动。先生可知，小脚也好，让座位也好，并不影响其心胸之宽大。读至此处，我替先生浮一大白，为往日的憎恶致歉。①）他瞪着他多白的眼。

"到东京就要假装大脚，又何必带这东西呢？"

"谁知道呢？（无可奈何的感喟。）你问她去。（率直、单纯。）"

（四）绍兴光复，换了人间

到冬初，我们的景况更拮据了，然而还喝酒，讲笑话，（很好奇他们讲的什么笑话。）忽然是武昌起义，接着是绍兴光复②。（1910年十月十日武昌起义，全国响应，次年便是辛亥革命，中华民国成立，数千年的皇权统治解体。）第二天（绍兴一光复，次日就进城，可见其兴奋。）爱农（亲密非常。）就上城来，戴着农夫常用的毡帽，那笑容是从来没有见过的。（清政府终于结束，兴奋之情，可以想见。◎我读范爱农之女范莲子的回忆，直到1910年，范爱农刚刚结婚四月，夫人即小产而死，后夫人的妹妹沈荷英为之续弦，范爱农入赘岳父家，总算有个完整的家庭了。1911年，爱女范莲子出生，恰逢绍兴光复，双喜临门。③虽我，亦喜形于色，为爱农祝贺！）

"老迅，（鲁迅称呼"爱农"，爱农称呼"老迅"。◎这里，鲁迅出了小小纰漏。"鲁迅"这个笔名，启用时间在1918年前后，此时并不应该叫"老迅"，应该叫"树人"或"豫才"。④）我们今天不喝酒了。我要去看看光复的绍兴。我们

---

①参谢一彪《徐锡麟评传》，人民出版社2011年7月
②绍兴光复：据《中国革命记》第三册（1911年上海自由社编印）记载：辛亥九月十四日（1911年11月4日）"绍兴府闻杭州为民军占领，即日宣布光复"。
③范莲子口述，谢德铣整理《回忆鲁迅和范爱农》，载《许昌师专学报》（社会科学版），1986年第2期
④白杨《是"周树人"而非"鲁迅"——关于鲁迅〈范爱农〉的一点看法》，载《晋中师专学报》1990年

同去。"

我们便到街上去走了一通，满眼是白旗。(时在1911年11月5日。◎或曰：白旗象征光复。① 因为"白"象征光明，因此白旗象征光复。然中国欢迎一般采用红旗，不用白旗。或曰白旗象征对革命党的归顺。② 后者应该是对的，白旗表示归顺、投降。《从文自传》云："第二年三月本地革命成功了，各处悬上白旗，写个'汉'字，小城中官兵算是对革命军投了降。"可见，湘西凤凰县亦挂白旗，只是不知道此白旗是否写有"汉"字。周建人《略讲关于鲁迅的事情》云，王金发部队入绍兴，迎接的传道士也举着白旗，上写"欢迎"二字。③）然而貌虽如此，内骨子是依旧的，因为还是几个旧乡绅所组织的军政府，什么铁路股东是行政司长，钱店掌柜是军械司长……。(换汤不换药。此鲁迅所谓："狐狸方去穴，桃偶已登场。"◎章介眉等推绍兴知府程赞清为军政分府府长。章介眉担任治安科科长。④ ◎周建人云："那班老官僚、旧绅士是极有政治经验的，这时，他们像孙悟空一样摇身一变，立即成了拥护革命的有功之臣了。一时间，绍兴出现了社会党、统一国民党、自由党，人们纷纷在身上挂了银柿形的证章作标志，这真叫做'眼睛一眨，老母鸡变鸭'。⑤ ◎辛亥革命让满清倒台，突然出现的政治真空是一块大肥肉。旧士绅、旧官僚和渴望革命的新派之间其实有一场关于政权的尖锐斗争。旧派中，曾反对、诋毁过徐锡麟、秋瑾的人害怕新派报复，惴惴不安；支持徐锡麟、秋瑾的新派害怕旧势力卷土重来，也非常恐惧。两派领袖展开激烈的论战，结果新派取胜，派遣商会总董钱达人奔赴杭州迎接王金发。◎周作人《关于鲁迅》云，一般人认为鲁迅小说的第一篇为《狂人日记》，其实早于《狂人日记》七年，即辛亥革命当年的冬天，即用文言文写作了一篇小说，内容即是"写革命前夜的情形，性质不明的革命军将要进城，富翁与清客闲汉商议迎降，颇富于讽刺的色彩。"此文发表于《小说月报》，笔名"周卓"。)这军政府也到底不长久，(仅持续了6天。)几个少年一嚷，王金发(王金发是追随徐锡麟和秋瑾的革命党，在日本留学过，鲁迅认识。

---

① 曾庆瑞《鲁迅评传》，四川人民出版社1981年，P156，又朱忞等《鲁迅在绍兴》，浙江人民出版社1981年，P183
② 林志浩《鲁迅传》，北京出版社1981年，P71
③ 谷兴云《鲁海求索集》百花文艺出版社2017年，有考证，P125—134
④ 见《越铎日报》1912年11月27日
⑤ 周建人口述，周晔整理《鲁迅故家的败落》，福建教育出版社2017年，P233

王金发一生皆传奇，其故事不可不读。）带兵从杭州进来了，但即使不嚷或者也会来。他进来以后，也就被许多闲汉（拥护革命的人，投机者。王金发尚算靠谱，让鲁迅做了师范学校的校长，让秋瑾的男工去都督府工作等。但王金发必须解决财政问题，否则军队无饷，难以支撑。乃重用"三黄"——黄柏卿、黄介卿、黄竞白，负责财政。这三个位居要职，未及三个月便聚财80万，搞得当时的绍兴人咬牙切齿。鲁迅先生就说过"三黄弄权，混蛋透顶"。民间百姓干脆利用戏文中的现成句子，大唱"可恨三王太无礼"，在江南方言中，"黄"和"王"同音，骂"三王"就是骂"三黄"。）和新进的革命党（投机者）所包围，大（一个"大"字，讽刺！）做王都督。在衙门里的人物，穿布衣来的，不上十天也大概换上皮袍子了，天气还并不冷。（真的应了鲁迅在日本所发之言，在中国最挣钱的买卖，是造反。王金发可以做王都督，跟班则从布衣变成了"皮袍子"，都发达了。◎读此文最困难的，不是了解史实，而是放弃简单的善恶对立。王金发并非坏人，而是一个有新思想的革命者，也颇为支持鲁迅。但他要解决军饷，自然要依仗地方的士绅大人物。还有很多本身就没有信仰的人，旧政府统治则拥护旧政府，新政府上台就拥护新政府。以陈寅恪之言形容，他们教"巧宦"，进可攻退可守。这样的人，随风而倒，闻风而动，本就图一个现实的好处，这样的人亦难以拒绝。如此一来，新政府刚一组建，旧势力很快渗入。故一个国家进步，非简单的政治体制的革新所能完成，而是要从改造国民性做起。中国要更进一步，亦非简单的改革可以实现。其成功的关键，应该在于教育，只有造就了大量具备理性思考的国民，国家才有希望。否则，国民不过一些空喊口号的墙头草而已。此我读《范爱农》一大收获。）

　　我被摆在师范学校（1909年创办，原名"山会初级师范学堂"，以培养小学教员为目标。第一年规定学制2年，次年改为学制5年。教授的课程为国文、数学、英语、历史、地理、化学、动植物、生理和伦理学。伦理学，大家都不懂，戏称为"头痛学"。学生大都是"科举停，进师范"的三十多岁的中年人。①辛亥革命后，山阴、会稽合并为绍兴县，乃改名为"绍兴师范学校"。）校长的饭碗旁边，王都督（王金发）给了我校款二百元。爱农做监学，（鲁迅邀请。◎乔峰："他跑到

---

①金学曾《鲁迅在绍兴师范片段》，转引自《鲁迅生平史料汇编》第一辑，天津人民出版社1981年，P81

王金发那里去时，他常要用手摸摸王的光头，用钝滞的声音叫声'啊，金发大哥！'有时候，王有点窘，因为这时候已是军政分府的都督了，不是象从前的随便可以开玩笑的时候了。"①）还是那件布袍子，（不是皮袍子）但不大喝酒了，也很少有工夫谈闲天。他办事，兼教书，实在勤快得可以。（革命的到来一扫久来压抑的苦闷，暂时走出颓废的欣喜和兴奋，可见其对革命、对改造社会有极大的热情。）

（五）报馆案

"情形还是不行，王金发他们。"（王金发到绍兴后，免粮赋、除苛捐、平米价，行政颇得民心。又公祭先烈，抓捕章介眉等。然好景不长，传统士绅趁虚而入，用"祖传的捧法群起而捧之"，行为多有不合民心之处。但王金发并非贪图享乐之徒，很多资料认为他是反动军阀，则未免言过其实。王金发虽然是一介武夫，但在革命道路中，意志坚定，建功甚多，未可抹杀。）一个去年听过我的讲义的少年来访我，慷慨地说，"我们要办一种报来监督他们。（《越铎日报》，鲁迅学生王文灏等人所办，1912年1月3日创刊，1912年8月1日被捣毁。报名为鲁迅所起，并亲撰《〈越铎〉出世辞》，笔名"黄棘"，后收入《集外集拾遗补编》，鲁迅算是该报的"名誉总编辑"。"越"是绍兴的古称，"铎"，是铃铎。"越铎"，就是给绍兴敲响警钟的意思。此报比较受欢迎，日销售可达1700份。）不过发起人要借用先生的名字。还有一个是子英先生，一个是德清先生。为社会，（理由让人"责无旁贷"。）我们知道你决不推却的。"

我答应他了。两天后（行动能力惊人。）便看见出报的传单，发起人诚然是三个。五天后（光速开展活动。◎陶成章专门发来贺电。②）便见报，开首便骂（说好的"监督"，怎么开"骂"了？"两天后"见传单；"五天后"见报，"开首便骂"，有趣有趣。）军政府和那里面的人员；此后是骂都督，都督的亲戚、

---

①乔峰《略讲关于鲁迅的事情》，转引自《鲁迅生平史料汇编》第一辑，天津人民出版社1981年，P260

②张能耿《鲁迅的青少年时代》，见《鲁迅生平史料汇编》第一辑，天津人民出版社1981年，P258

同乡、姨太太……。（如此骂法，政府被一锅端！◎举一个示例，有一天王金发要出外视察，但布告上不写"视察"，而是写"出张"。"出张"是麻将出牌之术语，公告颇为随意。《越铎日报》于是撰文云："都督出张乎！宜乎门庭若市也。"讽刺其聚敛。另一篇文章结尾两个字："悲夫"。这两个字是古文常见的，比如《兰亭集序》末尾就是这两个字，是古人表达感慨的普通行文。但王金发的一个手下名字是"何悲夫"，乃是为了讽刺他。① ◎张能耿："鲁迅在《越铎日报》上发表的文章，虽然对王金发提了不少意见，但还是希望王金发有所改正。"② 真正触痛王金发的，是章介眉案件。章介眉是杀害秋瑾的谋主和告密者，被抓后愿意"毁家纾难"，将所有家产捐出，博得王金发同情，王不忍杀之。鲁迅极为不满。到鲁迅离开南京，章介眉捐款五万，后被释放。因鲁迅批评王金发在章介眉案件上的态度，惹怒了王金发。章介眉后来被任命为治安科长。鲁迅撰文斥责："貌虽革命，内骨子是依旧的。"）

这样地骂了十多天，（都督居然能忍十多天！）就有一种消息传到我的家里来，说都督因为你们诈取了他的钱，还骂他，要派人用手枪来打死你们了。（终于忍不住了。◎此消息是《越铎日报》实际发起人宋紫佩写信告诉鲁迅的。信送到的时候，鲁迅正和范爱农喝酒。鲁迅看完说："这是威胁，我想他也不敢。"送信人是宋紫佩的族弟宋子俊，他也劝鲁迅去乡下躲一躲。鲁迅不以为意，但范爱农力劝鲁迅避难乡下。鲁迅乃叫宋子俊雇船逃难。但依然坚持给《越铎日报》供稿。③）

别人倒还不打紧，第一个着急的是我的母亲，叮嘱我不要再出去。但我还是照常走，并且说明，王金发是不来打死我们的，他虽然绿林大学（梁山泊大学）出身，而杀人却不很轻易。（王金发并不是坏人。）况且我拿的是校款，（并非我诈取他的钱财。）这一点他还能明白的，不过说说罢了。

果然没有来杀。写信去要经费，又取了二百元。但仿佛有些怒意，（都要派人用手枪打了还"仿佛"有些怒意，幽默！）同时传令道：再来要，没有了！（我要是王金发，也生气。拿了老子的钱，专门骂老子，是何道理！）

---

① 乔峰《略讲关于鲁迅的事情》，见《鲁迅生平史料汇编》第一辑，天津人民出版社1981年，P254

② 张能耿《鲁迅的青少年时代》，见《鲁迅生平史料汇编》第一辑，天津人民出版社1981年，P258

③ 同上

不过爱农得到了一种新消息，却使我很为难。原来所谓"诈取"者，并非指学校经费而言，是指另有送给报馆的一笔款。报纸上骂了几天之后，王金发便叫人送去了五百元。(王金发毕竟有些雅量。此处鲁迅记忆有误，应该是200元)于是乎我们的少年们便开起会议来，第一个问题是：收不收？决议曰：收。第二个问题是：收了之后骂不骂？决议曰：骂。理由是：收钱之后，他是股东；股东不好，自然要骂。(此逻辑绝妙。)

我即刻到报馆去问这事的真假。都是真的。略说了几句不该收他钱的话，(今日之鲁迅就是昨日之范爱农。)一个名为会计的便不高兴了，质问我道：

"报馆为什么不收股本？"

"这不是股本……"(是封口费。)

"不是股本是什么？"

我就不再说下去了，这一点世故是早已知道的，倘我再说出连累我们的话来，他就会面斥我太爱惜不值钱的生命，不肯为社会牺牲，或者明天在报上就可以看见我怎样怕死发抖的记载。(当年心里责备别人"连打一个电报都害怕"，今天却在担心"明天在报上就可以看见我怎样怕死发抖的记载"。前后对比，为同乡会中范爱农的冷峻做解释。◎前期的《越铎日报》颇有独立精神，然核心人物很快意见不和，分为两派，斗争激烈。往往编辑部的稿件，校对部随意撤换，并增加其他内容；对过年是否停刊数日，也争论不可收拾。最重要的，是对待"三黄"的态度。该报发表对"三黄"的批评，黄介卿愿意捐款2000元为报刊经费，预付200元。范爱农听闻此事，立即主张严词拒绝，而张心斋等，则力主收纳。收纳之后，对于三黄的评论，力示和平，与范爱农力主批评冰炭不容。因此之故，范爱农、宋紫佩、马可心等人，退出报社，另外创办了《民兴日报》，范爱农也为之写稿。①)

（六）"我"赶往南京

然而事情很凑巧，季茀(许寿裳)写信来催我往南京了。(此前已经辞

---

①《鲁迅生平史料汇编》第一辑，天津人民出版社1981年，P307

职。而且准备去上海当编辑，编辑部那边要求翻译德文，作为考核。鲁迅翻译完后，等待过程中来了让鲁迅去南京的信，而且是两封。原来，南京临时政府教育部刚刚成立，许寿裳向蔡元培举荐鲁迅，蔡元培本也想聘用鲁迅，故委托许寿裳来信。事在1912年2月初。但确切日期，至今不能确定。鲁迅负责何种工作，亦不得而知。有人猜测应该是负责社会教育方面。①）爱农也很赞成，（对时局的清醒认识。）但颇凄凉，（对知己的不舍。）说：

"这里又是那样，住不得。你快去罢……。"（学校的经费已经断绝，孔教会和自由党又觊觎校长职位，鲁迅的校长已难以当下去。）

我懂得他无声的话，决计往南京。（鲁迅与范爱农在日本仅仅一面之缘，在绍兴相聚仅仅两个月，复又分别矣。）先到都督府去辞职，自然照准，派来了一个拖鼻涕的接收员，（此人名叫"朱幼溪"，辛亥革命前是绍兴府中学堂法治经济教员。王金发来到绍兴后，担任绍兴军政分府民事署学务科员。成年后亦保持用手横擦鼻涕的习惯，鲁迅戏称之为"拖鼻涕"。此人热爱诗词，经常在《越铎日报》等处发表诗文。文章冗长，绍兴人又给取了一个外号"臭霉豆腐"。② ◎高中语文课本中想当然地以为，所谓流鼻涕是写接收员的"幼稚"，明显错误。当时的鲁迅29岁，朱幼溪30岁。一点都不幼稚。）我交出账目和余款一角又两铜元，不是校长了。（事在民国元年，1912年2月13日。鲁迅在1911年11月11日任校长。不过3月有余耳。◎账目余款仅仅是一角多钱，足见学校经费之捉襟见肘。而此种艰难，实为王金发军政府拨款不足所致。然景宋云："结余一角五分钱。"与此不同。③）后任是孔教会会长傅力臣。（鲁迅把名字写错了，应该是"傅励臣"。生卒年为1866—1918。熟读经史，为清末举人。废除八股后，参加经济特科考试，获第三名。④）

报馆案是我到南京后两三个星期了结的，被一群兵们捣毁。（以镇压结束，时间为1912年8月1日。从创刊1月3日算起，亦半年有余。）子英在乡下，没有事；德清适值在城里，大腿上被刺了一尖刀。他大怒了。自然，

九

范爱农

---

①《鲁迅在南京临时政府教育部》，见《鲁迅生平史料汇编》第一辑，天津人民出版社1981年，P458
②《鲁迅生平史料汇编》第一辑，天津人民出版社1981年，P319
③景宋《民元前的鲁迅先生》，见《鲁迅生平史料汇编》第一辑，天津人民出版社1981年，P261
④裘士雄整理了傅励臣之子对他的回忆，见《鲁迅生平史料汇编》第一辑，P317

这是很有些痛的，怪他不得。他大怒之后，脱下衣服，照了一张照片，以显示一寸（确实不太大）来宽的刀伤，并且做一篇文章叙述情形，向各处分送，宣传军政府的横暴。我想，这种照片现在是大约未必还有人收藏着了，尺寸太小，刀伤缩小到几乎等于无，如果不加说明，看见的人一定以为是带些疯气的风流人物的裸体照片，倘遇见孙传芳大帅，还怕要被禁止的。（此处行文极为幽默，并顺便嘲讽孙传芳，孙传芳颇为保守，禁止女人穿旗袍即是一个有趣的例子。但据说，他的姨太太就穿旗袍，带头反对他的政策，他也无如之何，只能慨叹："内人难驯，实无良策。"又画家刘海粟首先在中国引入了裸体模特的教学方式，而且第一个公开展出裸体模特素描作品。孙传芳认为有伤风化，将上海美专查封，抓捕刘海粟。后来刘海粟被放出来，但罚款50大洋。◎乔峰："孙德卿腿上被刺了一尖刀，但并非要害，伤亦不重。这也许是'三王'指使的，也许是王金发自己的主意，即使是王的意思，比之于后来军阀的随便杀人，实在是客气多了。"① ◎阅读此处，切不可简单贴标签，认为捣毁者即为反动派，鲁迅则代表正义。这样的思维，是当今教育很严重的问题。我们切入事实去思考，就会发现在中国要实现"言论自由"，真的太不容易。政府如果允许鲁迅等人的激烈文章，则难以统治；但如果镇压，则新政府和旧政府又有什么区别？故保证言论自由，国家又不至混乱，这才是更先进的国家。试想，民国元年的中国，有可能否？）

（七）范爱农之死

我从南京移到北京的时候，爱农的学监也被孔教会会长的校长设法去掉了。（保守派一上台，范爱农前途危矣。）他又成了革命前的爱农。（从日本回来，穷困潦倒；到绍兴光复，范爱农展露出没有过的"笑容"；然后是"实在勤快得可以"；最后又成为"革命前的爱农"。人生大起大落，就在短短几年间发生。）我想为他在北京寻一点小事做，这是他非常希望的，然而没有机会。（无能为力后的负疚感。）他后来便到一个熟人的家里去寄食，也时时给我信，景况愈困穷，

---

① 乔峰《略讲关于鲁迅的事情》，见《鲁迅生平史料汇编》第一辑，天津人民出版社1981年，P254

言辞也愈凄苦。终于又非走出这熟人的家不可,便在各处飘浮。不久,忽然从同乡那里得到一个消息,说他已经掉在水里,淹死了。(从"寄食"到"漂浮",从"凄苦"到"淹死",似是必然结局。◎鲁迅壬子日记七月下云:"……范爱农以十日水死。悲夫悲夫,君子无终,越之不幸也,于是何几仲辈为群大蠹。"◎鲁迅在范爱农诗稿后注:"我于爱农之死为之不怡累日,至今未能释然。")

我疑心他是自杀。(为何自杀?生活的困顿、别人的冷眼皆能甘之如饴,不足以自杀。只有一种可能,他对革命彻底绝望了,当一个革命者的精神理想被彻底扼杀时,无异于抽去了范爱农精神生命之灵魂。)因为他是浮水的好手,不容易淹死的。

夜间独坐在会馆里,十分悲凉,又疑心这消息并不确,但无端又觉得这是极其可靠的,虽然并无证据。(钱理群:"'疑……独坐……悲凉……疑心……无端又觉得……虽然并无……'这样曲折的表达,都是典型的鲁迅句式,是道尽了他内心的纷扰的。"[1]) 一点法子都没有,只做了四首诗,后来曾在一种日报上发表,现在是将要忘记完了。只记得一首里的六句,起首四句是:"把酒论天下,先生小酒人,大圜犹酩酊,微醉合沉沦。"中间忘掉两句,末了是"旧朋云散尽,余亦等轻尘。"

后来我回故乡去,才知道一些较为详细的事。爱农先是什么事也没得做,因为大家讨厌他。(性格、思想与黑暗社会格格不入。)他很困难,但还喝酒,是朋友请他的。他已经很少和人们来往,常见的只剩下几个后来认识的较为年青的人了,然而他们似乎也不愿意多听他的牢骚,以为不如讲笑话有趣。(爱农有笑话可讲吗?范爱农这样的人,是一个社会最活跃的创新力量,如同植物的芽苞,是未来的希望。但这样的芽苞,却连生存都困难。故一个创新的社会,首先要容纳范爱农这样的人,才有希望。)

"也许明天就收到一个电报,拆开来一看,是鲁迅来叫我的。"他时常这样说。(无限愧疚。◎北京的政局,是亲袁世凯的党羽将蔡元培排挤出教育部,也在进行激烈的政治斗争。这或许是鲁迅未能给范爱农谋职的原因。◎我读仲济强一篇论文,云:"以往研究者多将鲁迅与范爱农的深挚友谊作为不加反思的预设,然

---

[1] 钱理群编著《中学语文教材中的鲁迅作品解读》,漓江出版社2014年9月,P235—236

而，范爱农显然不是鲁迅核心朋友圈的人。"又云："1910 年 8 月 15 日，据《范爱农》里的叙述，此时俩人已经'非常相熟了'，但鲁迅仍在私人书信中将范爱农定性为面目可憎、居心叵测，怀疑他为了私利而毁掉绍兴府中学堂教务文件。"① 按：读一篇论文，竟然对范爱农生起无限悲情！一个视鲁迅为救世主的人，苦苦等待鲁迅的消息；而他不知道，他的确不是鲁迅核心朋友圈中的人。先生之愧疚，不仅是没有给范爱农谋职，更在于对范爱农知之不深。）

一天，几个新的朋友（鲁迅作为"旧"的朋友，感慨万千。）约他坐船去看戏，回来已过夜半，又是大风雨，他醉着，却偏要到船舷上去小解。大家劝阻他，也不听，自己说是不会掉下去的。但他掉下去了，虽然能浮水，却从此不起来。

第二天打捞尸体，是在菱荡里找到的，直立着。（周作人：范爱农是"蹲踞而非真是直立着。"② 故此亦鲁迅的小说笔法，在鲁迅看来，范爱农哪怕是死，也必然是"直立着"。）

我至今不明白他究竟是失足还是自杀。（关于范爱农之死，1912 年夏历 2 月 27 日范爱农在给作者信中，曾有"如此世界，实何生为？盖吾辈生成傲骨，未能随波逐流，惟死而已，端无生理"等语。作者怀疑他可能是投湖自杀。）

他死后一无所有，遗下一个幼女和他的夫人。有几个人想集一点钱作他女孩将来的学费的基金，因为一经提议，即有族人来争这笔款的保管权，（投射出爱农的生活处境。）——其实还没有这笔款，——大家觉得无聊，便无形消散了。

现在不知他唯一的女儿景况如何？倘在上学，中学已该毕业了罢。（殷殷情意，多少悲凉！◎范爱农女儿叫范莲子，1978 年有《关于鲁迅的朋友范爱农及有关情况的回复》一文，但她当时年幼，实对父亲的处境不甚了然。）

十一月十八日

---

① 此事见《鲁迅手稿全集》，文物出版社 1978 年，P10，转引自仲济强《民元记忆及伦理再造：〈范爱农〉与鲁迅的政治时刻》，载《西南民族大学学报》（人文社会科学版）2019 年第 11 期
② 周作人著，止庵校订《鲁迅小说里的人物》，河北教育出版社 2002 年 1 月，P272—273

附 录

【徐锡麟供单】

　　徐锡麟供：我本革命党大首领，捐道员到安庆，专为排满而来，做官本是假的，使人无可防备。满人虐我汉族将近三百年矣，观其表面立宪，不过牢笼天下人心，实主中央集权，可以膨胀专制力量。满人妄想立宪便不能革命，殊不知中国人的程度不够立宪，以我理想，立宪是万万做不到的，革命是人人做得到的。若以中央集权为立宪，越立宪的快，越革命的快。我只拿定革命宗旨，一但乘时而起，杀尽满人，自然汉人强盛，再图立宪不迟。我蓄志排满已十余年，今日始达目的，本拟杀恩铭后再杀端方、铁良、良弼，为汉人复仇，乃竟于杀恩铭后即被拿获，实难满意。我今日之举，仅欲杀恩铭与毓钟山耳，恩铭想已击死，可惜便宜了毓钟山。此外死伤各员，均系误伤，惟顾松系汉奸，他说会办谋反，所以将他杀死。赵廷玺他要拿我，故我亦□欲击之，惜被走脱。尔等言抚台是好官，待我甚厚，诚然，但我既以排满为宗旨，即不能问满人作官好坏。至于抚台厚我，系属个人私恩，我杀抚台，乃是排满公理。此举本拟缓，固因抚台近日稽查革命甚严，他又当面叫我拿革命党首领，恐遭其害，故先为同党报仇，且要当大众将他打死，以表我名，只要打死了他，此外文武不怕不降顺了，我直下南京，可以势如破竹，我从此可享受大名，此实我得意之事。尔等再三言我密友二人现已一并拿获，均不肯供出姓名，将来不能与我大名并垂不朽，未免可惜。所论亦是，但此二人皆有学问，日本均皆知名。以我所闻，在军械所击死者为光复子陈伯平，此实我之好友，被获者或系我友宗汉子，向以别号传，并无真姓名，若尔等所说已获之黄福，虽系浙人，我不认识。众学生等程度太低，无一可用之人，均不知情，你们杀我好了，将我心剖了，两手两足剁了，全身砍碎了，均可，不要冤杀学生，是我诱逼他去的。革命党本多在安庆，实我一人为排满事欲创革命军，助我者仅光复子、宗汉子二人，不可拖累无辜。我与孙汶宗旨不合，他也不配使我行刺，我自知即死，可拿笔墨来，将我宗旨大要亲书数语，使天下后世皆知我名，不胜荣幸之至。谨供。

——中国第一历史档案馆档案

【绍兴光复与鲁迅】

鲁迅于1910年9月到绍兴府中学堂当监学，次年夏天辞职，准备去上海当编译员。当时的学校监督（校长）为沈镜蓉，亦辞职。学校乃选代表十人，请陈子英与鲁迅回校主持。

1911年11月5日，杭州光复。

第二天，鲁迅对周凤藻说："外面的消息知道吗？汉阳失守了。"周凤藻答道："轻些。"鲁迅说："这是公开的秘密，报纸上已经登载了这件大新闻。"

第三天，绍兴全城挂起了白旗。

越社决定在绍兴城内召开迎接光复大会（人数一百人左右，主要是越社青年、府中、师范等师生），地点在开元寺，公推鲁迅为主席。鲁迅提议了若干临时办法，比如：

(1) 组织讲演团，阐明革命意义，鼓动革命情绪；

(2) 组织人民武装，讲演团亦要武装，防止反对者。

孙德卿头皮精光坐于前排，鲁迅尚未说完，即弯腰做出站起但未站起的姿势，说一句"鄙人赞成"。此人外号"大王"，清光绪三十年（1904年）赴日留学，结识孙中山、陶成章、秋瑾等人，加入"同盟会"与"光复会"，尤其支持排满。秋瑾被杀后一度下狱，后被放出。

鲁迅的提议很快通过。但组织武装实困难重重。绍兴中学堂虽有枪，但没有真子弹，有子弹，也只能放响，没法伤人。

当时的绍兴人心惶惶。山阴、会稽二县（后来合并为绍兴县）衙门里的人差不多逃光了。绍兴府中学堂的老师走散了不少，200左右的学生，大部分也不辞而别。大街上的店铺纷纷闭门。有教师（宋崇厚）向鲁迅告假，鲁迅说："你怕了吗？"又说："你看，逃掉的是满清官吏，我们为什么要逃？勿要自慌自。"（宋崇厚回忆《鲁迅先生在绍兴府中学堂》，载《宁波师专学报》，1979年第二期）又有人说败残的清兵要渡江来绍兴，大家更为恐慌。

鲁迅组织学生上街，安定人心。领队为学校负责教兵操的先生。他还未剪头发，只是打了一个结。他没有拿狭长的指挥刀，而是一把可以砍刺的长刀。队长问："万一有人拦阻便怎样？"鲁迅答："你手上的指挥刀作什么用的？"鲁迅等人散发传单，告知民众杭州光复的经过，并解释没有清兵来绍兴。此游行很有效果，很多店铺开始营业。（乔峰《略讲关于鲁迅的事情》，孙伏园《鲁迅先生二三事》）

鲁迅此时得了胃病，但坚持忙于各种工作。

11月9日，有人告诉鲁迅，王金发的军队约今晚可以到绍兴。鲁迅和学生就在西门等王金发的军队，到了黄昏不见动静，又等到二更三更，还是不见军队身影。天气寒冷，学生衣着单薄，不得不敲开育婴堂的门，喝茶等待。参加迎接的人，还有范爱农、陈子英和孙德卿。孙德卿慷慨解囊，买了几百个鸡蛋给学生。此后不久，报说今晚军队不到，改为明日。

于是，11月10日，这一批人又去东边的偏门等待。黄昏以后，有枪响，隔一段时间即又有枪响。不多时，三两只白篷船到来。第一只船刚靠岸，程赞清知府在两个当差人的搀扶下，飞奔过去迎接，投机革命。

王金发的部队立即进城，士兵一身蓝色，打裹腿，穿草鞋，拿淡黄色的枪。带队人则骑马。人们也无心睡觉，万人空巷，夹道欢迎。到了驻地，外面高喊口号："中国万岁！革命胜利！"一班人挑来酒肉，犒劳士兵，人群才逐渐散去。

11月11日，王金发召开群众大会，宣布解散原来的军政分府（旧乡绅自行组织），逮捕秋瑾案告密犯章介眉，另行组建军政分府，自任都督，程赞清被留用。接着发安民公告，举行革命先烈的公祭活动等。

【范爱农被辞退】

三月二十七日范爱农于杭州写信给鲁迅：

豫才先生大鉴：晤经子渊，暨接陈子英函，知大驾已自南京回。听说南京一切措施与杭绍鲁卫，如此世界，实何生为，盖吾辈生成傲骨，未能随波逐流，惟死而已，端无生理。弟于旧历正月二十一日动身来杭，自知不善趋承，断无谋生机会，未能抛得西湖去，故来此小作勾留耳。现因承蒙傅励臣函邀担任师校监学事，虽未允他，拟阳月杪返绍一看，为偷生计，如可共事，或暂住数月。罗扬伯居然做第一科课长，足见实至名归，学养优美。朱幼溪亦得列入学科教员，何莫非志趣过人，后来居上，羡煞羡煞。令弟想已来杭，弟拟明日前往一访。相见不远，诸容面陈，专此敬请著安。弟范斯年叩，二十七号。《越铎》事变化至此，恨恨，前言调和，光景绝望矣。又及。"（《鲁迅的青年时代·鲁迅与范爱农》）

又5月9日从杭州写信给北京鲁迅：

豫才先生钧鉴：别来数日矣，屈指行旌已可到达。子英成章已经卸却，弟之监学则为二年级诸生斥逐，亦于本月一号午后出校。此事起因虽为饭菜，实由傅励臣处置不宜，平日但求敷衍了事，一任诸生自由行动所致。弟早料必生事端，惟不料祸之及己。推及己之由，则（后改为"现悉统"）系何几仲一人所主使，唯几仲与弟结如此不解冤，弟实无从深悉。盖饭菜之事，系范显章朱祖善二公因二十八号星期日起晏，强令厨役补开，厨役以未得教务室及庶务员之命拒之，因此深恨厨役，唆令同学于次日早膳，以饭中有蜈蚣，冀泄其忿。时弟在席，当令厨役掉换，一面将厨役训斥数语了事。讵范朱等忿犹未泄,于午膳时复以饭中有蜈蚣,时适弟不在席,傅励臣在席,相率不食,(但发现蜈蚣时有半数食事已毕,)坚欲请校长严办厨房,其意似非撤换不可。傅乃令诸生询弟,弟令厨役重煮,学生大多数赞成,且宣言如菜不敷,由伊等自购,既经范某说过重煮,定须令厨役重煮。厨役遂复煮,比熟已届上课时刻,乃请诸候选教员用膳,请之再三,而胡问涛、朱祖善、范显章、赵士璨等一味在内喧扰不来。励乃嘱弟去唤,一面摇铃,令未饱者赶紧来吃,其余均去上课。弟遂前往宣布,胡问涛以菜冷且不敷为词,弟乃云前此汝等宣言菜如不敷,由汝等自备,现在汝等既未备,无论如何只有勉强吃一点。胡等犹复刺刺不已,弟遂宣言,不愿吃又不上课,汝等来此何干,此地究非施饭学堂,(施饭两字系他们所出报中语,)如愿在此肄业,此刻饭不要吃了,理当前去听讲,否则即不愿肄业,尽可回府,即使汝等全体因此区区细故愿退学亦不妨。于是欲吃者还赴膳厅,其已毕者去上课。昨晨早膳,校长俟诸生坐齐后乃忽宣言,此后诸生如饭菜不妥,须于未坐定前见告,如昨日之事可一不可再,若再如此,决不答应。诸生复愤,俟食毕遂开会请问校长,以罢课为要挟,此时系专与校长为难,未几乃以弟昨日所云退学不妨一语为词,宣言如弟在校,决不上课,系专与弟为难,延至午后卒未解决。弟以弟之来师范非学生之招,系校长所聘,非校长辞弟,非弟辞校长,决不出校,与他们寻开心。学生往告诉几仲,傍晚几仲遂至校,嘱校长辞弟,谓范某既与学生不治,不妨另聘,傅未允,怏怏去。次日仍不上课,傅遂悬牌将胡问涛并李铭二生斥退,(此二生有实据,系与校长面陈换弟,)胡李遂与赵士璨、朱祖善等持牌至知事署,并告几仲。几仲遂于午后令诸生将弟物件搬出门房,几仲亦来,(并令大白暨文灏登报,)弟适有友来访,遂与偕出返舍。刻因家居无味,于昨日来杭,冀觅一栖枝,且如是情形(案此四字下文重复,推测当是"陈子英"之误写)亦曾约弟同住西湖闲游,故早日来杭,因如是情形现有祭产之事,日前晤及,云须事中方可来杭也。专此即询兴居,弟范斯年叩,五月九号。诸乡先生晤时希为候候。蒙赐示希寄

杭垣江门局内西首范宅,或千胜桥宋高陶巷口沈馥生转交。(同上)

后来30日,尚写信给鲁迅,信已经不复存在。

按:鲁迅在绍兴师范工作的时候,厨师的饭煮得太软,为学生所厌恶。某次吃饭,有学生故意放两条蜈蚣。一个说:"饭里有毒。"一个喊:"我已经中毒了。"大家一起闹起来。几个代表去鲁迅处讨要说法。鲁迅已经知道此事,而且断定是学生放的蜈蚣。鲁迅说:"蜈蚣当然是有毒的。不过我在日本也学过一点医学,你把中毒最深、肚子痛得最厉害的叫来,我给你们按脉服药。"学生代表乃哑口无言退出,此事因此平息。(张能耿《鲁迅亲友谈鲁迅》)如此,则食堂矛盾早已经爆发。

又:学校规定,七个人吃四碗菜。有疾病者,一人吃两碗菜。但"病学生"越来越多。鲁迅不得不为他们诊脉,装病者才消失不见。

【范爱农之死】

范爱农之死,鲁迅怀疑是自杀,然苦无实际证据,所据者,乃范爱农来信:

如此世界,实何生为,盖吾辈生成傲骨,未能随波逐流,惟死而已,端无生理。

范爱农死亡第一手资料,则是《民兴日报》创办人马可兴,他的回忆刊载在《绍兴鲁迅纪念馆馆刊》第一期,内容摘录如下:

……船开到瓦窑头附近,锣鼓声就听到了。大家叫撑船的撑得快些,撑到可以吃点心,范爱农吃得醉醺醺的,从官舱里伸出头来,说:"撑船的,我给你来摇橹。"不知怎么一来,就落水了。船一面开着,船里的人在做各人的事,究竟他在哪里跌下去也不知道,等到发觉,赶快掉转船头去寻找,哪里能寻到呢?只有估计在他落水地方的岸上,放一圈蚊虫药为记号。第二天设法去打捞,打捞起来的尸体,他象正睡着的样子。

有意思的是,后来学术界发现了范爱农舅舅汪梅峰的一篇悼念诔文——《吊范爱农诔文》，载《绍兴师专学报》1982年第1期，全文如下：

会邑皇甫庄，有范爱农者，余甥也。五龄失父，旋即丧母。门衰祚薄，孤苦零丁。幸有祖父在堂，赖其教育抚养，励志成人。自幼沉潜好学，不事戏游，少长即游泮水，亦不自矜。余早以伟器目之。自学堂初立，即入游焉，后远游日本，访结名流，中西诸学，了然胸中，洵国家有用才也。

余馆西鲁陈宅，一日，叔浩甥来谈及爱农于五月二十七日沉溺皋镇，死于非命。余不禁浩然叹，怅然悲，而泪下涔涔矣！得耗之下，惊疑者再，以为梦耶！传之非真耶？然叔浩亦吾甥也，抑岂传言之或谬耶？呜呼，其信然矣！如爱农之才之学，天竟殒其身，夭其寿，绝其嗣，抑何彼苍之不公耶？窃谓天心难测，天意难知。若爱农之少者、强者而天没，如余老者、衰者而存全也，夫岂天之不惜人才，不爱生灵然耶？抑或人之生死有常，寿之修短难知而然耶？天实为之，谓之何哉？呜呼，痛哉！自今以后，范氏折一梁栋之材，我家少一宅相之甥矣。

噫，是祸也！其此由伊友马可星（按：即马可兴）也。星不邀看会，彼不往皋镇；星不力邀看会，彼也不往皋镇。嗣因马君买舟既就，零有别友六人，专候爱农，以致情不可却，遂登舟偕往，晚后竟遭此厄。冤耶，否耶？所最难堪者，谓其尸骸捞上彼岸，有偏身黑色之象。若非服毒身亡，仅遭水厄，安有如此情形？其可疑一也；彼不愿往而星必力邀者，其可疑二也；爱农一死，星即登报声明，脱离己罪，其可疑三也。当其时，无人为爱农伸雪此冤，遂成千古疑案矣。然其偏身黑色之情，未经报验，暗昧入棺，为马可星及同舟诸君幸逃法网。此真可惜而可恨也！或者天心震怒，发雷霆以击凶残；或者魂魄有灵，挟冤气以诛首恶，循环报复必如是神灵，始得稍息亲朋之撼矣。况爱农谨密守身，夫岂有过中之过？而和平应世，反自来冤外之冤，谁为伸之？孰能白之？余因情关甥舅，谊切姻亲；爰循次序，略表生平；勉作诔文，以吊冤抑。历叙爱农生平事迹，惜其学力已成，遽死非命，半由择交不慎，半由大限难逃。作者哀吊哭泣，出于至性至情，非恒泛者所能猝就也。

汪梅峰把范爱农的死推给了马可兴。然这种判断缺乏依据，也比较武断。

王德林《范爱农死因探究》（载《绍兴师专学报（社会科学版）》1982年2月）云：

这里，汪梅峰把范爱农之死的责任，全部归罪于马可兴，这委实有点冤枉。因马可兴与范爱农素无冤仇，在范爱农失业困顿的境遇下，马还设法让他担任《民兴日报》的社外编辑，暂时解决他的生计问题。鲁迅自南京返绍时，他还陪同鲁迅、陈子英、范爱农赴"同春楼"菜馆吃过饭，足见他们之间的友谊非同一般。因此，马可兴决无谋害范爱农的可能。作为范爱农的舅舅汪梅峰，在悲愤之余，产生这种"城门失火，殃及池鱼"的心情，当然是可以理解的。但是，毋庸置疑《诔文》的确提出了范爱农死因的确凿证据："尸骸撩上彼岸，有偏身黑色之象。若非服毒身亡，仅遭水厄，安有如此情形？"足见范爱农之死，决非一般失足落水，而是遭仇人暗算无疑。众所周知，范爱农的真正仇人，就是当年绍兴自由党的重要人物何几仲。

当然，王德林的分析也属于猜测。事情究竟如何，我们不得而知。至于范莲子的回忆中，绘声绘色地写了范爱农小便，并被何几仲以及几个被煽动的学生暗杀的过程，但范莲子当时年仅2岁，又非当事人，实在难以相信。范爱农的死，已经不可能查清，永成谜团。

【哀范君三章】

【其一】	【其二】	【其三】
风雨飘摇日， 余怀范爱农。 华颠萎寥落， 白眼看鸡虫。 世味秋荼苦， 人间直道穷。 奈何三月别， 竟尔失畸躬。	海草国门碧， 多年老异乡。 狐狸方去穴， 桃偶已登场。 故里寒云恶， 炎天凛夜长。 独沉清洌水， 能否涤愁肠？	把酒论当世， 先生小酒人。 大圜犹酩酊， 微醉自沉沦。 此别成终古， 从兹绝绪言。 故人云散尽， 我亦等轻尘！

总　评

- 《范爱农》是《朝花夕拾》中最后完成的篇目。杨义说："《朝花夕拾》的往事回忆，始于绍兴，终于绍兴，可看作鲁迅的'故乡吟'。"①
- 鲁迅："理想的头碰了一个大钉子。"(《为了忘却的纪念》)
- 唐弢：(《范爱农》一文)"饱和着作家强烈的爱憎，闪烁着社会批判的锋芒，在平淡的叙述中寓有褒贬，在简洁的描写中分清是非，使回忆与感想，抒情与讽刺和谐地结合起来。"(唐弢主编《中国现代文学史》)
- 钱理群："在人物传记里有一类叫'畸人传'，'畸人'一语出于《论语》，……就是'不合于世俗的异人'，那么，鲁迅笔下的范爱农就属于'畸人'。"②
- 徐锡麟死了，范爱农失去了第一座灯塔；鲁迅离开，范爱农第二次失去了灯塔，从而陷入了死亡的黑暗。
- 仲济强："范爱农是徐锡麟的学生，曾因徐锡麟、秋瑾案被通缉，是串联徐锡麟、秋瑾、鲁迅的线索性人物，而且其溺亡的时间也介于徐锡麟与秋瑾就义的纪念日之间，极有象征意涵。更重要的是，厦门时期的鲁迅与辛亥前后的范爱农都有'六面碰壁'的受害经验，都属于鲁迅口中的没被上等人'安排过杂合面'的下等人序列。鲁迅用范爱农生命里的六个时刻（1907 年、1910 年春末、1905 年、1911 年、1912 年 3 月、1922 年 7 月），建立起了'我'与秋瑾、徐锡麟、范爱农等革命牺牲者的关联，通过见证式的个人记忆，勾连起了以受害者群体为主角的中华民国建国史，留下了一份带有体温的

---

① 《鲁迅作品精华》，杨义选评，三联书店 2014 年 8 月，P258
② 钱理群编著《中学语文教材中的鲁迅作品解读》，漓江出版社 2014 年，P230

'血的流水账簿'。"①

- 杨义："范爱农的死，成了对一个时代、一种人生的哀切的祭奠。"②
- 我对中国强大的定义可能与一般人不同：一般人的指标，可能是国家富强，人民幸福。我的指标除了以上两条，还有一点，那就是像范爱农、鲁迅这样的牛虻，能生活在这片土地上，不被孤立、不被打压，尽情展现其个性。

---

① 仲济强《民元记忆及伦理再造：〈范爱农〉与鲁迅的政治时刻》，载《西南民族大学学报》（人文社会科学版）2019年第11期　按：此文见解独到，虽剑走偏锋，却不可不读。
②《鲁迅作品精华》，杨义选评，三联书店2014年8月，P259

十、狗·猫·鼠

本文为《朝花夕拾》最早写作的篇目，时在 1926 年 2 月 21 日。此文广征博引，又涉及女师大学潮大量的史实，不易理清。若将障碍跨过，则此不失为一篇妙文也。读此文之前，可先了解女师大学潮的情况。◎阅读此文，最重要是站在客观的立场上去看待双方的唇枪舌剑。其实两派势力的本质冲突，是对学潮的态度：鲁迅、许广平方支持学潮，支持学生游行，采取激烈的方式斗争，反抗；陈西滢、徐志摩、李四光等人，则认为校长和教育部应该有相当的权威，学生不可没有分寸，学校应该有学校的秩序，学生该有学生的样子，学生的本职在学习，而不是参加政治运动。这两种观点，前者是主流，即五四精神的一方面，主张学生反抗、运动乃至推翻统治；后者也不乏支持者，包括北大校长蔡元培、国学大师钱穆，都是反对学潮的。理解这个本质差别，就不会简单地认为陈西滢、徐志摩、李四光属于"御用文人"或倒行逆施了。至于杨荫榆，这个历史旋涡中的女性，是耶非耶，尚待评价。其人在 1937 年，保护了很多女孩子免遭日军蹂躏，并因此壮烈牺牲，死得其所，起码说明她也并非愚昧无骨气之人。◎一切动辄说陈西滢、章士钊为"反动文人"，以扣帽子的方式代替思考，皆如矮人观场，随人叫好，读书人中之笨伯耳。

（一）鲁迅＝狗？

（鲁迅并不讨厌狗，而是讨厌"叭儿狗"，即 Pekingese，其特点：对主人摇尾乞怜，温顺可爱；对穷人则龇牙咧嘴，狂吠猛咬。这种"叭儿狗"即御用文人的象征，他们依附于权力，丧失了独立的精神，用摇尾乞怜和颠倒是非获取扶摇直上的政治地位。鲁迅形容这些人是"学者皮，奴才骨"。先生笔下，写狗之篇目甚多，《狂人日记》有"赵家的狗"，著名文章《论费厄泼赖应该缓行》中提出"痛打落水狗"，还有一篇《"丧家的""资本家的乏走狗"》非常知名，《野草》中，则有一奇文，曰

《狗的驳诘》,可以一读。《鲁迅全集》写动物200种左右,但狗的数量最多。"丧家犬",朝廷"鹰犬",洋大人之"宠犬",纷纷者皆是也。吾读一篇博士论文,题目是《"人"与"兽"的纠葛——鲁迅笔记的动物意象》,里面分析了"野狗""哈巴狗""落水狗"之区别,云:野狗者,有野性,深夜远吠,闻之神怡,独立文人是也;哈巴狗,则陈西滢、徐志摩等"御用文人"是也;落水狗者,章士钊、杨荫榆等倒台之人是也。鲁迅亲自画有"叭儿狗"的图像。林语堂看完,认为妙不可言,乃画了著名的"鲁迅打狗图"。)

　　从去年起,仿佛听得(说是仿佛,其实确有人说,看似不经意,其实很在意。)有人说我是仇猫的。(鲁迅同情小兔子被猫吃掉,因此仇猫,同时,狗猫乃天敌,狗也讨厌猫,如此,则可以得出结论:鲁迅=狗。◎赵瑞生《一堆闲话·狗的厄运》:"鲁迅先生仇猫是很有名的,现在又仇及猫的仇敌狗了,论'落水狗'有三种。其实还有一种,从前曾作威作福,见人打来,赶紧跳入水中,情愿受落水狗的美名,以免一打,就是所谓'能屈能伸的英雄'。所以黎元洪,段祺瑞一再登台。《论'费厄泼赖'应该缓行》第五节说得很详细了。"① ◎1926年,2月,李四光写给徐志摩一封信,题目是《结束闲话,结束废话!》意思是双方再吵下去毫无意义。徐志摩写给李四光的信中则云:"'有了经验的狗,'哈代在一处说,尚且'知道节省他的呼吸,逢着不必叫的时候就耐了下去',何况多少有经验的人,更何况大学的教授们,更何况负有指导青年重责的前辈!"② 按:徐志摩的话,亦太损矣,意思是:鲁迅,请你闭嘴,连狗都知道要歇一会儿了。)那根据自然是在我的那一篇《兔和猫》;(《呐喊》篇目)这是自画招供,当然无话可说,(我确实讨厌猫。)——但倒也毫不介意。(本不介意,这只是对动物一点看法而已。这是表层意思,深层意思是:我既然骂过御用文人是"落水狗"和"叭儿狗",现在被人骂是狗,也很正常。)

　　我可很有点担心了。(但这些"文人"却大做文章,从我讨厌猫延伸出许多问题,用来攻击我。)我是常不免于弄弄笔墨的,写了下来,印了出去,对

---

① 原载于《京报副刊》1926年1月21日,转引自《1913—1983鲁迅研究学术论著资料汇编》,中国文联出版社公司1985年10月,第一卷,P127
② 1926年2月3日《晨报副刊》,转载于《1913—1983鲁迅研究学术论著资料汇编》,中国文联出版公司,1985年10月,P142

于有些人似乎总是搔着痒处的时候少,（让人舒服的话,如同痒痒挠,惹人喜爱,但鲁迅说得少。）碰着痛处的时候多。（语言刻薄,话风尖锐。）万一不慎,甚而至于得罪了名人或名教授,（徐志摩调停,说陈西滢和鲁迅都是名人或名教授,不要再吵了。鲁迅则以此词讽刺御用文人。鲁迅是反权威者,故权威树立的典范——"名人""名教授""君子""正人君子"等,在鲁迅笔下,都成为了贬义词。）或者更甚而至于得罪了"负有指导青年责任的前辈"（也是徐志摩的话。）之流,可就危险已极。（写我得罪了名教授,诚惶诚恐,实乃讽刺正统之权威,鲁迅先生的伟大,莫过于此种反抗权威的战斗之气,但鲁迅永远无法料到,他自己将被塑造成最大的权威,历史的因果轮回,可发一笑,亦可发一叹。）

为什么呢？因为这些大角色是"不好惹"的。怎地"不好惹"呢？就是怕要浑身发热之后,做一封信登在报纸上,广告道:"看哪！狗不是仇猫的么？鲁迅先生却自己承认是仇猫的,而他还说要打'落水狗'！"（陈西滢攻击鲁迅的逻辑混乱：①你讨厌猫；②你讨厌狗。——但是猫和狗是敌人,你怎么能都讨厌呢？就好比是,我支持革命,你反对革命,一般人的态度,必然是喜欢一个,讨厌另一个。但鲁迅两者都讨厌,逻辑混乱。◎检1926年1月30日《晨报副刊》,陈西滢并未写这样的话。）这"逻辑"的奥义,即在用我的话,来证明我倒是狗,（既然鲁迅是狗）于是而凡有言说,（则鲁迅的话,都是狗吠。）全都根本推翻,（狗吠当然没有道理,只是狗吠而已。）即使我说二二得四,三三见九,也没有一字不错。（因为我犯了一个小小的逻辑错误,他们就认为我其他表态都是错误,特别是对北京女子师范大学的表态。）这些既然都错,则绅士（贬义词）口头的二二得七,三三见千等等,自然就不错了。（鲁迅之反驳真是妙不可言。他梳理了一下反驳者的逻辑：（1）鲁迅反对猫也反对狗。（2）可知：鲁迅逻辑混乱。（3）可知：鲁迅说的一切都是错的。（4）又因为鲁迅说"二二得四、三三见九"。（5）可知："二二得四""三三见九"是错误的。（6）最终证明："二二得七"、"三三见千"是正确的。——此逻辑推理非常有趣,简直狗屁不通,鲁迅反驳之妙,的确是高明。◎但同时,我又深深觉得,这种"鸡同鸭讲"一般的辩论,既不讲证据,也没有任何的彼此认可的前提,除了粉丝站队之外,不会有任何结果。虽然鲁迅讥讽了"绅士"们的逻辑,认为漏洞百出,但不能就此认为鲁迅就是正确

十

狗·猫·鼠

的。鲁迅说，陈西滢、李四光、徐志摩等人的观点是"二二得七""三三见千"，也是没有说服力的。这种辩论太像饭圈化的互联网了，最终比的并非道理和逻辑，而是嗓门音量的大小。）

（二）先生仇猫

（鲁迅先生讨厌猫，一是因为小时候自己的兔子、隐鼠被猫吃掉，有童年心理阴影；二是生活中，猫曾经严重影响鲁迅先生之睡眠。周作人《知堂回忆录》卷三有记载。但鲁迅先生讨厌猫的最重要原因，是它残忍而有媚态，亦御用文人之象征。"通过种种'狗相'，特别是'叭儿狗'的描摹，鲁迅着重暴露的是知识分子依附权贵、摇尾乞怜的奴性人格；而通过猫意象的刻画，鲁迅着重批判的是他们的内里凶残、外表公允的虚伪人格。同是狼意象的对立物，如果说狗丧失的是狼的生命强力、自由意志，那么猫丧失的则是狼的爽直劲捷。在鲁迅笔下，那些在现代中国文化界乱爬乱叫的'正人君子'，总是行'走狗'之实，作'猫样'之态：一方面依附'阔人'、助纣为虐；一方面又以'局外人'自居，标榜'和善'和'公允'，这最为鲁迅所不齿。……猫意象正是鲁迅为那些虚伪的'智识者'所制作的一个活标本。"①总而言之，"狗"象征摇尾乞怜的御用文人，"猫"则是自以为不摇尾乞怜其实依然摇尾乞怜的御用文人。）

我于是就间或留心着查考它们成仇的"动机"。（这一段开始探究狗猫结仇的原因，并过渡到对"猫"的批判。◎"动机"加引号，是因为引用自陈西滢的文章《闲话·创作的动机与态度》。此文写文人写文章之"动机"，未必是纯粹为了创作，比如斯科特早年写作是为了维持其奢华生活，晚年则为了还债；约翰生则为了安葬母亲而写作。此文实际是感慨文人遭遇，大有"文章憎命达"之意。文章写得真的很好，大家可以一读。但其中有一句，可能是讽刺鲁迅的："大家都知道，一个靠教书吃饭而时时想政治活动的人不大会是好教员，一个靠政治活动吃饭而教几点钟书的人也不大会是好教员，只有那情愿终身从事教育事业的人里才会找到好教

---

① 靳新来、杨红燕《虚伪"智识者"的活标本——解析鲁迅笔下的猫意象》，载《上海鲁迅研究》，2010年夏。按：此论文之观点陈旧迂腐，无所可观，然对初学者，可以帮助梳理狗猫意象的象征含义。

员。"陈西滢之主张，向来认为学生应该读书，不应该搞学潮；教员应该教书，少参与政治事件。但是鲁迅关心政治，又在教书，非好教员。——细细品味，还真如此。鲁迅之伟大固然无可反驳，但鲁迅非一等好教员，亦为公允之论。）这也并非敢妄学现下的学者以动机来褒贬作品的那些时髦，（此句放在这里颇无道理，根据上下文，似乎是批评陈西滢根据动机评价作品。但其实陈西滢完全没有这个意思，反而认为"真正艺术家……与寻常二三流以至八九流的作家的不同的地方，不在他们创作的动机，而在他们创作的态度。"）不过想给自己预先洗刷洗刷。据我想，这在动物心理学家，是用不着费什么力气的，可惜我没有这学问。后来，在覃哈特博士（Dr. O. Dähnhardt）（覃是多音字，读 qín 或 tán，当覃用作姓时则读 qín。所以有人主张读"qín"。但这是音译词，又不是姓，应该读"tán"。）的《自然史底国民童话》里，总算发现了那原因了。据说，是这么一回事：动物们因为要商议要事，开了一个会议，鸟、鱼、兽都齐集了，单是缺了象。大家议定，派伙计去迎接它，拈到了当这差使的阄的就是狗。"我怎么找到那象呢？我没有见过它，也和它不认识。"它问。"那容易，"大众说，"它是驼背的。"狗去了，遇见一匹猫，立刻弓起脊梁来，它便招待，同行，将弓着脊梁的猫介绍给大家道："象在这里！"但是大家都嗤笑它了。从此以后，狗和猫便成了仇家。（此童话有两种解读方法：①或曰："以覃哈特博士《自然史底国民童话》一书中狗猫结怨的解释，巧妙地将'现代评论派'的先生们和'没眼力'的狗等同起来，从而推翻了他们立论的根据。"②陈西滢等人讽刺鲁迅是仇猫的狗。但鲁迅认为我讨厌猫，并不是这个原因，与此狗不同。）

日尔曼人走出森林虽然还不很久，（此句讽刺覃哈特博士，然从现在的观点看，鲁迅有"种族主义"之嫌疑，此句明明嘲讽日耳曼人刚刚从猴子进化而来。）学术文艺却已经很可观，便是书籍的装潢，玩具的工致，也无不令人心爱。（此一句纯粹调侃，无甚意义。）独有这一篇童话却实在不漂亮；结怨也结得没有意思。猫的弓起脊梁，并不是希图冒充，故意摆架子的，其咎却在狗的自己没眼力。（错不在猫，在狗。）然而原因也总可以算作一个原因。我的仇猫，是和这大大两样的。（真正目的是，引出自己讨厌猫的原因。）

十 狗·猫·鼠

其实人禽之辨，本不必这样严。（《孟子·离娄篇》云："人之所以异于禽兽者几希；庶民去之，君子存之。"鲁迅反用典故，意思是，人与动物未必有很大区别，甚至在某些方面，人还不如动物。所以泰戈尔说："当人是兽时，他比兽还坏。"）在动物界，虽然并不如古人所幻想的那样舒适自由，可是噜苏做作的事总比人间少。（动物比人强的地方，是不做作，不虚伪。）它们适性任情，对就对，错就错，不说一句分辩话。虫蛆也许是不干净的，但它们并没有自鸣清高；鸷禽猛兽以较弱的动物为饵，不妨说是凶残的罢，但它们从来没有竖过"公理""正义"的旗子，使牺牲者直到被吃的时候为止，还是一味佩服赞叹它们。（此二语妙不可言！动物卑贱不洁，却不会自鸣清高；人的卑贱无耻者，则往往粉饰伪装。动物凶残欺凌，弱肉强食，却从不觉得强大即正义，人则不同，"窃国者侯，窃钩者诛"。弱者不仅被强者欺凌，还被逼迫赞美强者。尼采《论道德的谱系》说的很好，道德是强者用权力强加给弱者的价值观，道德的基础，从来是不道德的。）而人呢，能直立了，自然就是一大进步；能说话了，自然又是一大进步；能写字作文了，自然还是一大进步。（连说三个进步，蓄势。）然而也就堕落，（以三个进步，来反衬此一种堕落。）因为那时也开始了说空话。（鲁迅最讨厌的，就是虚伪。《道德经》有云："大道废，有仁义；智慧出，有大伪。"）说空话尚无不可，甚至于连自己也不知道说着违心之论，（我曾听一妙语："我们知道他们在撒谎，他们也知道他们在撒谎。他们也知道我们知道他们在撒谎。我们也知道他们知道我们知道他们在撒谎。但是，他们依然在撒谎。"人创造了等级，便也孕育了权力。在权力的护卫下，谎言终于成为了不能更改的真理。鲁迅之伟大，在于敢戳破所谓的真理。这才是真正的鲁迅精神。◎陈西滢等人，虽然觉得自己并不是附和权贵，而是秉公议论，但实际上仅仅是"连自己也不知道说着违心之论"。）则对于只能嗥叫的动物，实在免不得"颜厚有忸怩"。假使真有一位一视同仁的造物主，高高在上，那么，对于人类的这些小聪明，也许倒以为多事，正如我们在万生园里，看见猴子翻筋斗，母象请安，虽然往往破颜一笑，但同时也觉得不舒服，甚至于感到悲哀，以为这些多余的聪明，（"多余的聪明"五字深合老子"绝圣弃智"之意。人是唯一会说谎的动物，故动物进化为人，未必是进步，在某些方面恰恰是退步的。人的智力不断增长，虚伪也随之增长。从人类的角度讲，我们因自己的智慧而沾沾自喜，但从造物主的角度讲，人类的智慧是一种多余。只有人类，才会让猴子翻跟头、母象请安，也只有人类，设置弱者对强者的种种规矩。所谓"父父子子君君臣臣"，无非把强弱制度化。读到这里，再读《史记·叔孙通传》，可发一笑！）倒不如没有的好罢。然而，既经为人，便也只好"党同伐异"，学着人们的说话，随俗来谈一谈，——辩一辩了。（此段为本文最妙。鲁迅所讽刺者，当然是"现代评论派"，陈西滢、徐志摩、胡适等人。但他们都是谦谦君子，实中国近代文明之楷模。即使是陈西滢，绝非国家权力之帮凶。故理解鲁迅之伟大，亦当知陈西滢、徐志摩、胡适，非真小人。知此二者，方足以读鲁迅。）

现在说起我仇猫的原因来，自己觉得是理由充足，而且光明正大的。（不撒谎，而是直来直去。）一、它的性情就和别的猛兽不同，凡捕食雀、鼠，总不肯一口咬死，定要尽情玩弄，放走，又捉住，捉住，又放走，直待自己玩厌了，这才吃下去，颇与人们的幸灾乐祸，慢慢地折磨弱者的坏脾气相同。（不喜欢猫的原因之一。◎弱肉强食的丛林世界，鲁迅难以忍受；但没想到，同样是人类，彼此亦分强弱，依然有弱肉强食的法则。故鲁迅说："后以偶阅《通鉴》，乃悟中国人尚是食人民族。"[1]）二、它不是和狮虎同族的么？可是有这么一副媚态！（不喜欢猫的原因之二。这才是根本的原因。鲁迅所最讨厌者，乃是人格不独立，"屁股决定脑袋"之"御用文人"。以此标准衡量自己，衡量所谓的专家学者，真愧杀其人！然知识分子之独立，岂如此容易乎！）但这也许是限于天分之故罢，假使它的身材比现在大十倍，那就真不知道它所取的是怎么一种态度。（鲁迅之意思，御用文人之所以依附权势，在于自己力量薄弱，但如果他们成为权势之主人，则更加可怕。就如同媚态最足之太监，一旦成为掌权者，比如东汉、晚唐、明末，其可怕又千百倍矣。）然而，这些口实，仿佛又是提起笔来的时候添出来的，虽然也像是当时涌上心来的理由。要说得可靠一点，或者倒不如说不过因为它们配合时候的嗥叫，（不喜欢猫的原因之三。◎猫之习性，乃是过完年后，天气刚刚微微转暖，就开始嗥叫发情。其声若婴儿啼哭，

---

[1]《致许寿裳》，见《鲁迅全集》第十一卷，人民文学2005年，P365

在夜深时分,嚷叫不止,的确令人心烦,甚至毛骨悚然。)手续竟有这么繁重,(猫的发情嚷叫,鲁迅比之人的结婚"手续",读之令人喷饭。)闹得别人心烦,尤其是夜间要看书,睡觉的时候。当这些时候,我便要用长竹竿去攻击它们。(1916年,鲁迅住在北京绍兴县馆补树书屋时,周作人有回忆:"那么旧的屋里该有老鼠,却也并不见,倒是不知道谁家的猫常来屋上骚扰,往往叫人整半夜睡不着觉。查一九一八年旧日记,里边便有三四处记载:'夜为猫所扰,不能安睡'。不知鲁迅在日记上有无记载,事实上在那时候都是大怒而起,拿着一枝竹竿,我搬了小茶几,在后檐下放好,他便上去用竹竿痛打,把他们打散,但也不能长治久安,往往过了一会儿又回来了。《朝花夕拾》中间有一篇讲到猫的文章,其中有些事与这有关的。"① 狗们在大道上配合时,常有闲汉拿了木棍痛打;我曾见大勃吕该尔(P. Bruegel d. Ä)(通译为"勃鲁盖尔",荷兰伟大画家,一生以农民生活为素材作画。性格怪异,选材独特。)的一张铜版画 Allegorie der Wollust(《情欲的喻言》)上,也画着这回事,可见这样的举动,是中外古今一致的。(以此说明,打猫打狗,非鲁迅专利。也说明鲁迅讨厌猫,并没有特别的深意。)自从那执拗的奥国学者弗罗特(S. Freud)(现在通译为"弗洛伊德",即大名鼎鼎的《梦的解析》之作者。)提倡了精神分析说——Psychoanalysis,听说章士钊先生(女师大学潮中最被攻击的人之一。)是译作"心解"的,虽然简古,可是实在难解得很——以来,我们的名人名教授也颇有隐隐约约,检来应用的了,这些事便不免又要归宿到性欲上去。(弗洛伊德认为,人之所以有生命力,是因为有"本我"的力量。本我者,是生物性冲动和欲望的贮存库,它按照"唯乐原则",不顾一切寻求满足和快感,这是人类一切创造力的来源。我曾见一著作,云鲁迅为什么如此具有攻击性,乃是因为在遇到许广平之前,从未沾染性欲。故其"毒辣",乃性压抑所致云云,诚有趣也。陈西滢讽刺鲁迅者,逻辑也在于此。意思是鲁迅婚姻不正常,缺乏性生活,故嫉妒猫之交配,读之笑喷。)打狗的事我不管,至于我的打猫,却只因为它们嚷嚷,此外并无恶意,我自信我的嫉妒心还没有这么博大,当现下"动辄获咎"之秋,(四

---

①周作人《知堂回想录》,北京十月文艺出版社2013年10月,P395—396

一二政变之后,共产党失去合法性,被国民党斥为"匪类"。左翼革命文学因此转入地下。此所谓"动辄得咎"。)这是不可不预先声明的。(比较了自己讨厌猫和政府讨厌某人某物的区别:鲁迅可以讨厌猫,这是光明正大的,鲁迅并不掩饰;但政府讨厌某些人,却假装是出于"正义""道德",似乎政府不是自私的,而是出于"公心",此真正虚伪之处。政府不仅虚伪,而且残暴。政府可以将自己讨厌的人投入监狱,甚至杀掉。杀掉的时候,还要折磨,还要走法庭的虚伪程序,还要让被欺凌、被杀害的弱者承认自己的错误,并赞美政府的英明。)例如人们当配合之前,也很有些手续,新的是写情书,少则一束,多则一捆;(猫交配前,要发情嚎叫,如同人交配前,要结婚相似。此比喻令人绝倒。◎英文无丰富的量词,故无量词之妙。中文则有之。如"一坨字",则字之恐怖可见一斑;再如"一吨鲁迅研究著作",则鲁学家之多,可以想见。"少则一束""多则一捆",不用"封",而用"束""捆"形容情书,为了"交配",人类的手续可谓繁琐矣。◎所谓"少则一束",乃引用章衣萍①的著作《情书一束》,此书共有八篇爱情小说,内容开放而猥琐。但作者认为:"如果高中学生而不能读《情书一束》,那样中学教育可算完全失败;如果大学学生而不能读《情书一束》,那样虚伪的大学也该早点关门。")旧的是什么"问名""纳采",(这是古人的繁琐礼仪。)磕头作揖,海昌蒋氏(即浙江海宁蒋氏,著名的藏书家和出版家。海宁隶属于嘉兴,海昌则为海宁的街道名字。浙江海宁与江苏无锡,乃中国人文最荟萃之地。以海宁论之,王国维、蒋百里、徐志摩、金庸俱出此处,令人想往。)在北京举行婚礼,拜来拜去,就十足拜了三天,还印有一本红面子的《婚礼节文》,《序论》里大发议论道:"平心论之,既名为礼,当必繁重。专图简易,何用礼为?……然则世之有志于礼者,可以兴矣!不可退居于礼所不下之庶人矣!"然而我毫不生气,这是因为无须我到场;(意思是,如果猫之嚎叫,并不骚扰我,则我并不讨厌。)因此也可见我的仇猫,理由实在简简单单,只为了它们在我的耳朵边尽嚷的缘故。人们的各种礼式,局外人可以不见不闻,我就满不管,但如果当我正要看书或睡觉的时候,有人来勒令朗诵情书,奉陪作揖,那是为自卫起见,还要用长竹竿来抵御的。(仇猫乃是自卫,非戕害别人。)还有,平素不大交往

---

① 其所著《枕上随笔》有一名言:"懒人的春天哪!我连女人的屁股都懒得去摸了!"录之供君一笑。

的人，忽而寄给我一个红帖子，上面印着"为舍妹出阁"，"小儿完姻"，"敬请观礼"或"阖第光临"这些含有"阴险的暗示"（劝鲁迅先生随礼，的确"阴险"！读之令人喷饭。随手摘录网上一个笑话："前几天上街偶遇高中同学，他说找时间约上老同学们一起聚聚，让我牵头。咱人缘还是不错滴，几天时间就凑了三四十号人，还正儿八经地搞了个群，正等着哪天聚聚呢，那王八羔子在群里挨个加好友发结婚请柬！"可知结婚请柬，虽时代变迁，沧桑巨变，而其"阴险"不曾少变。）的句子，使我不化钱便总觉得有些过意不去的，我也不十分高兴。（此段真奇文、妙文、毒文！一者，将猫之嗥叫比人之婚礼，妙不可言；二者，说自己不喜欢猫却并不赶尽杀绝，但是御用文人非除己而后快；三者，讽刺陈西滢等人尽往歪处想，把婚礼当"性交广告"，把厌恶猫当鲁迅先生性生活匮乏之证明，无聊粗俗至极；四者，猫交配未必要"嚷嚷"，嚷嚷是让鲁迅讨厌的主因，则"嚷嚷"者，非陈西滢、徐志摩乎？）

但是，这都是近时的话。再一回忆，我的仇猫却远在能够说出这些理由之前，也许是还在十岁上下的时候了。（不喜欢猫的原因之四。）至今还分明记得，那原因是极其简单的：只因为它吃老鼠，——吃了我饲养着的可爱的小小的隐鼠。

听说西洋是不很喜欢黑猫的，不知道可确；（中世纪开始，欧洲人就把昼伏夜出的黑猫当成女巫的仆人，甚至女巫。故流浪猫中，黑猫往往最不受喜欢，常有被安乐死者。）但 Edgar Allan Poe（爱伦·坡《黑猫》。）的小说里的黑猫，却实在有点骇人。（此黑猫被主人残忍杀害，后巧妙复仇。这是爱伦·坡最有代表性的短篇小说。①）日本的猫善于成精，传说中的"猫婆"，（传说，某年迈老太养有黑猫，朝夕相伴。此猫吸天地灵气，日月精华，渐成精怪。最终吃掉老太并幻化成老太形象去害人。②），那食人的惨酷确是更可怕。中国古时候虽然曾有"猫鬼"，（《隋书·外戚传·独孤陀传》："陀婢徐阿尼言，本从陀母家来，常事猫鬼。每以子日夜祀之。言子者鼠也。其猫鬼每杀人者，所死家财物潜移于畜猫鬼家。陀尝从家中素酒，其妻曰：'无钱可酤。'陀因谓阿尼曰：'可令猫鬼向越公

---

① 帕蒂克·F·奎恩编，曹明伦译，《爱伦·坡集：诗歌与故事》，三联书店 1995 年，P420
② 高文艳、宁丽萍《试论中外文化中的猫形象》，载《太原大学教育学院学报》2013 年第 2 期

家,使我足钱也。'阿尼便咒之归。"◎武则天杀萧淑妃,萧淑妃云死后变猫,武则天为鼠,世代要以鼠为食。)近来却很少听到猫的兴妖作怪,似乎古法已经失传,老实起来了。只是我在童年,总觉得它有点妖气,没有什么好感。(不喜欢猫的原因之五,有妖气,留下过童年阴影。)那是一个我的幼时的夏夜,我躺在一株大桂树下的小板桌上乘凉,祖母摇着芭蕉扇坐在桌旁,给我猜谜,讲故事。忽然,桂树上沙沙地有趾爪的爬搔声,一对闪闪的眼睛在暗中随声而下,使我吃惊,也将祖母讲着的话打断,另讲猫的故事了——

"你知道么?猫是老虎的先生。"她说。"小孩子怎么会知道呢,猫是老虎的师父。老虎本来是什么也不会的,就投到猫的门下来。猫就教给它扑的方法,捉的方法,吃的方法,像自己的捉老鼠一样。这些教完了;老虎想,本领都学到了,谁也比不过它了,只有老师的猫还比自己强,要是杀掉猫,自己便是最强的脚色了。它打定主意,就上前去扑猫。猫是早知道它的来意的,一跳,便上了树,老虎却只能眼睁睁地在树下蹲着。它还没有将一切本领传授完,还没有教给它上树。"(此故事为绍兴人所共享,我儿时亦闻母亲讲过这个故事。)

这是侥幸的,我想,幸而老虎很性急,否则从桂树上就会爬下一匹老虎来。然而究竟很怕人,我要进屋子里睡觉去了。夜色更加黯然;桂叶瑟瑟地作响,微风也吹动了,想来草席定已微凉,躺着也不至于烦得翻来复去了。

(三)温暖回忆:鼠

几百年的老屋中的豆油灯的微光下,是老鼠跳梁的世界,飘忽地走着,吱吱地叫着,那态度往往比"名人名教授"(处处不忘讽刺,鲁迅之嘴真毒奇!)还轩昂。猫是饲养着的,然而吃饭不管事。(鲁迅家的房屋很大,结构复杂,可能养一只猫并不管用。但我之经验则完全不同,一旦养猫,老鼠就逃亡别处,甚有作用。我儿时住在老屋,并不养猫。老鼠很多,在木地板上跑过,声音很大,现在想起,都如在耳边。而且老鼠非常奇怪,不仅咬破箱子,还会咬伤小动物。比如小兔子尚在哺乳阶段，必须高高悬挂起来，否则会被老鼠咬死。老鼠和兔子本非天敌，不知何故。）祖母她们虽然常恨鼠子们啮破了箱柜，偷吃了东西，我却以为这也算不得什么大罪，也和我不相干，况且这类坏事大概是大个子的老鼠做的，决不能诬陷到我所爱的小鼠身上去。（周作人："而且说大个子啮了箱柜，偷吃了东西，不是小鼠的事，这也不全与事实相符，那种隐鼠虽是样子可爱，毁坏物件也很厉害，只是不能厉声咬木头而已。这又名'二十日鼠'，有地方相信它怀胎四星期就生产，一年里生四五窠，繁殖力很强，实在也是害虫之一。这在古书上称为'鼩鼠'，又称'甘口鼠'，啮人有毒，可是不觉得痛，现在已无此名，但入夜中偶被鼠咬，可能就是它们所干的事。"①）这类小鼠大抵在地上走动，只有拇指那么大，也不很畏惧人，我们那里叫它"隐鼠"，与专住在屋上的伟大者是两种。我的床前就帖着两张花纸，一是"八戒招赘"，满纸长嘴大耳，我以为不甚雅观；别的一张"老鼠成亲"却可爱，自新郎新妇以至傧相，宾客，执事，没有一个不是尖腮细腿，像煞读书人的，（鲁迅把读书人比作"尖腮细腿"的老鼠。）但穿的都是红衫绿裤。我想，能举办这样大仪式的，一定只有我所喜欢的那些隐鼠。现在是粗俗了，在路上遇见人类的迎娶仪仗，也不过当作性交的广告看，不甚留心；（"当作性交的广告看"一句，粗俗有趣，亦读书一乐！鲁迅之毒之奇之怪之畸，真天才也！）但那时的想看"老鼠成亲"的仪式，却极其神往，即使像海昌蒋氏似的连拜三夜，怕也未必会看得心烦，正月十四的夜，是我不肯轻易便睡，等候它们的仪仗从床下出来的夜。然而仍然只看见几个光着身子的隐鼠在地面游行，不像正在办着喜事。直到我敖不住了，快快睡去，一睁眼却已经天明，到了灯节了。也许鼠族的婚仪，不但不分请帖，来收罗贺礼，虽是真的"观礼"，也绝对不欢迎的罢，我想，这是它们向来的习惯，无法抗议的。（我想象中的老鼠婚礼与人类现实的婚礼的对比，反讽海昌蒋氏铺排浪费的婚礼场面。）

老鼠的大敌其实并不是猫。春后，你听到它"咋！咋咋咋咋！"（此字

---

①《周作人讲解鲁迅》，止庵编，江苏文艺出版社 2012 年，P402

音zé，学生切记，如"令人咋舌"。）地叫着，大家称为"老鼠数铜钱"的，便知道它的可怕的屠伯已经光临了。这声音是表现绝望的惊恐的，虽然遇见猫，还不至于这样叫。猫自然也可怕，但老鼠只要窜进一个小洞去，它也就奈何不得，逃命的机会还很多。独有那可怕的屠伯——蛇，身体是细长的，圆径和鼠子差不多，凡鼠子能到的地方，它也能到，追逐的时间也格外长，而且万难幸免，当"数钱"的时候，大概是已经没有第二步办法的了。（周作人："本文说明著者仇猫的原因，即是在于爱老鼠。这里边有几段很好的描写，其一是说花纸上的老鼠的。……其次是说老鼠数铜钱的事。……说也奇怪，老鼠遇见猫还会得逃跑，一看见蛇却震惊失常，欲走不能，欲叫不得，故急迫而咋咋（即是吱吱的入声）作声，犹人之口吃，只是竦立着，旋即被蛇所缠束住了。俞曲园在《茶香室续钞》中也说及鼠数钱，云俗云'朝闻之为数出，主耗财；暮闻之为数入，主聚财'，似不知此乃是它的绝命的悲号似的。中国旧日通行铜钱，交付时必须计数，除一五一十罗列几案或地上之外，大抵两手持数，亦以五文为一注，自右至左，钱相触有声，说及数钱便各意会，今铜钱已尽废，便比较费解了。"①)

有一回，我就听得一间空屋里有着这种"数钱"的声音，推门进去，一条蛇伏在横梁上，看地上，躺着一匹隐鼠，口角流血，但两胁还是一起一落的。（周作人："所说驯养隐鼠原系事实，但本文中说先听见它的数钱声则属于诗化分子，因为会得咋咋的叫乃是'大个子的老鼠'的事，那只有拇指那么大的是不可能那样发出大声来的。"②）取来给躺在一个纸盒子里，大半天，竟醒过来了，渐渐地能够饮食，行走，到第二日，似乎就复了原，但是不逃走。放在地上，也时时跑到人面前来，而且缘腿而上，一直爬到膝髁。给放在饭桌上，便捡吃些菜渣，舐舐碗沿；放在我的书桌上，则从容地游行，看见砚台便舐吃了研着的墨汁。这使我非常惊喜了。（无限童趣。想起自己，儿时曾喂养松鼠一只，把棉絮垫在盒子里，做成一个松鼠之家。不管是上学还是回家或外出，此盒随身携带。人在盒在，人亡盒亡，极为珍惜。儿童无知，以"娃哈哈"喂之，虽能延续半月生命，松鼠终于归西。又曾在一早上，发现兔子啃破笼子跑出，私下结合。

---

①《周作人讲解鲁迅·老鼠》，止庵编，江苏文艺出版社2012年，P401
②同上，P402

不久，生小兔子四只。我亲自喂养，每日抓母兔子喂奶，然后以旧棉衣裹住小兔子悬挂在梁上，每日精心照顾。但有老鼠爬进去，把三只小兔子咬得血肉模糊。最后养大一只，把它放床上，放地上，放野外，放水边，放桌上，陪伴嬉戏。数年后，此兔因年老，兔毛不好，竟被父亲所食，于是大哭不止。）我听父亲说过，中国有一种墨猴，只有拇指一般大，全身的毛是漆黑而且发亮的。它睡在笔筒里，一听到磨墨，便跳出来，等着，等到人写完字，套上笔，就舔尽了砚上的余墨，仍旧跳进笔筒里去了。我就极愿意有这样的一个墨猴，可是得不到；问那里有，那里买的呢，谁也不知道。"慰情聊胜无"，这隐鼠总可以算是我的墨猴了罢，虽然它舔吃墨汁，并不一定肯等到我写完字。（这种墨猴当是传说，但有论文数篇，云真有此猴，真痴人说梦。）

现在已经记不分明，这样地大约有一两月；有一天，我忽然感到寂寞了，真所谓"若有所失"。我的隐鼠，是常在眼前游行的，或桌上，或地上。而这一日却大半天没有见，大家吃午饭了，也不见它走出来，平时，是一定出现的。我再等着，再等它一半天，然而仍然没有见。

长妈妈，一个一向带领着我的女工，也许是以为我等得太苦了罢，轻轻地来告诉我一句话。这即刻使我愤怒而且悲哀，决心和猫们为敌。她说：隐鼠是昨天晚上被猫吃去了！

当我失掉了所爱的，心中有着空虚时，我要充填以报仇的恶念！

我的报仇，就从家里饲养着的一匹花猫起手，逐渐推广，至于凡所遇见的诸猫。最先不过是追赶，袭击；后来却愈加巧妙了，能飞石击中它们的头，或诱入空屋里面，打得它垂头丧气。（先生脾气！）这作战继续得颇长久，此后似乎猫都不来近我了。但对于它们纵使怎样战胜，大约也算不得一个英雄；况且中国毕生和猫打仗的人也未必多，所以一切韬略、战绩，还是全部省略了罢。（管丽峥："鲁迅把'仇猫''复仇'与对这类人的批评结构在一起的意思也才能不言而喻。也正是因为如此强调复仇，鲁迅为自己塑造了一个'睚眦必报'的典型性格。考虑到鲁迅深受文人笔墨围剿的情形，这种形象塑造在当时还是很有战略意义的，既起到了对青年们进行精神鼓舞的作用，也起到了自我防御的作用。可也正如后来所见，这些包括《兔和猫》与《狗·猫·鼠》在内的文本，都成为了他'刻薄''阴毒'的关键证据。以至于人们在重新分拣鲁迅精神遗产的时候，倾向于认为即便在此类温情的故事中，都毫无疑问地显示出了一个后来被视为极为重要的问题：鲁迅的战斗精神是由不健康人格所驱动的。"①

但许多天之后，也许是已经经过了大半年，我竟偶然得到一个意外的消息：那隐鼠其实并非被猫所害，倒是它缘着长妈妈的腿要爬上去，被她一脚踏死了。

这确是先前所没有料想到的。我已经记不清当时是怎样一个感想，但和猫的感情却终于没有融和；（就算鲁迅知道了真相，他依旧没有对残忍又有媚态的猫产生好感，鲁迅曾经在遗言中说："让他们怨恨去，我也一个都不宽恕。"对猫也是如此。）到了北京，还因为它伤害了兔的儿女们，便旧隙夹新嫌，使出更辣的辣手。（见《呐喊》中的《兔与猫》一文，指的是想要用"青酸钾"来杀害大黑猫，终究是没有出手。◎周静子："在同住的那时候，我们是很快乐很热闹的大家庭，兄弟姊妹很多，那时伯父没有小孩，家里便买了一对白兔，供我们玩，当然这是我们所欢迎的。大兔生了小兔，更使我们欢喜，然而却也给我们带来了不幸。小兔一个一个的被猫吃了，引起了我们的激愤，婶母用短棒支着大木盆来捉猫，伯父见了猫也去打，因为伯父对于强者欺弱者，'折磨弱者'总是仇恨的。……我们因而也恨上了猫，到如今我见了猫还很讨厌！"②）"仇猫"的话柄，也从此传扬开来。然而在现在，这些早已是过去的事了，我已经改变态度，对猫颇为客气，（虽然说是客气，但是对于那些"正人君子"，仍是毫不留情痛骂一顿。）倘其万不得已，则赶走而已，决不打伤它们，更何况杀害。这是我近几年的进步。（此进步，实乃反语。慨叹自己面对邪恶之小人，已经有听之任之的习气，不敢横眉冷对了。）经验既多，一旦大悟，知道猫的偷鱼肉，拖小鸡，深夜大叫，人们自然十之九是憎恶的，而这憎恶是在猫身上。假如我出而为人们驱除这憎恶，打伤或杀害了它，它便立刻变为可怜，那憎恶倒移在我身上了。（鲁迅的逻辑是这样的：猫是折磨弱者却又对强权充满媚态的"正人君子"的

---

① 管丽峥《〈黑猫〉与〈兔和猫〉〈狗·猫·鼠〉新解——从鲁迅对爱伦·坡的接受谈起》，载《鲁迅研究月刊》2018年第8期
② 周静子《回忆伯父鲁迅》，见《鲁迅的青年时代》，北京十月文艺出版社2013年8月，P114

狗·猫·鼠

形象，比如陈西滢等。而弱者则是女师大的学生们，她们没有话语权，被陈西滢等人肆意诬蔑。这是鲁迅所痛恨的，因而他与陈西滢的论战，便是"我出而为人们驱除这憎恶"，陈西滢则在给徐志摩的信中大倒苦水，"它便立刻变为可怜"，使人们以为他的无辜可怜全都是鲁迅的刻薄造成的，引得徐志摩、李四光等纷纷出言劝架，希望他们停止论战。所以是"那憎恶倒移在我身上了"。）所以，目下的办法，是凡遇猫们捣乱，至于有人讨厌时，我便站出去，在门口大声叱曰："嘘！滚！"小小平静，即回书房，这样，就长保着御侮保家的资格。其实这方法，中国的官兵就常在实做的，他们总不肯扫清土匪或扑灭敌人，因为这么一来，就要不被重视，甚至于因失其用处而被裁汰。（中国的官兵就像这猫一样，对待弱者毫无怜悯，对待强者一副媚态。）我想，如果能将这方法推广应用，我大概也总可望成为所谓"指导青年"的"前辈"的罢，但现下也还未决心实践，正在研究而且推敲。

一九二六年二月二十一日

附　　录

【一"匹"老鼠？】

本文的量词使用颇为奇怪。或曰："这是量词的错位现象（比如"一头蚊子"），是鲁迅有意为之；以'匹'修饰'隐鼠'，传递了作者幼时对'隐鼠'的爱怜之情。同时突出显示了对象，使你过目不忘。"此说法过度解释，颇为搞笑。按照这种逻辑，本文中"一匹猫""一匹老虎"如何解释？达维《鲁迅作品中的"匹"》[①]一文有解释，实际情况是鲁迅受日文"匹"的影响，在日文中，"匹"这个量词使用范围很广，可以表示鸟兽虫鱼的单位，比如"鱼一匹""马二匹""鸟三匹"等。郭沫若《残春》中亦有"一匹小鱼"的说法，也是受了日文影响。鲁迅《故事新编·奔月》以"匹"形容乌鸦和小麻雀。达维又指出，日文的这种使用实际又受中国古代影响，在《孟子·告子上》有"力不能胜一匹雏"之句，则中国古代的"匹"的使用本来就比现代要广泛。

【引申·论狗之妙文】

（1）刀尔登论狗

吾读一本甚为有趣的书，曰《中国好人》[②]。内有两篇文章论狗。其一曰《被小学生批判过的》，内有妙文：

[①]《说文嚼字》，1995 年 4 月
[②] 刀尔登《中国好人》，山西人民出版社 2009 年

"只有狗,才是你要它咬谁它就咬谁,我们也只是对狗,才会简单地说:'老黄,咬!'——用不着告诉狗它为什么要咬那个人,也用不着让狗事先了解那个人,考虑一下对方是否有该被咬的道理。"(P12)

另有一篇文章,叫《我为什么不喜欢狗》,文章高妙,可与王小波《一只特立独行的猪》并行于世。中有妙文曰:

我的不喜欢狗,很多朋友都知道,一同去乡下玩时,常有人叫道,那里有只狗呀!便是想挑拨我去和狗打架。城里的狗都不是好欺负的,因为每条狗都领着一个人,高低惹不起,只好偶尔去饭馆吃顿狗肉,聊抒快意。狗的样子我也不喜欢,小时候在山里见过一只狼,以为是狗,不知道害怕,现在想来,很是对不起,因为狼的脖子和尾巴分明是粗硬的,而进化为狗之后,都细软起来,以便摇头摆尾,哪里还有一点狼的样子。尤不喜的是乖而顺之的狗脾气。当然,这种脾气,也是人教给的,而且教学相长,人再重新从狗身上学过来,动不动就"上怀犬马恩",眼眶也湿。不知道早先狗是怎么被改造过来的。现在店里卖的狗粮,至少是小康水平,但想当初,五十者才衣帛食肉,轮到狗头上,恐怕只剩下猪狗不食其余的东西,较之狼在山林里的伙食,远有不如。不过,毕竟是一份安稳饭,头顶上"嗟"的一声,面前就有吃的,在改造好的狗看来,已经是福气。明人陶宗仪的《辍耕录》里面讲,驿站里拉车的狗,口粮有"狗分例",要是被人克减了,它们会反啮其主。这样的狗脾气倒讨人喜欢,不过日常里所听到见到的,全是克己奉主的故事,甚至有自愿饿死,以成狗节的。所以陶宗仪多半是在瞎编,别的不说,居然要"辍耕",可见其不是什么良民。

再录一段:

但我对狗叫有两种意见,第一是一犬吠形,百犬吠声,自己明明长着一双狗眼,却不用,偏偏听别狗的。我有几次夜间进到乡村,一点坏事没来得及做,忽然之间,就有上百只狗在黑暗里大叫不已。其实它们也只是瞎叫叫,互为声援而已,并不知道在叫什么。蜀犬吠日,粤犬吠雪,总还有点由头，像这样不明不白地以天下为狗任，实在是只有"狗脚朕"们才喜欢的脾气。我并不是反对狗叫，狗不叫，性乃迁；但西谚云："无论大狗小狗，都应该有自己的吠声。"

第二种意见是狗只讲恩属，不论是非，所谓桀犬吠尧是也。最坏的人，也可以有最好的狗，因为这"最好"者，标准只在于"吠非其主"。人有人道，狗有狗德，人被别人的狗咬死了，人们并不觉得那狗有什么不是。这虽然是犬儒主义，未始也不是更多的人的立场。据说最好的狗，对主人最柔媚，永远夹着尾巴做狗，对不是主子的人毫无情面，不管高矮胖瘦，黑白妍媸，一概作势欲啮。假如这世上只有一个人，那还好办，但并不是这样，而且养狗的人也很多，走在这些人之间，犬牙交错，我们实在不知道是该怕人，还是怕狗。

（2）狼与狗

狗问狼：你有房子车子吗？

狼说没有。

狗又问：你有一日三餐和水果吗？

狼说没有。

那你有人哄你玩带你逛街吗？

狼说没有。

狗鄙视地说：你真无能，怎么什么都没有！

狼笑了：我有不吃屎的个性，我有我追逐的目标，我有你没有的自由，我是孤寂的狼，而你只是一只自以为幸福的狗。

狼虽说没有狮子凶狠，没有豹子敏捷，但你何时在马戏团见过它！

（此网络趣闻，无法查证出处，然妙语解颐，足为此文注脚）

（3）刘瑜论狗

"自由意志何以重要？因为在我所有的恐惧中，有一项是这样的：

我会不会只是一个木偶而已？我有一条小狗，我每天回家时，它都跑到门口欢呼雀跃热烈欢迎我的到来。我有个朋友也有一条小狗，他每天回家时，他的狗也总是跑到门口欢呼雀跃热烈欢迎他的到来。我还有个朋友也有一条小狗，他每天回家时，他的狗也跑到门口欢呼雀跃热烈欢迎他的到来。这事让我觉得，小狗本质上是一种木偶。上帝给它的"程序设计"就是：当主人回家，它就冲到门口欢呼雀跃。好像没听说哪只小狗，无病无灾时会趴那冷冷地看着回家的主人，想，老子今天心情不好，你给我滚。"

（刘瑜《观念的水位》，江苏凤凰文艺出版社 2014 年，P266）

【女师大事件始末】

（一）杨荫榆的治校思想（1924 年 2 月）

杨荫榆是浙江无锡人，钱锺书夫人杨绛的姑姑。17 岁被安排嫁给一位有智力缺陷的蒋姓公子。她逃婚回家，坚持学业。后留学日本，进入东京高等师范学校，学习难度极大的理化专业，成绩优异。留学期间翻译卢梭和孟德斯鸠的著作。后去美国哥伦比亚大学深造，获得教育学硕士学位。因被政府紧急召回，故未能取得博士文凭。

女师大（北京师范大学前身）的校长，本为鲁迅好友许寿裳。1923 年 7 月，女师大学生，以"溺职务，害教育"的口号致函许寿裳，让其请辞校长一职。到了 8 月 2 日的时候，女师大的学生自治会再次表示拒绝许寿裳任校长职位。许寿裳因此去职。

1924 年，杨荫榆继任女师大校长一职，成为中国第一位女校长，轰动一时。女师大的学生热烈欢迎杨荫榆任职。

上任后，由于一直在外留学，并不了解中国当时的社会现实以及经历过五四洗礼的青年学生的思想状态，在办学上强调秩序、学风，坚持学生应专注学业，不允许学生过问、参加政治运动；在管理上又采取颇为严格的方式，限制了学生思想和行动自由。

(二) 导火线：学生迟到 (1924年秋)

1924年秋季开学，由于南方发大水以及江浙战乱的影响，6名学生回校耽误了一两个月，没有按时报到。本应该九月开学，结果有学生11月才来上学。

杨荫榆想端正学风，下令：凡逾期返校的都要开除。（但执行时，仅仅国文系预科的3人退学。）

学生自治会（许广平是负责人之一）代表向杨荫榆提出抗议，杨荫榆态度颇为强硬，指责学生犯上作乱，双方积攒的矛盾一触即发。

(三) "驱杨运动" (1925年1月)

1925年1月18日，女师大学生召开紧急会议决定不再承认杨荫榆为女师大校长，一场驱杨运动拉开帷幕。

1月21日，学生派代表谒见教育次长马叙伦，陈述杨荫榆自入校以来的"二十四条罪状"，要求即日撤换掉校长杨荫榆，但教育部"不予理会"。

1月23日，又致函杨荫榆，批其入校以来毫无成绩，反而黑幕重重；同时列举了杨荫榆几大罪状包括：不学无术、摧残教育、借便图私、排斥异己、任用私人、收买学生、舞弊营私等。（这些罪名当然大都子虚乌有。）学生自治会要求杨荫榆即日离校，并限于六小时内回复。杨并没有理会。学生自治会发表第一次驱杨宣言。

2月1日，女师大学生在来今雨轩招待记者，以期获得社会支援，并发表第二次驱杨宣言。宣言罗列杨荫榆六大罪状：①资格浅薄不学无术②不谙礼节坠落校誉③藉口集权以便私图我校组织④援引私人排斥异己⑤敷衍校务贻误青年违规办理⑥擅自威福。

与此同时，又派代表赴教育部请愿，马叙伦亲见学生，表态不能听信一面之词，需要实际考察，方能定夺。

教育部于2月11日派官员视察了女师大，调查结果是："除关经费一项，因部欠甚多，一时无从着手。此外各节，学生所呈，固有未实之处，校长办理不善，亦难曲为辩护。"

此时，学生迭次赴教育部请愿未果，北洋政府忙于军阀混战也无暇顾及，而教育部也斗争激烈，马叙伦下台，继任者王九龄上任才三个月，又被迫下台，教育部一片混乱。而女师大校内各项事项已呈停顿状态，学业荒芜。

（四）孙中山公祭（1925年3月）

此事悬而未决。

学生有动摇者，主张调停；杨荫榆也主动示好，表示要聘任同学为教员，推荐去其他大学做教员或助教。双方矛盾一度缓和。

1925年3月12日，孙中山在京病逝，北京各界人士将在中央公园举行公祭，女师大学生自治会决定参加公祭。

但教育部下文，让学生照常上课，不参加政治活动。杨荫榆执行教育部命令，不允许学生参加。

但女师大学生不仅参加了追悼会，还公推自治会总干事许广平再次向杨提出要求其立即去职的决定，"驱杨运动"再次大范围发起。

（五）章士钊整顿学风（1925年4月）

章士钊是早期的革命家，与章太炎、黄兴等熟识。因革命，被清政府关押四十多天。后流亡日本，又赴英留学。辛亥革命后回国。他曾于1920年资助毛泽东两万银元巨款，供其革命之资。新中国成立后，先后当选为第一、二、三届全国人民代表大会代表、第三届全国人大常委。

1925年4月，章士钊担任教育总长。

章士钊的首要目标就是整顿乌烟瘴气的学风。具体计划有四条：

（1）清理教育部所欠各校债务

（2）合并北京国立八所大学，精简冗员

(3) 仿英国办法，设立考试委员会，规范学生的考试制度

(4) 设编译馆

其中，第（3）条对学生尤为不利。平时忙于政治而荒废学业的学生，考试必然要挂科。

因女师大学潮久未平复，章士钊亲自来女师大视察。视察期间，教务长薛培元在小院墙上发现匿名的揭帖，随手扯去，受到许广平、刘和珍等学生的质问。过后，教务处墙上又出现揭帖，云："薛先生你真没人格，当杨荫榆的走狗，还想当我们的教务长么？快滚蛋吧！"受此侮辱，薛培云愤而辞职。

许广平有点担忧，毕竟骂教务长"滚蛋"，很过分。但她认为，自己没错。理由是：①这是群众的纸条，难免。②骂他"滚蛋"，也没有什么稀奇。③故意辞职，给学生难看，非常"恶毒"。"这是玉石俱焚"的自杀策略，是"狠毒成性的恶辣手段"。（许广平的信）

最后，薛培云在校长和同事的劝说下，又留下了。此事告一个段落。但章士钊更是坚定了整顿学风的想法。

（六）汪懋祖调停失败（1925年4月）

学生代表多次请求汪懋祖（哲教系教员兼代主任，毕业于哥伦比亚大学，获硕士学位），请求调停。

汪懋祖引用某女士观点，表明自己的态度："吾国女学幼稚，女权方萌，杨校长为女子大学首任校长，学识德望，在社会上自有其相当地位，办学甚为热心。苟如此失败，其关系于女界前途，实匪浅鲜，吾等当力助之。"并云："杨校长之为人，颇有刚健之气，欲努力为女学界争一线光明，凡认为正义所在，虽赴汤蹈火，有所不辞，宁为恶势力所战败而去也。"

其调停的态度为：

(1) 支持杨校长，必须尊重学校的纪律；

十　狗·猫·鼠

(2) 要疏解师生间的误会。

但最终，反杨人士寸步不让，汪懋祖调停失败，再不愿参与是非。

（七）五七国耻纪念日：开除许广平等（1925年5月7日/9日）

1925年5月7日，这一天是"五七国耻"纪念日（纪念袁世凯1915年5月7日接受日本的二十一条）。章士钊作为教育总长，下令：五七国耻日，为防学生游行，教育部下令不准学生外出，可以在校内组织活动。

为了配合教育部通令禁止学生集会游行的行动，杨荫榆以纪念国耻为主题在女师大校内布置了一个演讲会，请校外名人来演讲。邀请的人是李石曾、吴稚晖、雷殷等。

演讲伊始，杨荫榆一入场，学生们即高呼要求其退场，拒承认其校长身份。杨大怒，呼叫警察入校，以秩序混乱为名中止演讲会，双方发生正面冲突。

下午杨荫榆即在临时租来的西安饭店宴请若干教员，形成开除许广平、刘和珍、蒲振声、张平江、郑德音、姜伯谛六名学生自治会成员的决议。但此事极为复杂，这六人中蒲振声、郑德音是共产党员，张平江是国民党员。背后尚有党派力量在暗流涌动。

1925年5月9日，决议公布。同时散发《致个体学生公启》，解释开除学生实乃万不得已，教导学生"为尊长者，断无不爱家属之理；为幼稚者，亦当体贴尊长之心"，并希望以后"如有意见，不妨径来发表""愿与诸同学等本互助之精神，图前途之发展"。1925年5月10日杨荫榆又致函学生家长、保证人，希望谆嘱学生"循规勤学，勿与非分之事"。

5月11日，驱杨的学生在风雨操场召开紧急大会，讨论对付杨荫榆的办法，当场选举临时代表十人，先到校长办公室与杨交涉，恰杨荫榆因事到附属学校，学生未遇到杨荫榆。就照一月间美专学生闹风潮的办法，封锁了校长办公室、秘书室及寝室，并派人看守校门，不让校长杨荫榆入学校一步。杨荫榆闻讯赶回，只见校门口张贴的布告："同人等早已否认先生为校长，请以人格为重，幸勿擅入校门。""煌煌榜示，气焰熏天"，杨荫榆只得暂时避往他处。

学生为争取教员的支持，致函本校教员恳请维持校务，随即于同日召开师生联合会议，并拟就了呈教育部文，说："杨荫榆一日不去，即如刀俎在前，学生为鱼肉之不暇，更何论于学业！"言辞甚为激烈。

(八) 章士钊宅被攻击（1925年5月7日/9日）

正当女师大在热闹"讲座"，北京各校学生，为了支持女师大学生，强行走出校门，向天安门涌去，并与警察冲突。下午，约有3000学生改在神武门开会，会后前往魏家胡同十三号章士钊宅，捣毁门窗并与巡警冲突。学生受伤7人，被捕18人。

为了声援这些学生，北京各校相继罢课，并于5月9日去段祺瑞政府处请愿，要求释放学生，罢免章士钊、朱深，抚恤受伤学生，恢复言论集会自由等四项要求。

此时的北大，也是暗流涌动。此前，北大听从教育部指令，没有参加五七国耻日的运动，有学生在北大第一院前辱骂北大学生不爱国。北大学生也很激愤，贴出布告说代理校长蒋梦麟媚外。几日之内，北大学生会进行投票，共1100多票，结果800多人反对罢课。但20天后，北大的学生也罢课了。

"五四"运动后，学生活动日趋激烈，教育部权威则逐渐丧失。教育部总长之职位，一边要敷衍政府，一边对付学生，往往焦头烂额，吃力不讨好。1919—1926年，出任教育总长、次长的前后多达数十人。仅仅是马叙伦在位时，就遇到了北京医专、美专、农专、女高师的学潮。

章士钊因"五七"事件深感压力，他认为"积重之势，一时难返……改革教育之事，难成于士钊之手"，乃于5月12日提出辞职。

为恢复学校秩序，5月21日杨荫榆在太平湖饭店召开校务紧急会议。杨荫榆向教职员提出消弭风潮的两种主张：（1）请警察迫令被退学学生六

狗·猫·鼠

人出校;(2) 提前放暑假。众人意见不能统一,会议遂无结果而散。

后来,教务长薛培元遵照杨荫榆指示将六学生名字从点名册上涂去,学生又起而封锁教务处、驱逐教务长,校内秩序紊乱到了极点。

(九) 鲁迅亲自参战(1925年5月)

鲁迅的态度,起初是暗中相助,后来明确参战。

1925年5月12日,鲁迅为许广平等学生代写了给教育部总长的《呈文》,要求立即对杨荫榆撤职。此文又在6月3日在自治会编辑出版的《驱杨运动特刊》中公开发表。教育部完全没有搭理。鲁迅又写一《呈文》,但未发出。

1925年5月27日,鲁迅与马裕藻(浙江人,曾留学日本)、沈尹默(曾留学日本)、李泰棻(fēn)(河北人,北京大学教授,兼任女师大史学系主任)、钱玄同(浙江人,曾留学日本)、沈兼士(浙江人)、周作人(浙江人)等七位教员在《京报》上联名发表《对于北京女子师范大学风潮宣言》,针对杨开除学生自治会六名成员的决议提出抗议,以此支持女师大学生。

这个阶段,鲁迅还写了两篇文章:

(1) 5月10日《忽然想到(七)》,认为女子虽然地位略微改善,但依然被欺压,"并羊而不如"。

(2) 5月21日《碰壁之后》。(刊发在6月1日的《语丝》上)

鲁迅参战的理由,韩石山认为有如下原因:

①正义感;

②为前任校长、自己的好友许寿裳出气;

③爱情。(许广平的恳请和激将,是鲁迅参战的重要原因。3月1日,学潮初起时,许广平就写信请鲁迅关心,27岁的许广平第一次写信,自我介绍是这样的:"现在写信给你的,是一个受了你快要两年的教训,是每星期翘盼着听讲《小说史略》的,当你授课时每每忘形地凭其相同的刚

决的语言，好发言的一个小学生。"）

（十）陈西滢参战（1925年5月30日）

鲁迅的《宣言》发表后，陈西滢写了《闲话》第一篇。（后收入文集时，改为《粉刷茅厕》）陈西滢认为：

（1）校长杨荫榆不至于如此不堪，学生也未必就完全无辜。

（2）教育一团混乱，太不像话。学生把守校门，误以为一辆汽车内是校长就群起围攻；校长不能在学校办公，还必须外出租赁办公场所。乌烟瘴气，混乱不堪。

（3）教育部要秉公处理：是校长过错，则罢免校长；是学生过错，则惩处学生。

（4）这个冲突的背后可能由"在北京教育界占最大势力的某籍某系的人在暗中鼓动"。某籍某系的人不客观，偏袒一方。

双方开始针锋相对论战。

后徐志摩、李四光等因调停而得罪鲁迅，亦陷入混战。

（十一）五卅运动后，暂时休战

此后，五卅事件发生，学生反帝爱国热情再度高涨。女师大暂时休战。

（十二）杨荫榆的策略：驱逐学生（1925年7—8月）

章士钊离开北京去了上海，但段祺瑞亲自挽留劝说，乃再次出任司法总长兼教育总长。章士钊"王者归来"，更坚定要整顿学风。

7月29日，女师大校内贴出布告，学校以修理校舍为由，迫令全体学生搬出学校。

7月30日，杨荫榆请示教育部将学生自治会取消，并于晚间贴出公告，但贴出不久，学生就将公告撕毁。

7月31日，杨荫榆再次前往教育部请示章士钊，决定解散女师大学潮中最坚定的四个班。

8月1日早上7点，保安警察40多人，侦缉队稽查10多人来到女师大。随后，杨荫榆和亲信到来，贴出告示，让学生迁入补习科暂住，等候学校安排。当时学生在校有40多人（一说30多人），不仅不配合，而且言语讥讽。但巡警看到都是女生，也不便压制。随后，他们封锁了学生的寝室和食堂，到下午1点，学生没有饭吃，"站在廊厅之下大啃面包并痛骂杨氏不止"。杨荫榆也愤怒至极，关闭校门两小时。有学生在外购买面包，从墙头抛入。当时，看热闹的人蜂拥而至，水泄不通。（《申报》，1925年8月4日）

学生为了强调自己被暴力镇压，自治会发布《紧要宣言》则称"率武装警察百余名"，又称"武装警察及打手百十人"。学生声称有十余人受伤。

当时，地质学家李四光亲身经历此事。李四光说："那时杨先生仿佛拿出全副的精神，一面吩咐巡警，无论如何不准动手，一面硬跑出门外，前后左右有巡警包围，向西院走去。"（李四光《在北京女师大观剧的经验》，见《现代评论》1925年2月）李四光也因恰好在场而被激进的学生视为支持杨荫榆的"三勇士"之一。李四光又云，学生对着巡警"唱出许多不甚雅听的口号"，《女师大启示》则称学生任意谩骂，并持木棍砖石，前来殴打校长。

1925年8月2日，杨荫榆下令全体职工离校，封门改组。

(十三) 杨荫榆辞职（1925年8月）

社会各界对章士钊口诛笔伐。他们认为章、杨以帝国主义手段压迫女师大同学，献媚帝国主义。连马叙伦、易培基等也谒见并质问章士钊。政府没办法，撤掉了包围女师大的警察，恢复了水电。

迫于压力，章士钊视察女师大，也觉得杨"过于操切"，为了补救，章士钊决议召开家长会议，容纳一部分学生回校。

1925年8月6日，杨荫榆见章士钊态度如此，遂提出辞职，大意为该校风潮为政治问题，本人无政治手腕不能应付，同时表达了对政府的强烈不满，"近年来政府视教育事业本为赘疣""处此政府之下该校风潮当然不能彻底解决"，而"最近中国社会不辨是非曲直，专重利害成败，致舆论无所根据，在此黑白混淆之时，对于该校风潮更何能望正道之主持与公平之批判"。透露出了她的深深失望以及无奈。（9月6日《晨报》有报道，从此杨荫榆的名字在报纸上再无出现。）

(十四) 改组女师大并武力解散（1925年8月）

1925年8月6日，也即杨荫榆辞职当天，章士钊在国务会议上提请停办女师大，并另外建设女子大学，当即通过。

8月10日，教育部下令执行。

同日，学生推举教员9人，学生12人，组成校务维持会。

8月12日，章士钊请段祺瑞政府免去鲁迅教育部佥事。

8月17日，章士钊主持教育部教务会议，决定将女师大改组成国立北京女子大学。后180转入此大学，20人则拒绝。

陈西滢撰文说，180人进入新大学，占比90%，说明支持杨荫榆者为多数。

鲁迅撰文辩称，如果中国绝大部分省份被日本侵略，只有一二独立，难道不坚持吗？（《这回是"多数"的把戏》）

(十五) 武力解散女师大（1925年8月）

1925年8月19日，章士钊派教育司司长刘百昭接收女师大，他在大门张贴学校由教育部接收的布告，但立即引发冲突。

据《申报》报道，当即"有学生撕毁布告，警察阻止与警冲突"且有巡警"被女生抓破手出血""刘和珍等招男生三十余……将刘司长等包围抓住,欲绑刘百昭送北大,警察入阻,并电告章士钊,章大怒电朱深,派保安队至校抢护刘等而出","同时搜查男生,当押十五名,余逃走""刘百昭控男女生等殴伤身体请送法庭"。

但《京报》报道却有很大差别。"刘百昭接收未成,唤警重伤七学生,捕团体代表十四""学生推代表数人,进见刘等""因天气过热,该代表满面皆汗,刘媚笑戏问之曰,这等热天,你们何苦来出了这些汗,我给你们扇扇吧,说罢执蕉一举,向该生大扇特扇",而"该生以刘侮辱女子人格,请其出校,刘恼羞成怒,挥拳向该生手上打去,结果该生手腕登时鲜血奔流",期间还掺杂有其他学校的男代表来支援女师大。

刘百昭在冲突中,被骂,被唾,被推,衣服被撕烂。此次接收女师大未果。

此后,教育部再次派刘百昭接收,刘百昭偕同筹备员赴女师大。女师大学生闭门不纳,刘百昭大叫开门,学生不应,届时李石曾夫人、顾孟余夫人赶到,出面调停,答应次日允许刘百昭入校办公,刘遂退。

但到了第二日却没有收到消息,教育部召开阁议,决定采用非常手段,章士钊与朱深商量,调干警五十名,"妥为防范,以免意外"。8月22日中午教育部拟就布告一件,下午一时半刘百昭携布告赴女师大,女师大生仍旧闭门不纳,刘百昭砸坏铁锁,进入校内,随即命令校役及巡警把守校门,未经允许不得入内。女师大学生见而大哗,谩骂刘百昭为卖国贼走狗,而刘百昭所带的女仆(可见,他认为警察出手有所不当,提前准备了老妈子)则奋勇当先,每女仆四人挟女生一人出门"请入"汽车即送补习科寄住。学生放声痛哭。

接收后,刘百昭留校办公,聘请胡敦任校长,积极筹备女子大学,并开锣招生。

(十六)女大 VS 女师大(1925年9月)

女师大被驱学生在西城宗帽胡同租赁房屋作为临时校舍,坚持另组女师大。9月21日开学,鲁迅及其他部分教师前往义务授课,以此支持学生。1982年版《北京师范大学校史》云,有鲁迅、许寿裳(他本是上一任校长,被罢免;此时因为鲁迅被罢免而参战)、马裕藻、郑奠、沈伊默、李锦熙、傅种孙、徐炳昶等数十名教师义务授课,不取报酬。总授课时间为三个月。

按:当时上课的学而生不过二十到三十人,数十名教师授课,恐言过其实。韩石山统计,十二人中,无留学经历5人,有留学经历7人,六人留学日本,一人为法国。这12人,也都在北大任教,且基本是章太炎的门徒。)

(十七)北大独立(1925年8月18日)

1925年8月18日,教育长顾孟余召集北京大学评议会开会,认为章士钊解散女师大,是教育界罪魁,以7对6通过脱离教育部的决议,宣布不承认章士钊为教育总长,拒绝章士钊签署的文件。(胡适出来反对,结果鲁迅和胡适也闹翻了。)

按:《申报》报道,李石曾害怕代理校长蒋梦麟回京,将19日的评议会提前一天进行。而且并没有提前通知,导致很多人并没有参与评议会。而且,9点的会议一直到12点才开,因为他们在私下开会。故,此评议会其实比较没有说服力。

开会内容先表决评议会对学潮之事是否应该有所表示。

结果反对、支持各6票。(余文灿、罗惠侨二人中途退出)

最终,教务长顾孟余自投一票,结果成了7比6

其次,表决北大是否脱离教育部。

这时候,皮宗石教授退出。王星拱、王世杰教授声明,对于此案没有表决权,必须让全体教授决议。

最后顾孟余坚持投票,结果又是6对6。顾孟余自投,又是7比6。

在校长都不知情的情况下,顾孟余即下令退回教育部公事三件,并通知财政部,他们已经脱离教育部,经费直接打到北大即可。

(十八)胡适抗议(1925年8月19日)

8月19日,胡适、陶孟和、燕树棠、陈西滢、颜任光五人提出抗议。

8月21日,胡适等17教授发表声明。

"我们认为教学的机关,不应该自己滚到政治漩涡里去,尤不应该自己滚到党派政争的漩涡里去。"同时,胡适等表示,章士钊作为保守人士,他们也不支持。但应该是以"个人"或"私人团体"的方式批判、反对,但不能用学校机关的名义。

最后明确提出他们的主张:

(1)本校应该早日脱离一般的政潮与学潮,努力向学问的路上走,为国家留一个研究学术的机关;

(2)本校同仁要做学校以外的活动的,应该以个人的名义去活动,不要牵动学校;

(3)本校评议会今后应该用其大部分的精力去谋学校内部的改革,不应当轻易干预其职权以外的事业。

签名者十七人,依次为颜任光、李四光、丁燮林、王世杰、燕树棠、高一涵、陶孟和、皮宗石、胡适、王星拱、周览、胡济、陈源、张歆海、陈翰笙、邓以蛰、高仁山。

(十九)蒋梦麟主持(1925年8月19日)

蒋梦麟8月22日回校。

次日,蒋梦麟在毛家湾召集两派教授商量。结果多数依然主张独立。

蒋梦麟于8月28日开评议会与校务会议联席会议,专门进行讨论。结果12票支持执行以前之决意,12票反对。胡适激动,差点退席。

最后仍然维持原来的决意。北大宣布独立。

教育部旋即决定,停止北大的经费,其经费由其他大学领取。

8月底，胡适离开北京去武汉，在路上写了《爱国运动与求学》云：

救国千万事，何一不当为？

而吾性所适，仅有一二宜。

认清了你"性之所近，而力之所能勉"的方向，努力求发展，这便是你对国家应尽的责任，这便是你的救国事业的预备工夫。国家的纷扰，外间的刺激，只应该增加你求学的热心与兴趣，而不应该引诱你跟着大家去呐喊，呐喊救不了国家。即使呐喊也算是救国运动的一部分，你也不可忘记你的事业有比呐喊重要十倍百倍的。你的事业是要把你自己造成一个有眼光有能力的人才。

(二〇) 章士钊府邸被捣毁（1925年11月28日）

1925年11月28日，章士钊府邸再次被捣毁，致使大批藏书，特别是外文图书被毁。（见12月25日发表的《寒假再毁记》）

同年12月26日，陈西滢发表《做学问的工具》，首先表示对那么多图书的捣毁太过可惜（"满床满架满桌满地"），而且认为"民众运动的手段也似乎可以改良些"。认为他们的暴力行为类似于杀一个皇帝，掳劫其"玉帛子女，焚其宫室"。

鲁迅做《杂论管闲事·做学问·灰色等》予以回击，但争吵文不对题。

陈西滢说章士钊居所外文藏书甚多，特别是社会主义的德文书。除了北大清华和松坡图书馆，其他三十几个大学都不如被毁的书多。

鲁迅则认为，中国二三十个大学的书不如章士钊多，实在不靠谱。可谓是牛唇不对马嘴。

遭此打击，章士钊心灰意冷，再次辞职，易培基接任。

(二一) 女师大复校（1925年11月30日）

11月30日，女师大复校，鲁迅带领着学生又浩浩荡荡地回到了女师大。"一路上学生们举着女师大校旗,每人还手持小旗,上书'女师大万岁''公理战胜''胜利归来'等标语,雄赳赳返回女师大原址。"他们把章士钊题写的"国立女子大学"的校牌涂掉,重新挂上女师大校牌。

12月14日陈西滢、王世杰、燕树棠等人又发起成立"教育界公理维持会",次日改为"国立女子大学后援会",反对鲁迅等人支持的女师大复校,声援章士钊及章创办的女子大学。

到了1926年1月 易培基则被正式任命为女师大校长,13日,女师大校务维持会欢迎易就职,鲁迅以校务维持会名义发表欢迎演说。这场持续了近一年的女师风潮最终尘埃落定。

鲁迅向平政院提起诉讼,1926年1月16日,胜诉。

1926年1月17日,鲁迅复职。

(二二)尾声

鲁迅:"……四面受敌,心力交瘁,周先生病矣。"(许广平1929年5月13日给常瑞麟的信)

章士钊:1920年时,章士钊曾资助毛泽东两万块光洋,帮助凑齐毛泽东的朋友留学和革命经费。后来,毛泽东每年以稿费2000元,分十年还款。周恩来在建国后还亲自拜访他,并赠送他胡同中的四合院。章士钊最后活到了90多岁的高寿。

杨荫榆:自1925年9月6日之后,杨荫榆的名字从未在报纸上出现,她就像一个隐士一样,从纷繁的现世中遁世不见了。杨绛撰文,介绍其结局:杨荫榆在54岁的时候,当时苏州沦陷,她不止一次跑去见日本军官,责备他们纵容下属奸淫掳掠。军官就勒令他部下的兵退还他们从杨荫榆四邻抢到的财物。而且当时很多女孩子都躲在杨荫榆家里。1938年1月1日,两个日本兵到杨荫榆家去,不知用什么话哄她出门,走到一座桥顶上,一个兵就向她开一枪,另一个就把她抛入河里。他们发现杨荫榆还在游泳,就连发几枪,见河水泛红,便扬长而去……

总　评

- 郁达夫："寸铁杀人，一刀见血。"
- 沈从文："一个时代的代表作，结起账来只是这些精巧的对骂。"
- 李敖："人间的关系只是三种：一、他跟你骂我；二、你跟我骂他；三、我跟他骂你。"①
- 敬文东："写信，记日记，访客，作文，愤怒，骂人……构成了鲁迅的日常生活，也标明了他消费时光的特殊方法。"敬文东称之为"肉搏的伦理学"。②
- 王朔《我看鲁迅》："说到鲁迅精神，这个我是知道的，就是以笔为旗，以笔为投枪，吃的是草，挤的是奶，痛打落水狗，毫不妥协地向一切黑暗势力挑战。与之相联的形象倒是孤愤、激昂、单枪匹马，永远翻着白眼，前面是一眼望不到头的明枪，身后是飞蝗一般放不完的冷箭，简言之，战士的一生。"
- 敬仔："周氏兄弟和西滢先生，……一年来热风冷嘲，针锋相对，是非问题，我是不晓得的，光就'骂的艺术'来说，明枪暗箭，原也旗鼓相当，谁也不输了谁一着，谁也没让过谁一下。"③
- 阎晶明："在鲁迅所有的论战当中，哪场论战是他的'第一次战役'？谁是可称对手的第一个论敌？鲁迅终其一生没有给予丝毫原谅的论敌又是谁？把所有这些因素综合为一体判断，这个答案不难得出，是陈

---

①此句非写鲁迅，但妙语有趣，可以形容鲁迅与别人的论战。
②敬文东《失败的偶像——重读鲁迅》，花城出版社 2003 年，P64，P37
③敬仔《教授骂街的旁听》，载《京报副刊》1926 年 2 月 9 日

西滢，即陈源。鲁迅与陈西滢的论战，开了鲁迅与其论敌进行全方位较量的先例。"①

- 周作人："……第一篇文章的题目是《狗·猫·鼠》。可是文章的内容实在是说的猫和老鼠，……至于狗，那实在是陪客，恐怕因了那张打落水狗图而引出来的。这与本题本文没有多大关系，但在著者写本文的那时候却是很有意义……杨荫榆去职后，有人劝告停止论争，鲁迅却主张要彻底的干，便是落水狗也还要打，因为以前曾比那些名人为叭儿狗，所以这话说得有点双关，有人还画为漫画，登在《语丝》上面。这回讲猫而连带的说狗，也就是个方便，来发挥一通意见，在别篇中也是常常可以见到的。"②

- 林语堂："我家里小姐听见邻家耍猴儿，叫我也叫他来院子里耍一耍。不打算一跨进门不见猴先见叭儿狗，委实觉得好笑。想打他又像无冤无仇的。后来看他走圈儿，往东往西，都听主人号令，十分聪明，倒也觉得有几分可爱。狗之危险，就在这一点，而且委实有点像猫，难怪鲁迅要恶他甚于蛇蝎。这总算是我对叭儿狗见识的长进吧。"③

- 管丽峥："《兔和猫》的结局并不重要，重要的是营造'我必报复'的印象；同样的，《狗·猫·鼠》重提《兔和猫》也不真是为了解释'仇猫'的缘由，不是真的在公示要与'不得了'的人物们结仇，而是为了重申自己有仇必报的'原则'。"④

- 周作人："鲁迅最是一个敌我分明的人，他对于敌人丝毫不留情，如果是要咬人的叭儿狗，就是落了水，他也还是不客气的要打。"⑤

---

① 阎晶明《无所顾忌的作家与教授——我看鲁迅和陈西滢的笔墨官司》，载《鲁迅研究月刊》1999年7月
② 《周作人讲解鲁迅》，止庵编，江苏文艺出版社2012年，P400
③ 林语堂《释疑》，见《1913—1983鲁迅研究学术论著资料汇编》，中国文联出版社1985年10月，P142
④ 管丽峥《〈黑猫〉与〈兔和猫〉〈狗·猫·鼠〉新解——从鲁迅对爱伦·坡的接受谈起》，见《鲁迅研究月刊》，2018年第8期
⑤ 周作人《鲁迅的青年时代》，北京十月文艺出版社2013年，P111

- 林语堂："鲁迅先生凡是狗必先打落水里面又从而打之。"① 又云："鲁迅与其称为文人，不如号为战士。战士者何？顶盔披甲，持矛把盾交锋以为乐。不交锋则不乐，不披甲则不乐，即使无锋可交，无矛可持，拾一石子投狗，偶中，亦快然于胸中，此鲁迅之一副活形也。德国诗人海涅语人曰：'我死时，棺中放一剑，勿放笔。'是足以语鲁迅。"（《鲁迅之死》，此文行文极妙，读之酣畅淋漓。）

---

①《释疑》，载《京报副刊》1926 年 4 月 19 日